安徽省高校協同創新項目
安徽大學『雙一流』建設項目　資助
安徽省古籍整理出版辦公室

安徽古籍叢書

黄山書社

徽州詩經學文獻叢刊之一

詩學女爲

〔清〕汪梧鳳／撰　朱宏勝／校點

圖書在版編目(CIP)數據

詩學女爲/(清)汪梧鳳撰;朱宏勝校點
—合肥:黄山書社,2023.12
(安徽古籍叢書第十二輯/安徽古籍叢書編審委員會編纂)
ISBN 978-7-5737-1056-7
Ⅰ.①詩…　Ⅱ.①汪…　②朱…　Ⅲ.①《詩經》—詩歌研究—中國—清代　Ⅳ.①I207.222

中國國家版本館 CIP 數據核字(2024)第 005304 號

安徽省高校協同創新項目"徽州經學文庫第一輯　徽州詩經學文獻叢刊"(GXXT—2020—043)
安徽大學"雙一流"建設項目
安徽省古籍整理出版辦公室資助

詩　學　女　爲

SHIXUERUWEI　　(清)汪梧鳳　撰

出 品 人　葛永波
選題策劃　胡中生
責任編輯　束　莉
裝幀設計　李　軍
責任印制　李　磊
出版發行　黄山書社
地　　址　安徽省合肥市蜀山區翡翠路 1118 號出版傳媒廣場 7 層　郵編:230071
印　　刷　合肥華苑印刷包裝有限公司
版　　次　2023 年 12 月第 1 版
印　　次　2024 年 7 月第 2 次印刷
開　　本　880mm×1230mm　1/32
字　　數　248 千字
印　　張　13.875
書　　號　ISBN 978-7-5737-1056-7
定　　價　120.00 圓

服務熱綫　0551-63533706
銷售熱綫　0551-63533761
官方直營書店(https://hsss.tmall.com)

安徽古籍叢書編印緣起

我國歷史悠久，典籍豐富。我省地處南北之交，學術尤擅其盛。數千年來，哲學、史學、文學、藝術、語言、科技，作者輩出，著述如林，或自名一家，或蔚然成派，多爲中華民族文化之菁華，有裨於社會主義文化之建設。允宜及時整理，以廣流傳。

粤自明清，以至近世，南北郡邑已有涇川叢書、龍眠叢書、貴池先哲遺書、南陵先哲遺書諸刻。一九三一年，復有安徽叢書之編刊，所收皆皖人著作，分期影印。出至第六期，以抗戰軍興而中止。盛業未竟，論者惜之。

今者，中央倡導整理古籍，我省領導對此尤爲關心。省古籍整理出版規劃委員會幾經商討，決定編纂安徽古籍叢書。編纂宗旨是在歷史唯物主義指導下，批判繼承，古爲今用，弘揚民族優秀傳統文化，爲建設中國特色社會主義服務。最其體例，約有數端：

一、所收皆爲歷代皖人著作，時間一般以辛亥革命之前爲限，内容以文、史、哲爲主，分類成輯。尤其注意稿本、稀見本之搜輯與傳布。

二、整理方式包括輯、校、標點和注釋、今譯。校勘，力求採用善本爲底本，校以他書，或加補輯、編次。標點，採用新式標點。注釋，務求精確，但不作煩瑣考證。整理中，儘量吸收國内外研究的新成果。

三、先秦、兩漢著作及語言、文字之類，皆用繁體字，其餘則酌用簡體字。版皆竪排，以期一律。

四、凡熱心於本叢書編印及捐貲助刊者，得於書内題名。

安徽古籍叢書編審委員會

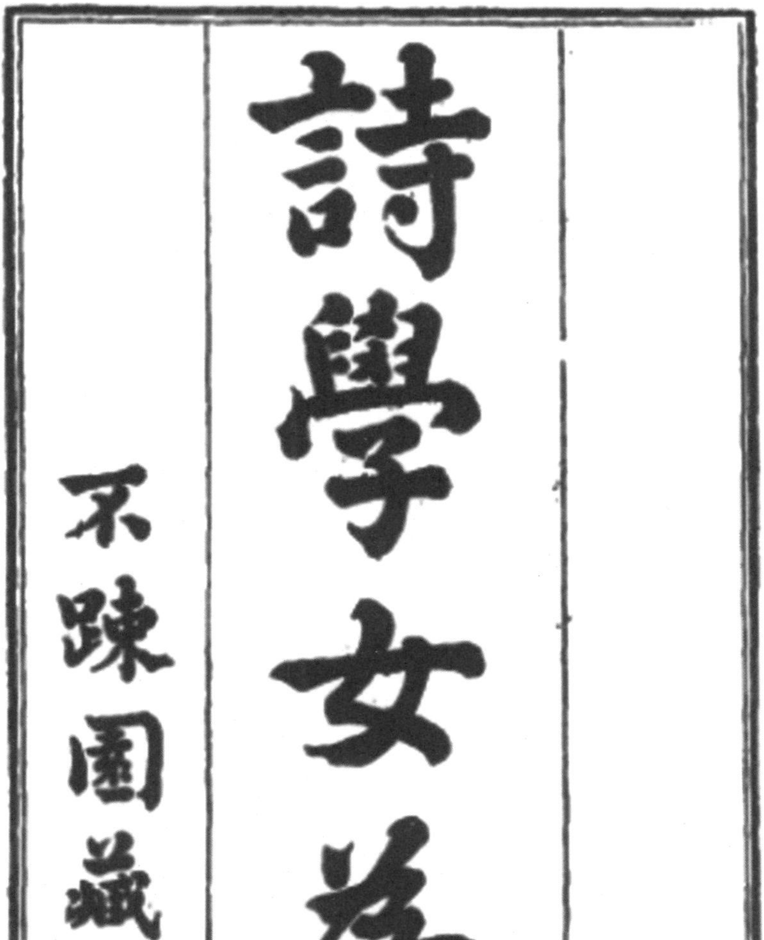
詩學女爲
不蹞園藏板

《詩學女爲》書影

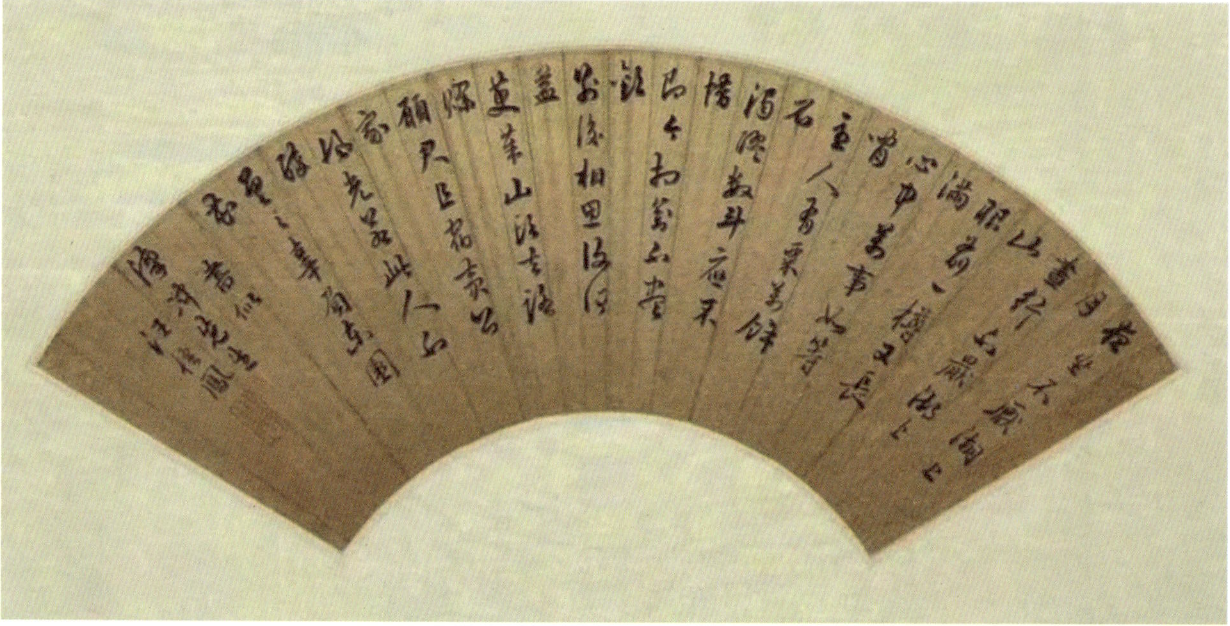

汪梧鳳手迹

詩學女爲目次

卷三　國風　邶風

卷七　國風　鄭風

卷八　國風　齊風

卷九　國風　魏風

卷十　國風　唐風

卷十一 國風 秦風

卷十二 國風 陳風

卷十三 國風 檜風

卷十四 國風 曹風

卷十五　國風　豳風

卷十六　小雅

卷十七　小雅

卷十八　小雅

卷二十一　大雅

卷二十二　大雅

卷二十三　大雅

卷二十四　周頌

卷二十五　魯頌

卷二十六　商頌

整理説明

一

汪梧鳳（一七二五—一七七二），字在湘，號松溪，清代安徽歙縣西鄉西溪里人。二十二歲補學官弟子，三十六歲貢入太學。前後三次參加省試，皆落榜，從此無意仕途，讀書汪氏不疏園中，幾二十年足不出園。

汪梧鳳爲西溪汪氏十五世孫。始遷祖汪人檻（一二三〇—一三〇二），字月卿，宋直閣司農少卿汪叔詹（一〇八〇—一一六〇）五世孫，於元代至元辛卯（一二九一）年六十二時遷居西溪，有三子四孫，遂蕃衍成大族，世稱西溪汪氏。

人檻十傳至汪良鍾（一五七三—一六五九）。良鍾字伯英，明萬曆中太學生。他耽風雅，好讀書，曾『築別館於西溪村口，扁以「菉竹」，與董思白（董其昌）、秦京（秦鎬）諸君子往來其間，徘徊乎四如之軒，相羊乎扶摇之閣，徙倚乎含香之亭』（汪灼漁村文集卷二半畝园賦序）。良鍾父汪埙（一五三八—一六一六），字節之，號可齋。袁中道爲撰明孝子可齋汪公墓表，盛稱其孝，惜邑志闕載。

良鍾曾孫汪景晃（一六六六—一七六一），原名晃，字明若，號旭軒，以義行著於郡邑。『年二十二，棄儒術，操百緡以往賈於浙之蘭谿。及艾而歸里，則盡傳家事於其子，而一以施濟爲己事』。（劉大櫆汪府君墓誌銘，吴孟復標點劉大櫆集，上海古籍出版社一九九〇年版，第二百四十九頁）江永曾爲其立生傳，詳記其善舉，謂其『專務利濟。族之煢苦者月給粟，歲費錢百五六十千；設茶湯以待行旅，歲費錢六七十千；冬寒無衣者給之衣，歲費錢約五十千；疾病無醫藥者給以藥，貧不能親師者設義館，歲費錢約二十千；死而無棺者給之棺，歲歲行之，至年九十時所費以萬餘，計給三千餘棺。』（民國歙縣志卷九人物志汪景晃傳）正因爲汪景晃『一以施濟爲事，不復問家之有無，好施久而所入不足以供』（劉大櫆集，汪府君墓誌銘，第二百五十頁）。若非其次子汪泰安繼續開拓家業，必將家道衰敗，振窮濟困的義舉亦將無以維持。

景晃生有三子，二子汪泰安（一六九九—一七六一）即汪梧鳳生父，字永寧，好讀書，每當『治事畢，則篝燈閲書史至丙夜，膏盡乃休。先是，梧鳳學科舉之學，父見之，無一言。及從遊方樸山、江慎齋二先生，讀經史、治古文詞，父見之乃大喜』（汪梧鳳松溪文集家父六十事略）。泰安在『振窮濟困』之餘，還『治田爲園，園北有堂，顔之曰「不疏」，蓋取陶詩「暫與田園疏」意而反之，亦欲使後之讀書其中者常守厥志，不致苟於利禄，而饕餮於寵榮也』（汪梧鳳松溪文集勤思楼记）。其營造不疏園，本爲家族子弟讀書提供場所，然因汪梧鳳延請江永、戴震、程瑶田等入園講讀，使得該園一舉成爲皖南學術中心，有力促進了徽派樸學的興起和繁榮。汪中指出：

國初以來，學士陋有明之習，潛心大業，通於六藝者數家，故於儒學爲盛。迨乾隆初紀，老師略盡，而處士江慎修崛起於婺源，休寧戴東原繼之，經籍之道復明。始此兩人自奮於末流，常爲鄉俗所怪，又孤介少所合，而地僻陋，無從得書。是時，歙西溪汪君獨禮而致諸其家，飲食供具惟所欲，又斥千金置書，益招好學之士，日夜誦習、講貫其中。久者十數年，近者七八年、四五年，業成散去。其後，汪君没。大興朱學士來視學，遂盡取其書上於朝，又使配食於朱子。戴君遊京師，當世推爲儒宗。後數歲，天子修四庫之書，徵領局事。是時天下之士益彬彬嚮於學矣，蓋自二人始也。抑左右而成之者，君信有力焉。（汪中撰，李金松校箋述學校箋，中華書局二〇〇四年版，第八百〇三頁）

以江永爲首，徽派樸學在不疏園興起，而「左右而成之者」則爲汪梧鳳。江永而外，汪梧鳳還延請了戴震等名流，即汪世清所謂「江門七子」。汪梧鳳松溪文集自述云：

吾友志相合、業相同，擇師而事，無不相同者，休邑鄭用牧、戴東原，吾歙汪稚川、程易田、方晞原、金蕊中、吴蕙川數人而已。

鄭虎文明經汪肇龍家傳亦云：

傳江氏之學者，首稱休寧戴氏震，歙松麓汪氏肇龍及鄭氏用牧、程氏易田、汪氏在湘、方氏晞原、金氏蕊中，六七君皆知名。

汪梧鳳非惟成就徽派樸學之功，其本身亦是樸學大師。其從淳安方氏楘如學制義，從桐城劉氏大櫆學古文，與休陽戴氏震、同里汪氏肇龍一起從婺源江永學經學。生平於書無所不觀，而爾雅、説文、『三禮』、『三傳』、史記、兩漢八家之文，皆有是正論説。可惜因英年早逝，論著成書者惟詩學女爲一部。古文則有松溪文集。另有八股制義，收入新安三子課藝中。

此外，不疏園還是汪梧鳳、汪灼父子家刻堂號，是乾隆、嘉慶間重要的家刻坊，所刻尤以汪氏父子著述八種百卷爲著。所出家刻本，主要有乾隆二十五年（一七六〇）不疏園刊戴震注屈原賦戴氏注七卷，通釋二卷附汪梧鳳撰音義三卷，乾隆三十七年（一七七二）不疏園刻汪梧鳳撰詩學女爲二十六卷。乾隆間，不疏園刻汪梧鳳撰松溪文集，無卷數。同治十二年（一八七三），汪梧鳳玄孫汪應博在金陵重刻此書。嘉慶十九年（一八一四），不疏園刻汪灼撰毛詩周韻誦法十卷，綫裝五册；又刻汪灼撰詩經言志二十六卷。嘉慶間，不疏園刻汪灼撰漁村詩集二十三卷。南京圖書館還有道光刻本。

汪氏父子刻書除上述外，據（道光）徽州府志 人物 儒林卷十一之三，知汪梧鳳還『曾刻戴震經考、屈原賦注』。此外，還有戴氏在不疏園所撰經考附録七卷，未見刊行。後經太平天國事，從不疏園流歸湖田草堂，爲許承堯所得，影印編入安徽叢書 戴東原先生全集中。

二

汪梧鳳生卒年向有歧説。生年有雍正三年（一七二五）和雍正四年（一七二六）二説，卒年則有乾隆三十六年（一七七一）、三十七年（一七七二）、三十八年（一七七三）三説。程瑶田蓮飲集卷四有汪在湘與余同日生今年四十矣爲詩祝之且致相勖之意焉（程瑶田全集，黄山書社二〇〇八年版，第四册，第一百二十頁）。又程瑶田芋華圖題識曰：『乾隆五十九年甲寅歲也，八月廿五日余七十初度。』（程瑶田全集，第一百五十八頁）據此可推汪梧鳳生日为雍正三年八月二十五（一七二五年十月一日）。

汪中大清故貢生汪君墓誌銘曰：『而君不幸死矣！然君亦以是自力于學，所著文二百餘篇，咸清暢有法。著楚辭音義三卷，又治毛詩義，編未成，以乾隆三十八年十二月卒，年四十七。』（述學校箋，第八百〇三頁）據此，汪梧鳳似卒於乾隆三十八年十二月。而鄭虎文明經松溪先生汪君行狀曰：『君繼室余孺人能得姑歡心，君倚之。會余孺人卒，姑哭之慟。君强作達以慰其母，且益憂其母，而神已内傷矣。越一月，病作，投以藥，小瘥。……少日忽曰：「吾昨夢有延余去爲師者，病其不起乎？」……卒，時乾隆三十六年辛卯十二月二十八日也，春秋四十有七。』（詩學女爲卷首）而汪梧鳳亡妻余氏事略云：『余氏卒於乾隆三十六年仲冬十一月。』（松溪文集）且汪梧鳳於余氏亡後一月有餘即病卒，鄭虎文所記頗爲詳明，故汪中墓誌銘當誤。今人蔡錦芳認爲此誤乃汪中之子汪喜孫整理其父遺作時抄録致誤，可參考。（蔡錦芳戴震生平與作品考論，廣西師範大學出版社二〇〇六年版，第一百七十八頁）

又，汪梧鳳之子汪灼漁村文集更有二證。其中與劉海峯先生書曰：『辛卯仲春既望，奉嚴命拜送於庭，忽忽彌歲。……灼罪重，卒遘先嚴之變，自去臘迄今日，昏迷顛倒，諸情事不敢縷陳。』汪灼此書作於辛卯次年春，明言其父亡故於辛卯臘月。又，漁村文集卷六梅山墓碣：『先考妣既卜葬於梅山之二十有九年，不肖子灼前與兄煇、弟炘共視窀穸，負土而加封矣。……嘉慶四年四月望前五日，男灼述。』嘉慶四年（一七九九）前二十九年即乾隆辛卯，故知汪梧鳳卒於乾隆三十六年無疑。然辛卯十二月二十八日，當西曆一七七二年二月一日，故定汪梧鳳卒年爲一七七二年，而非一七七一年。

綜上，汪梧鳳當生於雍正三年八月二十五日，卒於乾隆三十六年十二月二十八日，转换成西曆，則生於一七二五年十月一日，卒於一七七二年二月一日。

三

汪梧鳳無意著述，其詩學女爲蓋以子灼習詩時相質問，因歷舉古今傳説異同，而會通以己意，計日程課，久而編次成書。書名『詩學女爲』用論語典故：

陳亢問於伯魚曰：『子亦有異聞乎？』對曰：『未也。嘗獨立，鯉趨而過庭。曰：「學詩乎？」對曰：「未也。」「不學詩，無以言。」鯉退而學詩。』

是書不列詩經經文，惟列篇名，且只對乃子汪灼有疑處歷舉古今傳説異同，會通己意而解説之。汪梧鳳總論云：『以朱傳爲主，而序説之可信者存之；序與説俱不可通，乃博采衆論，間附鄙意。朱傳爲户誦之書，故仍用朱傳者，不更采録。若禮器、名物、山川、地理，朱傳或未載，或載而不詳者，備加參考，以便初學省覽。』可見，詩學女爲雖以朱傳爲主，但對朱傳並不盲從，又頗能吸收清代詩經學新成果，先後録引詩義折中二十條、詩經傳説彙纂二條，李光地詩所四十條，毛奇齡十三條，閻若璩三條。

續修四庫全書總目提要云：『其識甚卓。……故書雖不逮戴震毛鄭詩考正之善，要可節取也。』（中華書局一九九三年版，第三百三十九頁。）

汪氏詩經學最突出的貢獻在於對詩經主旨的考辨。其詩經學成就和影響雖然不及朱熹和戴震，但在詩經學史上自有不可替代的作用和地位。同朱熹詩集傳一樣，詩學女爲具有集傳性質，在遍考前賢相關研究成果的基礎上，精審細繹，或取或舍，且不時按斷之；同戴震一樣，漢宋兼采，重視字詞訓詁、名物制度的考訂。特別值得注意的是，戴震曾坐館不疏園，較長時間的疑義相與析，使得汪梧鳳學術深受其影響，詩學女爲直接引戴氏之説即達三十八處之多。而與戴氏重在詩經訓詁發明不同的是，汪氏重在主題考辨，二者有所互補。汪氏詩經主旨考辨成果豐碩，僅陳子展詩三百解題便收録了三十多條，可見其影響。例如還，汪梧鳳考論道：

齊俗尚勇好勝，雖霸業未成，而功利夸詐之習已有其漸。季札所謂『泱泱大國風』也。説者動以田獵爲刺，愚不謂然。秋冬射獵，古人兼資文武，其道固宜如是。特荒於禽，若太康之十旬不返，則宜指爲大戒耳。此詩蓋以著齊之風俗，而非刺其君上也。

再如駉，汪梧鳳以爲：

此大閱而祭馬祖之詩，非專頌牧馬之盛也。以其詩爲樂章體，合乎頌，故魯人謂之頌，夫子仍其名耳。後三篇仿此。

汪氏此論，頗得後學稱許。如韓高年曾云：『近人汪梧鳳詩學女爲云：「此大閱而祭馬祖之詩，非專頌牧馬之盛」，對此詩之旨意可謂獨有會心。』（韓高年禮俗儀式與先秦詩歌演變，中華書局二〇〇六年版，第二百六十五頁）

此外，如汾沮洳，汪氏以爲『刺遺賢而非刺儉』。園有桃，謂『前篇刺賢者不用，是篇刺用者非賢也』。羔裘『爲黨私妨賢之在位者而作』。有杕之杜『美好賢也』。駟鐵『專爲田狩而作，不獨美襄公，亦以見秦俗』。蒹葭『懷人之作也』。東門之楊『乃泛刺無信爽約者，不必定指男女』。白駒『送歸隱之詩也。……舊説指爲諷刺，其意亦於言外見之』。有駜『此孟冬大飲之詩』。烈祖，『此祭而受嘏之樂歌，與前篇並湯廟所用也』。

可見，汪梧鳳對有些詩篇的主題提出了新見，破解了千百年來的困惑；對另外一些詩雖未提出新見，然或進行修訂，或提出新證，完善了前賢之説，使之論證更爲嚴密。

總而言之，汪梧鳳治詩，主張『事以經爲證，義以聖人爲衷』，仍是『將詩作爲真理的標準』（曾小夢國語引詩考論，求索，二〇一一年第八期，第二百五十六頁），與前賢『質諸先聖，考於人情』並無二致。

其論賦、比、興，則與諸家頗爲不同。汪氏主張嚴格區分賦、比、興，提出：

詩之有賦、比、興，自三百篇以至於今未之能外。顧其體則詩成而自具，作詩者不能畫地以趨，説詩者亦不必刻舟以求也。蓋賦之體，比與興不得而亂之；比之體，賦與興亦不得而亂之。

我們將其稱作狹義的賦、比、興。汪氏持狹義『詩興』觀，試圖克服賦、比、興的兼類，避免説詩者各執己見，是對賦比興這一詩學基本問題的一次大膽的理論突破，雖稍欠圓通，也難以貫徹在説詩實踐中，卻也頗能啓迪來思，引發進一步的研討。

汪氏憑藉開明的治學理念，嚴謹的治學態度，扎實的考證功力，對詩經篇旨，特別是還、汾沮洳、駉、東方之日、園有桃、羔裘、有杕之杜、駟鐵、蒹葭、東門之楊、白駒、有駜、烈祖等詩給予了頗多精審的考訂，與戴震以字詞名物考訂爲特色的詩經學形成互補之勢，共同構成了乾嘉徽派樸學優秀的學術成果。其以詩經主題研究爲中心，對詩集傳和詩義折中等前賢論著的辨正，可視爲清代徽派樸學對詩經主題學的一次總結。

汪氏以詩論詩，重視對詩的文學品讀，還能緊扣詩篇文學特質。如破解淇奥『緑竹』等具體詩學難題，頗能上紹姚際恒，下開『五四』新詩學，僅憑此一點就可以赫然躋身於治詩大家之列。汪梧鳳詩學涉及面廣，又頗注重整體思考、系統觀照。他並不完全反對朱熹『淫詩』説，以爲鄭詩非鄭聲，或另定朱熹所謂『淫詩』之主題，或雖仍目之爲淫詩而否定淫奔者自作之説，且對這些詩的藝術特色給予一定的關注。其考證大武樂，補充詩義折中之説，以爲大武樂之五成爲烈文。又參考衆説，整理閟宮等所謂錯簡詩篇。還常以詩證禮，補禮經之闕。汪氏認爲，詩經孔子删或未删難以論斷，但經過孔聖重新整理卻是無疑。樂師編詩本成系統，又經聖人整理，『篇以類從，義以相貫』，便更有條理。故其論詩往往能整體把握，發人所未發。如此等等，不一一具論。

四

本書引文儘量查核原始出處。對於有文字省略或語句有改寫，但基本符合原著的引文，只要引文之前有書名或作者，一般皆加引號。異體字、專名號標註等，皆參照安徽古籍叢書校點注釋通則。

本書爲安徽省高校協同創新項目『徽州經學文庫』第一輯徽州詩經學文獻叢刊成果之一。在整理過程中，我多次受到同事潘定武先生，安徽省古籍整理出版辦公室彭君華先生、胡中生先生的鼓勵和幫助，才得以堅持下來並最終完成。本書責任編輯束莉女士細緻嚴謹，認真負責。在此，一並致以衷心的感謝！

朱宏勝

二〇二三年十月

明經松溪先生汪君行狀

鄭虎文

文初官京師，延汪君族人稚川氏肇龍於家塾，得讀其行篋中攜君所作林大光傳，心愛重之。文旋以病乞歸。戊子，客於新安紫陽書院，君命次子灼從文學，遂交君數載。君於文傾倒，無所不盡。去年秋，君來山中，稚川亦至，聚數日，歡甚。未幾，文歸里，而君於是冬竟卒。卒之日，遺言以其狀屬文，今其孤述以固請，乃往哭其靈而爲之狀曰：

君姓汪氏，諱梧鳳，字在湘，號松溪，歙西鄉西溪里人。

新安汪氏爲唐越國公華後者凡十六族，君之族在焉。越國二十七世孫宋處士人鑑，則始遷西溪之祖也。又十三傳爲君祖州司馬景晃，有醇德，州里賴之。時婺源經師，今配享朱子祠江氏永者，稱其爲協於周官經大司徒之六行，爲立生傳。年九十有六，舉鄉飲大賓。祖妣鄭、吴、曹、許四安人。君考泰安，爲吴安人出，養志潔身，誠隱德君子也。母方安人生二男子，君爲長，逮事其祖者久，秉教率德，孚聞於家。年二十二，補學官弟子。又十四年，貢入太學。凡三應省試，三黜。謝去，讀書不疏園中。『不疏園』者，君考讀泉明『漸與田園疏』句，感而顔其别業，爲君勖也。君於是足迹不出園者幾二十年，遂終焉。

君制義師淳安方氏楘如，古文法桐城劉氏大櫆，經學則與休陽戴氏震、同里汪氏肇龍，同出婺源江門。汪氏精三禮，而戴氏於諸經所得獨多，爲江門大弟子，其學與江氏相出入，君亞焉。江氏作君祖傳，即稱君與戴震俱研經學，有著述聞於遠近也。

君既師江，而又客戴氏、汪氏於家，汪爲尤久。久處昕夕無他語，語必經義，義疑輒辨，辨必力持，不相下則辨益疾。而君故口吃，嘗咽塞不能出聲氣，鬚眉動張，童僕往往背立睨視匿笑。已乃復辨，必彼我意通乃已。

君爲人沉毅有力，邁往自喜。凡常俗沉溺慕悦，與夫酬酢無益煩苦之事，可已而人訖不獲自已者，君能一切罷去無所顧。世故罕與之暱，而學亦用是能專且久，以卒底於成。

生平於書無所不觀，而爾雅、説文、三禮、三傳、史記、兩漢、八家之文，皆有是正論説。惜尚未有成書，其成者惟詩學女爲一書。顧君亦意不專此，以子灼習詩，排日書示之，久而卒業，釐爲如干卷。其中若律象、地里、人物、典制、音韻、鳥獸草木蟲魚之類〔一〕，援據該洽，考核精審，集之可自成書。而於詩義，或折衷舊説而疏其未通，或參悟本詩而抒所獨見，皆有神解。至理論者，謂漢儒病於泥，宋儒病於疏，惟君爲無病云。書既成，取夫子謂伯魚語，名曰『詩學女爲』，授子灼及其徒程敦。

程敦者，槐塘里人。少常遊學於武林、吴門間，負才，有狂名。一旦至西溪，見君西湖紀游，大折服，遂師君。君居之不疏園，謂灼曰：『成吾志者，程生也。吾爲若得一良友矣。』今松溪文集中附刻杜海山事略，即敦作也。

君古文有松溪文集，劉氏大櫆所定；制義刻入新安三子課藝，方氏棨如所定。三子者，即君與戴震及震邑人鄭牧也。君年不永，故所著止此，知君者咸爲君惜焉。

君精力既大耗於學，又善飲，數苦下血，益羸弱，然未嘗以爲病。母方安人在堂，而君繼室余孺人能得姑歡心，君倚之。會余孺人卒，姑哭之慟。君强作達以慰其母，且益憂其母，而神已内傷矣。越一月，病作，投以藥，小瘥，猶手書不釋，寢食靡所異。少日忽曰：『吾昨夢有延余去爲師者，病其不起乎？然且毋使太安人知。』其招吾友汪君稚川與作别語，語如平常。衆皆駭，不肯信。已而曰：『吾不可殁於婦人之手，其即正寢。』自起而出，南向坐，處分家事畢，謂諸子曰：『吾所不能瞑目入地者，未終子職，以貽高年憂。汝等其善體吾意，盡孝養，無重吾泉下之痛。一切恤艱阨、養老孤，自汝曾大父、大父及汝父叔所奉爲歲例者，家不替；守而行之，亦勿替也。』復顧子灼及程生敦曰：『吾生平著述，惟詩學女爲麤有成本，其餘經史文集尚多論釋，散見於各書，本不自信，未嘗敢以示人，然亦不可散失。其裒集編次，謹藏之。』言已，遂不復語，少選卒。時乾隆三十六年辛卯十二月二十八日也，春秋四十有七。

配程孺人，繼配余孺人，並先君卒。子男四人：燀、灼、炘、照。孫男二人：基仁、基義。

嗚呼！君之爲人，其可書者多，然皆不備書，而獨書君所獨得於己者如此，所以存其真於不朽也。

乾隆三十七年秋九月十有三日，秀水舊史氏鄭虎文謹狀。

序

汪梧鳳

予少攻詞章之學而厭苦之，乃讀經，從婺源𣅜齋江先生遊。與同學休寧戴震、同里汪肇龍、程瑶田輩講習辨難。久之，於詩若獨有所得，輒隨筆存録，以便省覽，然未有成書也。洎兒子灼既長，業詩經，時有質問。因歷舉古今傳説異同而通會以己意，計日程課，積而大備。乃命灼編次成集，告之曰：『詩以正性情，爲修齊治平之本，而多識其餘事也。後世資之以爲文章，陋矣。昔者，子擊好晨風、黍離而慈父感悟；周磐誦汝墳卒章而爲親從仕；王裒讀蓼莪而三復流涕；裴安祖講鹿鳴而兄弟同食；李栯和伯亦自言「吾於詩甫田悟進學，衡門識處世」：此皆可謂善學詩者。吾今授女以詩，女其能以數君子爲師，而内正其性情於興觀羣怨之間，毋務博以炫華，毋矜辨以獵譽。授政能達，專對不辱，非所望於女也。循循於門庭，朝夕間幸無子弟之過，足矣。』

故名是編曰詩學女爲。藏之家塾，世爲子孫課本。若出以問世，余則何敢！

校 记

〔一〕地里　當作『地理』，下同。

總論

司馬遷曰：『古詩三千餘篇，孔子删之，存者三百一十一篇。』是則秦火之後，獨詩爲完書。而凡經傳所引逸詩，有其辭者，若貍首、驪駒、祈招、轡之柔矣〔一〕；無其辭者，若采薺、河水、新宮、茅鴟、鳩飛等篇，皆孔子所删二千七百餘篇之文乎？論語云：『詩三百，一言以蔽之，曰思無邪。』『誦詩三百，授之以政，不達；使於四方，不能專對：雖多，亦奚以爲？』皆舉全詩而言，未必定爲删後之辭。季札聘魯，請觀周樂，於時夫子未删詩也。自雅頌之外，其十五國風盡歌之。今三百篇與魯樂官所歌無所損益，則删詩之説不足信矣。

朱氏經義考曰：『孔子删詩之説，倡自司馬子長，歷代儒生莫敢異議。惟朱子謂經孔子重新整理，未見得删與不删。又謂孔子不曾删去，只是刊定而已。水心葉氏亦謂詩不因孔子而删。誠千古卓見也。鄭漁仲、蘇伯修亦嘗疑之。近時嘉定陶菴黄氏亦謂孔子有正樂之功，而無删詩之事。愚心韙之。且如「行以肆夏，趨以采薺」〔二〕，樂師所教之樂儀也，何不可施於禮義，而孔子必删之，俾堂上有儀而門外無儀，何也？凡射，王以騶虞爲節，諸侯以貍首爲節，大夫以采蘩爲節，士以采蘋爲節。今大、小戴記載有貍首之辭，未嘗與禮義悖，而孔子於騶虞、采蘩、采蘋則存之，於貍首獨去之。俾王與大夫、士有節而諸侯無節，又何也？燕禮「升歌鹿鳴，下管新宫」，大射儀「乃歌鹿鳴三終，乃管新宫三終」，而孔子於鹿鳴則存之，於新宫則去之。俾歌有詩而管無詩，又何也？肆夏、繁、遏、渠，天子所以享元侯者，故九夏掌於鐘師。而大司樂「王出入奏王夏，尸出入奏肆夏，牲出入奏昭夏」，鄉飲酒之禮「賓出奏陔」，鄉射之禮「賓興奏陔」，大射之儀「公升即席奏陔，賓醉奏陔，公入驁」。此又何不可施於禮義，而孔子必删之，俾禮廢而樂缺，又何也？正考父校商之名頌十二篇於周太師，歸以祀其先王。孔子殷人，乃反以先世之所校歸祀其祖者，删其七篇，而止存其五，又何也？穆王欲肆其心，周行天下。祭公謀父作祈招之詩，以止王心。詩之合乎禮義者莫此若矣。孔子既善其義，而又删之，又何也？歐陽子謂删詩云者，非止全篇删去。或篇删其章，或章删其句，或句删其字。此又不然。詩云「唐棣之華，偏其反而。豈不爾思，室是遠而」，惟其詩孔子未嘗删，故爲弟子雅言之也。詩曰「衣錦尚絅」〔三〕，惟其詩孔子亦未嘗删，故子思子舉而述之也。詩云「誰能秉國成」，今本無「能」字，猶夫「殷鑑不遠，在于夏后之世」今本無「于」字，非孔子去之也，流傳既久，偶脱去耳。昔者，子夏親受詩於孔子矣，其稱詩曰「巧笑倩兮，美目盼兮，素以爲絢兮」，惟其句孔子亦未嘗删，故子夏所受之詩，存其辭以相質，而孔子亟許其可與言詩，初未以「素絢」之語有害於義而斥之也。由是觀之，詩之逸也，非孔子删之，可信已。

『然則詩何以逸也？曰：一〔四〕，秦火之後，竹帛無存，而日誦者偶遺忘。一，作者章句長短不齊，而後之爲章句之學者，必比而齊之，於句之從出者去之故也。一，樂師、矇叟止記其音節，而亡其辭。竇公之於樂，惟記周官大司樂一篇，而其餘不知，制氏則僅記其鏗鏘鼓舞，而不能言其義。此樂章之所缺獨多也。且采齊、新宮、繁、遏、渠、九夏暨笙詩六篇、商頌七篇〔五〕，皆先王著於禮而被於樂者，信如子長之言，則删自孔子。禮壞樂崩，是誰之過歟？愚有以知其必不然矣〔六〕。』

朱氏指駁删詩，其説百世不易，故備録之。

凡樂必有詩，而笙詩及九夏樂章則其辭已亡。説者乃謂笙詩有聲無辭，謂九夏未盡亡而取他詩以當之，皆非也。今按：笙詩，毛傳云：『有其義而亡其辭。』黄氏震謂漢世以『亡』爲『無』，當從『無』音。後儒從之，遂謂有聲無辭。不知『無』音固屬誤讀『亡』字，即謂其非誤讀，亦作傳者就作傳時言之，非謂本無辭也。若本無辭，安識其義？其辭亡而義存者，緣孔子正樂時其辭猶在，遭戰國及秦之世而亡之。其義則與衆篇之義合編，故存。正考甫校商之名頌十二篇於周太史，歸以祀其先王，至孔子二百餘年之間，存者五篇而已。笙詩之亡可例也。又或以笙詩之樂曰『奏』，而謂其無辭。不知鄉射禮樂正太師奏騶虞，周禮鐘師掌九夏，而騶虞、貍首、采蘋、采蘩亦曰『奏』，左傳『金奏肆夏之三』，是詩之被於樂者皆得曰『奏』，何獨於笙詩疑之？且笙與籥，管類也。籥章有豳詩，下管有新宫。宋公享昭子賦新宫，則新宫今亡而舊故有詩也。以籥與管之有詩例之，亦不可謂笙獨無辭。其謂之無辭者，始於鄭漁仲，而朱子因之。黄氏又誤讀毛傳『亡』字以傅會之，不足據也。又，時邁，朱傳云：『外傳曰：「金奏肆夏、樊、遏、渠。」韋昭註：「肆夏一名樊，韶夏一名遏，納夏一名渠，即禮九夏之三也。」吕叔玉云：「肆夏，時邁也。樊遏，執競也。渠，思文也。」』按：九夏金奏與笙詩之被於管者同，樂工徒習其音，因亡其辭。周禮載九夏之名，猶詩序載六笙詩之名耳。劉敞、鄭樵謂九夏皆有聲無辭，但如笙詩徒存其名。余謂笙詩無辭，非無辭也，亡其辭也；九夏之無辭亦然。束皙有補笙詩，皮日休有補九夏歌。正以其亡，故補之。鄭司農云：『九夏諸篇，頌之類也。樂亡而諸篇亦亡之矣，故頌不能載。』鄭意蓋謂笙詩亡於正樂之後；九夏之亡最久，孔子時已不見，故詩序亦不得編入也。今朱子引國語兼取韋吕之説。韋以『肆夏』與『樊』爲一，合『遏』『渠』而三；吕以『樊』『遏』爲一，合『肆夏』『渠』而三，皆屬穿鑿。外傳『金奏肆夏、樊、遏、渠』，以皆金奏，故並言之，非肆夏即樊、韶夏即遏、納夏即渠也。此韋説之誤也。時邁即有

『肆於時夏』之文，亦不足據此定爲『肆夏』，況執競、思文皆無言『樊遏』『渠』者乎？此吕説之誤也。韋以樊、遏、渠當肆夏之三，而吕更以時邁、執競、思文當肆夏、樊遏、渠，則愈不可通矣！

詩序之作，説者不同。王肅以爲子夏作；鄭康成以大序是子夏作，小序是子夏、毛公合作；程子以爲當時國史所題；蘇氏以首句爲孔氏之舊，而其下爲毛公、衛宏集録。惟范蔚宗後漢書云衛宏作毛詩序，鄭夾漈因之。而朱子力主其説，復著詩序辨以極詆其妄。朱氏彝尊以子夏授詩於高行子，此絲衣序有高子之言；子夏授曾申，曾申授李克，李克授孟仲子，此維天之命註有孟仲子之言，故以爲補師説之所未及〔七〕，毛公因而存之不廢。且謂毛詩雖後出，亦在漢武時。詩必有序而後可授受，韓魯皆有序，毛詩豈獨無序，而必俟東漢衛宏爲之序乎？故直斷爲子夏作。

愚謂朱氏之辨當矣。朱子專攻小序，近儒復從序而攻朱子，均屬門户之見。蓋序不可廢，而序亦未可盡從。即如朱子誤以鄭詩爲鄭聲，而皆指爲淫奔者之詞，後人從序不從朱，是已。然序於鄭衛之詩，其指爲淫詞者，亦未必盡合聖人採詩之旨。如東門之墠，愚謂懷賢也。溱洧，刺鄭俗之男女無別也。静女，刺淫者彤管之守不終也。氓，刺淫者之見棄，戒慎始也。凡淫詩者，皆刺淫者之詞，必非淫者自道。而刺淫者亦各有所以爲懲戒之意，非徒詠其事以醜之也。若徒詩以醜之，諷一而勸百，其奚貴焉？故余或從序，或從朱，一以『思無邪』一語衷之而私意不設。予之説三百五篇皆如是，聊舉四詩以例其餘。

朱子曰：『國風是民庶所作；雅是朝廷之詩；頌是宗廟之詩。』按：三者之體不同，故命名亦異。即如『王』爲王都而亦名風者，詩采於東都之地，以地名其詩，其體本風，故曰風，非貶王也。『魯』爲列國而亦名頌者，季孫行父請於周，史克作頌，其體本頌，故曰頌，非褒魯也。風雅有變正，而頌無變正。所言者治世之正事則爲正，所言者亂世之變事則爲變風。頌無大小而雅有大小：純乎雅之體爲大雅，雜乎風之體爲小雅。雅不言周而頌言周者，以別於商魯也。周頌美盛德之形容，以其成功告於神明；魯之頌，頌其君而已；商則先代之詩，而亦次於周魯之後者，猶豳風之附於列國後也。詩體本有風、雅、頌之殊，非雅重於風，頌高於雅。

或曰：吳楚之無詩，非以僭王而删之與？曰：非也。太師之本無也。顧炎武曰：『楚之先熊繹，辟在荆山，篳路藍縷，以處草莽，惟是桃弧棘矢，以共禦王事，而周無分器。岐陽之盟，楚爲荆蠻，置茅蕝，設望表，與鮮牟守燎而不與盟。是亦無詩之可采矣。況於吳自壽夢以前，未通中國者乎？滕薛之無詩，微也。虢鄶皆爲鄭滅，而虢獨無詩。陳蔡皆列春秋之會盟，而蔡獨無詩，有司失其傳爾。』

周禮籥章逆暑迎寒，則吹豳詩；祈年於田祖，則吹豳雅；祭蜡則吹豳頌。鄭康成三分七月之章以當之，固屬割裂無據。雪山王氏曰：『此一詩而三用也。籥章之豳詩，以鼓、鐘、琴、瑟四器之聲合籥也。笙師吹笙、竽、塤、籥、簫、篪、篴、管、舂、牘、應、雅，凡十二器，以雅器之聲合籥也。眂瞭，播鼗，擊頌磬、笙磬，凡四器，以頌器之聲合籥也。凡爲樂器，以十有二律爲之數度，以十有二聲爲之齊量，凡和樂亦如之。此用七月一詩，特其以器和聲有不同耳。顧氏炎武從之。愚謂周以農事開國，故周禮籥章皆推本於豳，明王迹之所自也。七月備言寒暑之事，用之逆暑迎寒，其爲豳風也；楚茨、信南山、甫田、大田皆言農事以爲豳雅，而用之祈年；豐年、載芟、良耜、絲衣言報祭飲酒以爲豳頌，而用之祭蜡。於辭義莫不允協，故用朱子之説，而於豳頌，則去臣工、噫嘻二章，而增絲衣一章。説詳本詩。

詩之有賦、比、興，自三百篇以至於今，未之能外。顧其體，則詩成而自具，作詩者不能畫地以趨，説詩者亦不必刻舟以求也。蓋賦之體，比與興不得而亂之；比之體，賦與興亦不得而亂之。至於興，則皆得而亂之矣。何則？以爲感物即目所見，而因及意中所存，興也，何必非賦；以爲寄意感象於物，而因以自況其情，興也，何必非比？即以關雎一詩言之，『關關』雎雄相應之和聲，以比君子淑女也。『參差荇菜，左右流之』，比君子之求淑女也。『左右采之』『左右芼之』，比君子得淑女，而親愛娛樂之也。是比也，何以謂之興？若如註疏以荇菜爲豆實，而謂后妃將共荇菜之葅；即朱子訓『芼』字，亦云執而薦之，亦主奉祭祀言，則皆賦也。琴瑟、鐘鼓，如朱傳，宜從比；如註疏，謂爲房中之樂，宜從賦。亦何以謂之興？夫興之體，必與本事絶不相涉，隨取以爲發端者，如唐風山有樞、小雅南山有臺及漢樂府孔雀東南飛之類，乃可謂之興。興語必在章首，斷無在一章之中、末者，以本無比傅聯屬之義故也。其在中、末者，非賦則比耳。朱子往往有賦而興又比，與賦其事以起興之説，未明於興之説者也。蓋古之經師長於考核，而詩之神理在有字句無字句間，泥於以文害辭，以辭害志。而膠固心目，莫甚於賦、比、興相亂。賦、比、興相亂，由於不知興之所以爲興。愚謂三百篇中，興體絶少。今舉古今相沿所謂興者，通於賦則歸之賦，通於比則歸之比，無可通者乃歸之興，則興之體不亂，而説詩者始明乎詞義與本事絶不相涉者，興體固如是，而穿鑿之私智可廢；不然，興體亡，而僞辨恣矣。

戴侗曰：『經傳「行」皆户郎切，未嘗有協「生」韻者。「慶」皆去羊切，未嘗有協「敬」韻者。如「野」之上與切、「下」之後五切，皆古正音，非叶韻也。』

江脊齋先生曰：『唐人釋經，不具古音。』且云：『古人韻緩，不煩改字。宋吴棫才老始作韻補，蒐羣書之韻異乎今音者，別之爲古音。明楊慎用修又增益之，爲轉註古音。言韻學者，謂二家爲古韻權輿，而韻補尤毛詩功臣。余謂凡著述有三難：淹博難、識斷難、精審難。二家淹博有之，識斷、精審則未也。三百篇後，古音亦漸尨矣。屈宋辭賦，往往有齟齬之韻。漢雖近古，時有古音，而踳駮舛謬者亦不少。魏晉而後，古韻益微。降及唐宋，口習今韻而又間爲古韻，此何足爲典據？而二家惟事徵引，殊少決擇，古韻亦茫無界畔，似諸韻皆可混通，此識斷之難言也。古有韻之文亦未易讀，稍不精細，或韻在上而求諸下，韻在下而求諸上，韻在彼而誤叶此；或本分而合之，本合而分之；或間句、散文而以爲韻；或是韻而反不韻。甚則讀破句，據誤本，雜鄉音。其誤不在古人而在我，二家亦往往不免，此精審之難言也。愚謂，古韻寬而今韻嚴。今韻起於梁沈約，而律詩用之。梁陳以來，古體詩亦皆通韻，如「東」之通「冬」，「魚」之通「虞」，不盡拘沈韻也。唐詩以杜韓爲宗，五言、古體皆用古韻。杜之彭衙行「真」「文」「元」「寒」「删」「先」通用；自京赴奉先縣詠懷「質」「物」「月」「曷」「黠」「屑」通用。韓之此日足可惜「東」「冬」「陽」「庚」「青」通用。元和聖德詩「語」「麌」「哿」「馬」「有」通用。如此之類，更僕未易數。今人作古體詩，尚通用古韻。朱子集傳本吴才老韻補，泥於今韻而爲叶韻之法。凡詩之不合於今韻者，俱從而叶之。就其所叶之韻，亦多有未可通者。如「參差荇菜，左右采之。窈窕淑女，琴瑟友之」。「采」「友」不同韻，則以「采」叶「友」可也，以「友」

叶「采」可也。今「采」叶「此禮反」，「友」叶「羽已反」，將以何韻爲準乎？「維鵲有巢，維鳩居之。之子于歸，百兩御之。」「居」「御」不同韻，則以「居」叶「御」可也，以「御」叶「居」可也。今「居」叶「姬御反」，「御」叶「魚據反」，又以何韻爲準乎？更有不必用韻而亦叶韻者，如「誰謂女無家」「于嗟乎騶虞」之類是也。有本同一韻而亦叶韻者，如「麟之趾」「振振公子」「殷其雷」「在南山之側」「何斯違斯」「莫敢遑息」之類是也。更有上下各自爲韻，而必叶爲一韻者；亦有決不可通之韻、本不入韻之字，而亦必叶爲韻者。牽合煩碎，幾於無句不叶，殊非聲成文謂之音之義也。又古人四聲通用，亦始於虞之賡歌。降爲屈原之離騷，「紛吾既有此内美兮，又重之以修能。扈江離與辟芷兮，紉秋蘭以爲佩」，則平、去通韻；「冀枝葉之峻茂兮，願俟時乎吾將刈。雖委絶其亦何傷兮，哀衆芳之蕪穢」，則上、去通韻；「衆皆競進以貪婪兮，憑不厭乎求索。羌内恕己以量人兮，各興心而嫉妒。前望舒使先驅兮，後飛廉使奔屬。鸞鳳爲予先戒兮，雷師告予以未具」，則平、去、入通韻；「惟兹佩之可貴兮，委厥美而歷兹。芳菲菲而難虧兮，芬至今猶未沬」，則平、入通韻。自楚詞至漢魏樂府皆然，何獨於三百篇而必强爲一聲，又必强爲一韻乎？三百篇之詩皆被之樂，無不可歌者，歌有抑揚、抗墜、輕重、疾徐、宛轉之節，一唱三嘆，音韻自然而協，不必以今韻之平上去入拘拘叶之。今之詞曲，通用四聲，按節而歌，何嘗不協？俗樂尚不必限以一聲，豈古樂反欲拘於一韻？由此推之，不特吳才老韻補、楊用修轉註古音爲未盡美，即朱子之叶韻，亦俱可廢也。』

皇上緝熙聖學，陶鑄百氏，欽定詩義折中一書，頒在學官，星日爲昭矣。臣鳳草莽愚昧，寢食其中者十載。兹編恭録若干篇，以凜聖人雅言之訓。其餘概以朱傳爲主，而序説之可信者存之；序與説俱不可通，乃博采衆論，間附鄙意。朱傳爲家弦户誦之書，故仍用朱傳者，不更采録。若禮器、名物、山川、地理，朱傳或未載，或載而不詳者，備加參考，以便初學省覽。

校記

〔一〕鑾　當作『鑾』。

〔二〕采齊　當作『采薺』。下同。

〔三〕朱彝尊經義考此後有『文之著也』一句。

〔四〕經義考後有『則』字。

〔五〕新宮　經義考後有『貍首』。

〔六〕知　經義考作『斷』。

〔七〕故以爲　經義考作『皆以』。

詩學女爲卷一

國風

周南，后稷初封於邰，是爲邰國，今陝西乾州武功縣西南二十二里有斄城。『斄』讀曰『邰』。不窋竄居戎翟之間，是爲北豳。甘肅慶陽府城東有郁郅城，通典：『即古不窋城。』公劉遷豳，在今陝西西安府邠州，是爲豳國。至太王始遷於岐，建國號曰周。今鳳翔府岐山縣北五十里有岐陽廢縣。唐貞觀七年，析扶風、岐山二縣，所置在岐山之南。太王居岐之陽，即此處也。唐六典曰：『關内道名山曰岐山，俗名鳳凰堆。山之南，周原在焉。詩所云「周原膴膴」是也。』括地志以美陽城爲太王避狄所居，考之顧氏方輿紀要，美陽城在武功縣境，山有太白、惇物而無岐山，恐非是。自文王徙都於豐，乃以周之舊都爲周公旦采邑，以周之召爲召公奭采邑，分治其地。周以東，豐鎬屬焉，南及汝、墳、江、漢，則荊豫之域也。召以西，邰豳屬焉，南及江沱，則梁州之域也。二南之詩采於二公所治之地，故即係之以周召。而采詩之地又不盡於周召，故各以『南』係之。是周召從二公之封地名，猶之列國之以國名，非從二公之爵名也。如云以爵名，則綴『南』於『周』『召』之下，義不可通矣。

關雎八則

關雎，齊、魯、韓三家皆以爲刺康王詩。漢史遷、揚雄，晉范蔚宗輩多宗之。不知言六藝者，必折衷於孔子。魯論『樂而不淫，哀而不傷』二語，豈政衰之詩足以當之乎？此三家之説所以廢而不傳也。顧後儒或以爲文王作，或以爲后妃作，或以爲太任宮人作，惟朱子本程子之説，而斷爲文王宮人美后妃之德而作，欽定詩經傳説彙纂以爲其義宏遠，從之。鳳嘗反復諸説，而後知朱傳獨有合於不淫、不傷之義。何則？使以爲文王作，則『寤寐』『輾轉』之詞，雖志篤求賢而語鄰慕色，猶是牀笫之私耳。後之子孫乃取而播之樂律，用之邦國，毋亦有所未安乎？若出自旁觀者形容之口，則如美叔者，謂『巷無居人』；憂旱者，謂『民無孑遺』，雖甚其詞而不嫌於過，所謂哀而不傷者，於義允矣。至謂后妃求賢以自助，其義較勝。顧古者諸侯一娶九女，不宜待后妃已歸，乃爲文王求妾媵。湛氏若水已嘗辨之。且后妃，文王匹也。更爲求匹，而以共承祭祀之禮尊之。無其事，是以虛詞飾也；

有其事，則上替下僭，後世並后匹嫡之禍，皆於是乎在。則所謂琴瑟鐘鼓者，淫禮慝樂耳，其何以訓？反是以觀，而不淫之義章矣。若謂太任宫人作，考之全詩，自商頌五篇外，無文王以前詩。此尤不根之論，不足辨也。

『雎鳩』，毛傳：『王雎也。鳥摯而有别。』爾雅註：『鵰類，今江東呼爲鶚。』陸佃曰：『鶚性好峙，謂之鶚立，交則雙翔，别則立而異處。』續詩傳鳥名卷曰：『説文「白鷢，王鴡也」，顧氏玉篇與廣韻皆謂白鷢，則是南人稱鶚，北人稱鷢，總是一物。爾雅既出王鴡，又出白鷢，猶之黄鳥、倉庚一物而兩出，無他義也。又春秋昭十七年，郯子舉五鳩之紀曰：「雎鳩氏，司馬也。」杜預註：「摯而有别，故爲司馬主法。」則周官以之定法制，而在毛詩以之正匹配，其義一也。』按：『摯』，古通『鷙』。夏小正『鷹始摯』、曲禮『前有摯獸』可證。

爾雅：『莕，接余，其葉苻。』註：『叢生水中，江東食之。』疏：『苻與莕同。』埤雅：『荽餘以比德后妃，謂可以荽餘草矣。若蘩、蘋、藻，所謂餘草。』〔一〕按：接余即屏風，又名水鏡草、靨子菜、荇絲菜、金蓮子。顔氏家訓：『是水悉有之，黄花，似蓴。』

鄭箋：『左右，助也。言后妃將共荇菜之葅，必有助而求之者。』朱傳：『或左或右，言無方也。』按：公羊傳：『適夫人無子立右媵，右媵無子立左媵。』鄭箋『左右』義或本此。存參。

絲桐，南方之氣，以宣景風，其器爲琴瑟。大琴七尺二寸，中琴三尺六寸。梓曰脣。含脣曰舌。上覆曰定。棗曰承露。高曰岳。岳後曰項。初廣曰肩。肩後曰翅。翅後曰腰。腰後曰尾。尾曰翠。舌下曰雙鳧。露下曰越、曰軫隧。翅下穴曰臍。腰下曰雁足。腰下穴曰臀。尾後曰齦鄂。控弦曰扣。控扣曰軫。操縵曰弦。絃節曰徽。首廣七寸二分，翅博八寸，腰如翅之半，尾居翠四之三，岳穹半寸。凡材，林生者其音鬱，山生者其音險，澤生、邱生者其音澀，邑生者其音繁，石生者其音清，特生者其音越。取材，近本者音過遲，近末者音過靡。擇本末之中而用之，沉之止水，以觀其陰陽。下沉一面爲陰，上浮一面爲陽。其陰以爲底，陽以爲面。立夏而斲其材，深秋而合其膠，立冬而後合其身，春分而灰髹之。凡經歲而材成。大瑟五十弦，小瑟二十五弦。長八尺一寸，定九寸，身七尺二寸。首尾端直，首博一寸九分，岳穹八分，底穴徑三寸、橫四寸，尾博一尺一寸七分，底穴徑四寸、修五寸，越疏分半。首中間通足，高四寸，兩旁各高三寸。尾中間通足，高五寸，兩旁各高三寸五分。柱高如岳，面施五采，端續以錦。凡材，梓爲上，榎次之，楸次之。夏斲其材，冬而合之。其材久，則不析柝也。凡柱，玉柱其音越，金柱其音奮，竹柱其音濫，棗柱其音短。越疏則音緩，越促則音急。

朱傳：『毛，熟而薦之也。』按公食記：『鉶毛，牛藿，羊苦，豕微。』内則：『雉兔皆有毛。』昏義：『毛之以蘋藻。』蓋肉謂之羹，菜謂之毛；肉謂之醢，菜謂之菹。菹醢生爲之，是爲豆實；毛則湆烹之。

金行在西，以宣閶闔之氣。其器爲鐘。鐘口兩角曰欒，又曰銑。銑間曰于。于上曰鼓。鼓上曰鉦。鉦上曰舞。舞上曰甬。甬上曰衡。鐘懸曰旋蟲，又曰幹。鐘有四帶曰篆。篆間曰枚，又曰景。於上受擊處曰攠〔二〕，曰隧。鐘厚一寸有八。鉦徑尺有八寸，居銑十之八。銑間如鉦，鼓間居銑十之六。舞之横如鼓間，從，居銑十之四。甬之長如鉦。衡圍四寸。旋長如甬，二在上，一在下。中以設旋，爲合於黄鍾〔三〕。凡鐘，太厚則聲石，太薄則聲散；迫弇則聲鬱，長甬則聲震。故大鐘、特鐘十分其鼓間，以其一爲之厚；小鐘、編鐘十分其鉦間，以其一爲之厚。鐘大而短，則其聲疾而短聞；小而長，則其聲舒而遠聞。爲隧之法，六分其厚，以其一爲之深，而圜之。特鐘合乎黄鐘，而益倍之。編鐘編十二律加四清律，黃、大、太、夾。則十有六；又編之，則二十有四，縣於一簴。既編律，則旋宮。惟所用筍簴，直者曰簴，横曰筍。筍上刻木爲崇牙，畫以彩色。牙上加翣。翣上載璧。筍旁出者刻爲鱗蟲，下縣五采之羽。簴之跗刻鸁。虎屬。鐘，金屬而音羽，特鐘羽宮。革，北方之氣，以宣廣漠之風，其器爲鼓。鼓長八尺。鼓面徑四尺，中圍一丈六尺。穹三之一曰鼖。軍事之鼓。鼖四面曰路鼓。宗廟之鼓。六面曰靈鼓。以祀地示。八面曰靁鼓。以祀天神。長六尺六寸，面頭廣六寸，中尺厚三寸，中高兩頭直者，各居二尺二寸，面亦四尺，曰晉鼓。金奏之鼓。長一丈二尺中穹者，磬折而至兩端曰鼛鼓。役事之鼓。縫韋爲鼓，中實以糠，以手拍之曰拊。升歌之鼓也，拊應歌聲爲節。長六尺六寸，面四寸，有柄，中繫兩耳，持其柄而摇之，旁自擊曰鼗。堂下節樂之鼓。小鼓曰鞞。堂上節樂之鼓。短鼓曰鼙。如今之盆鼓，一面鼓也。小鼙曰應。與鞞相應。周制縣鼓，凡冒鼓必以啓蟄之日。良鼓瑕如積環，鼓大而短，則其聲疾而短聞；小而長，則其聲舒而遠聞。鼓，革屬，不應於律，而爲衆音之主，其音宮。

燕禮有房中之樂。註云：『弦歌周南、召南之詩，而不用鐘磬之節。』疏云：『按：磬師云，教縵樂、燕樂之鐘磬。』註云：『燕樂，房中之樂，所謂陰聲也。房中之樂，得有鐘磬者。彼教房中樂，待祭祀而用之，故有鐘磬也。』據此，則房中之樂以燕則用琴瑟，以祭祀則用鐘鼓。琴瑟聲婉順，故曰『友』。友者，親愛之意。鐘鼓聲宣揚，故曰『樂』。樂則和平之極也。

葛覃三則

禮『后妃親蠶不親葛』，故毛傳作『后妃在父母家』詩，曲解末章以就其説，支離彌甚。不知親蠶之典始於前古，故其禮詳；親葛之事即始后妃，躬自爲之，非有儀制，孰垂憲章？蓋豳俗近古，后妃尤習勤。禮之所無，事之所有，無或疑焉。或曰，后妃當歸寧之候，正及始絺之時，因感在父母家曾任治葛之事，歌以飭女紅而勤婦職，末章乃以末事終之。其説似非無見。然詩取垂教，維其義勝而已。此一詩也，務絺綌以教勤，服澣濯以教儉，崇師氏以教敬，寧父母以教孝。張氏栻所謂『誦「無斁」之章，則知周之所以興；誦「休其蠶織」之章，則知周之所以亡』，序云葛覃爲后妃之本者，義如是也，何必以禮無親葛之文，而必强爲之説哉！

爾雅：『皇，黄鳥。』郭註：『俗呼黄離留，亦名摶黍。』陸璣曰：『黄鸝留也。或謂之黄栗留。幽州人謂之黄鶯。一名倉庚，一名鶩黄，一名楚雀。齊人謂之摶黍。』埤雅：『其按，月令：『仲春之月，桃始華，倉庚鳴。』蓋后妃見黄鳥之飛鳴，而知始絺之不遠也。

『言告師氏』，爾雅：『言，我也。』朱傳：『言，辭也。』按：毛據爾雅訓『我』，不若朱傳爲勝。易『説言乎兑，成言乎艮』，『言』亦辭助也。『薄汙我私，薄澣我衣』；『私』，燕服；『衣』，禮衣；『汙』，謂煩撋之，用功深澣。説文作『濣』，濯衣垢也。燕服垢深，故煩撋之；禮衣垢淺，濯之而已。王后六服：褘衣從王祭先王，褕翟祭先公，闕翟祭羣小祀，鞠衣以告桑，展衣以禮見王及賓客，褖衣以御於王。六衣皆公服。『害澣害否』，孔疏謂三狄畫五色，不可澣。鞠、展、褖純色，可澣。詩蒙『澣』言，故作此解。然味詩意，猶云當澣者澣，可無澣者已之，言中有不欲過勞人力之意。則澣可兼汙，無容過泥也。

卷耳五則

春秋傳曰：『「嗟我懷人，寘彼周行」，能官人也。王及公、侯、伯、子、男、甸、采、衛、大夫各居其列，所謂周行也。』義取斷章。毛傳本此以説詩，而後三章詞義難通，則又以爲指使臣言之。官人之詩略，而勞使之詩繁，此可疑也。且其言親暱，非后妃所得施於使臣。

朱子非之，故集傳以爲思念君子是已。楊氏慎曰：『婦人陟岡飲酒、攜僕望砠，即爲託言，亦傷大義。』因謂是代文王設身處地之言，義尤完善。説是詩者宗集傳而參以楊氏之説，庶幾得之。

『卷耳』，爾雅：『苓耳。』陸璣曰：『葉青白色，似胡荽，白華，細莖，蔓生，可煮爲茹。四月中生子，如婦人耳璫，幽州謂之爵耳。』爾雅翼：『幽州謂之檀草〔四〕，雒下謂之胡枲，江東呼爲常枲，一名常思菜〔五〕。』則后妃思君子，見常思以起興，猶思歸寄當歸、臨別贈將蘺之意。

『不盈頃筐』，頃筐，畚屬。禮書：『有頃筐，有懿筐；有小筐，有大筐。頃筐，其淺者也。』卷耳，易采也。頃筐，易滿也。然而不盈焉者，懷文王之在道也。一句領起下三章。所言『崔嵬』『岡』『砠』，皆后妃意中文王馳驅大道所登陟之境。祇設爲文王之言，以寫其在道之情，而后妃之懷更不自道一語，於此可悟作詩之法。

『金罍』，酒器也。韓詩説：『天子以玉，諸侯大夫皆以金，士以梓。』禮圖：『刻木爲之，大一斛。』漢書作『金鼺』。應劭云：『金鼺，畫雲雷之象，以金飾之。』説文作『櫑』，䰟目酒樽，刻雲雷象，又作『罍』。

『崔嵬』章已下曰『我』，皆我所懷者，想其勞苦，欲其且酌酒以解憂耳。

樛木二則

鄭箋：君子指文王。朱傳：君子指后妃。鳳謂：言文王可舉后妃，言后妃則遺文王矣。統於所尊，鄭義較勝。

『樛木』，爾雅：『下句曰朻。』説文：『高木也。』『葛藟』，陸璣曰：『一名巨瓜，似燕薁，亦延蔓生，葉似艾，白色，其子赤，可食，酢而不美。』〔六〕孔疏：『藟與葛異，亦葛之類也。』按：『藟』與『虆』古通。爾雅云：『諸慮山虆。』郭註：『今江東呼虆爲藤，似葛而麤大。』

螽斯二則

螽斯，樛木之應也。黄臺歌而唐祚衰，螽斯作而周禄永，修短之故，雖曰君德，亦由内助。

『螽斯』，爾雅：『蜇螽，蜙蝑。』郭註：『俗呼蝽蟒。』邢疏：『周南作螽斯。』陸璣曰：『幽州謂之春箕，長而青，長角長股，或謂似蝗而小，五月中以兩股相切作聲。』寫官記：『斯者，辭也。猶小雅云「鹿斯之奔」「菀彼柳斯」是也。詩又曰：「斯螽動股」，亦辭也。小雅云：「秩秩斯干，彼疏斯稗。」』

桃夭三則

荀卿云『霜降逆女，冰泮衰止』，則自九月至二月皆可昏。春秋桓公三年九月書『夫人姜氏至自齊』，莊公元年冬十月書『王姬歸於齊』，可知昏期不必定仲春也。朱傳云：『「仲春令會男女」，然則桃之有華，正昏姻之時也。』其説本周禮而因詩，又以桃夭起興，故爲是論，亦未嘗謂仲春之必不可昏，如鄭箋説摽有梅篇之泥也。東萊呂氏謂以華色比之子，則興而兼比。參之朱傳，庶幾得風人之旨與？

『之子』，爾雅：『是子也。』毛傳：『嫁子也。』按：『之』，往也。未嫁曰『女』，既嫁曰『婦』，方嫁曰『嫁子』。

『桃之夭夭，有蕡其實』，集思通：『凡花豔者鮮實。桃夭不然，春開夏結，其實多而味美，故曰有蕡。』按，爾雅：『黂，枲實。』疏云：『枲，麻也。黂者，即麻子名也。』爾雅翼：『麻實謂之蕡。麻於植物中最多子。』疑『蕡』與『黂』通。

兔罝四則

墨子：『文王舉閎夭、泰顛於罝網之中，授之政，西土服。』詩說從之。其說與『干城』『好仇』『腹心』等句較有著落。然后妃之德且化及江漢游女，豈文王之德獨不可化及兔罝之野人乎？朱傳之義宏矣。

『兔』，爾雅：『兔子，嬎。』郭註：『俗呼曰䨲。』邢疏：『崔豹古今註云：「兔有九孔。」』論衡曰：「兔舐雄毫而孕，及其生子，從口而出。」』埤雅：『兔生自口，宜有留難，吐而後免，故字又通爲免。今產乳曰「免」，亦謂之「分挽」。且兔，足前卑後倨，其形俛，故「俛」又從「免」也。』

『椓之丁丁』，毛傳：『椓，杙聲也。』按：爾雅：『樴謂之杙。』註：『橜也。』說文：『擊橜於地中，張罝其上也。』

『公侯好仇』，爾雅：『仇，合也。』朱傳：『與「逑」同。』按：『仇』，匹也。似臣非君匹，故朱子語録復引漢書董仲舒傳『伊吕乃聖人之耦』以證之。

芣苢二則

芣苢，韓詩序云：『傷夫有惡疾也。』列女傳以爲蔡人妻所作，後儒謂勝毛傳。西河毛氏則疑夫有惡疾不去，而以芣苢臭惡猶采，賦以自況。是比也，非賦也。因謂惡疾癩也。是萃葉而衣之，可愈癩，故芣苢又名蝦蟆衣。其説可謂善矣。顧母欲嫁其女，而其女不去，賢婦也，后妃之化也。其母獨非被后妃之化者乎？鳳謂凡説之無當於詩之大義者，均可無辨。傷惡疾與療産難與宜子，與其於聖人采而獻之之意奚當也？善夫李氏詩所之言曰：『舊説以爲婦人之詩，然無意義可尋。惟其采而收之，曲盡一事之理者，可爲求善取益之喻。而詩次兔罝後，殆以文王求才之殷、取才之盡，作者因「芣苢」以起興，猶之「關雎」「荇菜」之義。』其説雖與朱傳異，而取義宏遠，可並存也。

『芣苢』，爾雅：『馬舄。』郭註：『大葉，長穗，好生道邊，江東呼爲蝦蟆衣。』陸璣曰：『馬舄，一名車前，一名當道，喜在牛迹中生，幽州人謂之牛舌草，其子治婦人難産。』

漢廣七則

戴氏震曰：『民知有禮也。是女也，禮不備不可求，猶舟楫不備不可濟也。婦人謂嫁曰歸。凡詩言「之子于歸」，在女子則適人之正也。秣馬也者，欲駕車往迎之詞也。親迎，禮之正也。設言以禮嫁，則以禮娶，而願秣馬以致欣慕也。昏禮：「士妻始嫁，乘夫家之車。其馬謂裧，車之馬與？」毛詩序曰：『文王之道，被於南國，美化行乎江漢之域，無思犯禮，求而不可得也。』

漢郑氏詩傳：『岐雍之南瀕漢。』按：漢水有二源。禹貢錐指東西二源圖註云：『東源出漢中西縣嶓冢山，始出曰漾，合沮曰沔，東流爲漢，又東南至江夏沙羡縣入江。西源出隴西西縣嶓冢山，南流爲嘉陵水，又南合潛爲西漢水，又南合白水，至巴郡江州縣入江。』據此，西漢水在梁州域，非詩所指之漢水也。作詩者當在荊州域江漢合流處，今之漢陽江夏地東漢水也。

『江』，鄭氏詩傳：『河洛之南瀕江。』水經註：『岷山在蜀郡氐道縣，大江所出。』益州記：「大江泉源，即今所聞，始發羊膊嶺下，緣崖散漫，大小百數，殆未濫觴矣。」』按：岷山，一名沃焦，數百峯，大西山爲最，大雪山三峯闖其後，冬夏如爛銀。一谷名鐵豹嶺者，有西岳廟，廟下名羊膊嶺。水分二流：一東南流爲大江，一西南流爲大渡河。禹貢錐指云：『以今輿地言之，江水出四川松潘衛徼外，岷山流徑衛北。』註云：『衛本禹貢揚州之域，後爲氐羌地。漢置湔氐道，屬蜀郡。唐爲嘉誠縣，松州治。明置松潘衛，屬四川都司。在成都城西北七百六十里。』元和志：『江源鎮在松州交川縣西北三十里。』

『翹翹錯薪』，按：孔疏『薪木』稱引月令『收秩薪柴』註：『大者可析謂之薪。』非是。下『蔞』亦言『薪』，特柴類耳，不必泥。

『言秣其馬』，世本古義：『秣馬，謂親迎也。言人若欲娶此女，必待秣馬以行親迎之禮，庶可耳，寧可以非禮干之乎？』

樂府有三疊，笛有三弄。此詩末四語三章通用，即漢魏曲後之趨也。麟趾、殷雷，其體並同。

『蔞』，爾雅：『購蔏蔞。』郭註：『蔞，蔏也。生下田，初出可啖，江東用羹魚。』陸璣曰：「其葉似艾，白色，長數寸，高丈餘，生食之，香而脆美，其葉又可蒸爲茹。」』

汝墳五則

汝墳之『伐枚』『伐肄』，君子從役而婦代職以養父母者也。其曰『父母孔邇』，言昔則遠而今則邇也。顧父母本邇，今若倍覺其邇而曰『孔邇』，寫一時喜慰難言之情，幾於繪聲繪影矣。敘征役之勞而不涉於怨，述團聚之樂而並忘其勞。非文王之化，奚以及此？故朱傳以父母爲指文王，義似紆曲；而小序『勉之以正』之説，亦無取焉。

『汝』，朱傳：『汝水出汝州天息山，徑蔡、潁州入淮〔七〕。』禹貢錐指：『汝水出魯陽縣之大盂山，東南流徑原鹿縣故城西而南入於淮，所謂汝口。』按：朱傳『天息山』，本桑欽水經；禹貢錐指『大盂山』，本酈道元水經註。酈説爲的。

『墳』，爾雅：『墳，大防。』李註謂『崖岸狀如墳墓』。按：爾雅『汝爲濆』註引詩作『汝濆』。水經註有濆水，則濆又汝之別流也。

『惄如調飢』，毛傳：『飢意也。』鄭箋：『思也。』按：孔疏引爾雅釋詁云：『惄，思也。舍人曰：「惄，志而不得之思也。」』釋言曰：『惄，飢也。李巡云：「惄，宿不食之飢也。」』故傳言飢意，箋以爲思義，相接成也。

『魴魚』，爾雅：『魴，魾。』郭註：『江東呼魴魚爲鯿，一名魾。』陸璣曰：『廣而薄，肥恬而小力，細鱗，魚之美者。』爾雅翼：『漢水中者尤美，常以槎斷水，用禁人捕，謂之斷槎鯿。』

麟之趾二則

周南始於關雎，終於麟趾，明治化之必先齊家也。麟，仁獸也。家之人無不仁，則文王之仁可知。此起化之本也，故傳之美文王曰『爲人君止於仁』。

『麟』，爾雅：『麐，麕身，牛尾，一角。』京房易傳：『狼額，馬蹄，有五采，腹下黃，高二丈。』說文：『麒，仁獸也。麐，牡麒也。』

校　記

〔一〕四庫全書本埤雅作：『蔞餘，惟后妃可比焉。其德行如此，可以妾餘草矣。若蘩、蘋、藻，所謂餘草。』

〔二〕於　據前文，當作『于』。

〔三〕鍾　據前後文，當作『鐘』。

〔四〕本句爾雅翼作『幽冀謂之檀菜』。

〔五〕一名　爾雅翼作『又謂之』。

〔六〕陸璣毛詩草木鳥獸蟲魚疏後有：『幽州謂之推蓷。』

〔七〕穎州　當作『潁州』。下同，不另出校。

詩學女爲卷二

國風

召南，許氏謙曰：『召公奭，姬姓，或以爲文王庶子。勝殷後，封於北燕，留周佐政，食邑於召，輔成王、康王。卒謚康，長子繼燕，支子繼召。』召城，杜預曰：『在雍縣東南，亦曰召亭。』水經註：『雍水又東經召亭南。』括地志：『召亭在岐山縣西南十里。』閻氏若璩曰：『岐山縣西南十里召亭者，文王時召公食采邑。絳州垣縣召亭者，春秋時召公食采邑。詩之「召南」，在文王西京，非東都也。』

鵲巢四則

重始嫁之德也。使人君而知『御之』『將之』『成之』之說，則齊尊配德之義明，而衽席不憂其無辨矣；使夫人而知『居之』『方之』『盈之』之說，則從人逮下之義明，而牝鷄不憂其司晨矣。此關雎之化也，所謂『百辟其刑』之者與？

『鵲』，爾雅：『鵲，鵙醜，其飛也翪。』禽經：『鵲以音感而孕。』埤雅：『一名乾鵲。鵲作巢，取在木杪枝，不取墮地者，皆傳枝受卵。』『鳩』，爾雅：『鳲鳩，鴶鵴。』註：『今之布穀也，江東呼爲穫穀。』陸璣云：『一名擊穀，一名桑鳩。』禽經：『鳩拙而安。』埤雅：『一名摶黍，江東呼爲郭公，牝牡飛鳴，以翼相拂。』

『維鳩方之』，戴氏震曰：『古字「方」「房」通，如「既方既皁」「實方實苞」，即「房」字。房之，猶居之也。』

孔疏：『國君之禮，夫人自乘其家之車。鄭箴膏盲云：「禮雖散亡，以詩義論之，天子以至大夫皆有留車反馬之禮。」故泉水云「還車言邁」。箋云：「還車者，嫁時乘來，今用乘以歸。」是其義也。言迓之者，夫以車迎之；送之，則其家以車送之。故知壻車在百兩迎之中，婦車在百兩將之中。』

采蘩四則

采蘩，或云親蠶之詩，朱子並存其說，亦謂蘩所以生蠶，以豳風『春日采蘩』之『蘩』亂之也。爾雅：『蘩，皤蒿。』郭註云：『白蒿。』陸璣亦云：『即坤雅所謂今覆蠶種用蒿者是也。』此七月所詠之『蘩』也。爾雅翼謂水草之蘩爲『莪』，則此詩所詠之『蘩』也。詩明言『于沼』『于沚』『于澗』，而孔疏以爲非采自水中，是未知蘩不一而名一也。后妃采荇，公侯夫人采蘩，荇、蘩皆水草。左傳所謂『澗溪沼沚之毛，蘋蘩蕰藻之菜，可薦於鬼神』者也。又周禮，王后之首服三，副以覆首，如今步繇，服之從王祭祀。編，列髮爲之，若今假紒，服之以桑〔一〕。次，次第，髮長短爲之，服之以見王。凡諸侯夫人於其國，衣服與王后同。鄭箋誤以『被』爲『次』，次非祭所服，故訓『在公』謂『視濯溉饎爨之事』。朱傳誤以『被』爲『編』，故兩存祭、桑之義而未定其說。不知說文云『髲，益髮也』，釋名云『髲，被也，髮少者得以被助其髮也』，故戴氏震曰：『「被」「髲」通，亦謂之髢。此言「髲」，鄘言「髢」，皆不在首服副編次之數，其上仍加副焉。』據此則明乎『蘩』之爲『莪』，被之非編與次，而詩之爲美夫人能奉祭祀無疑矣。

『蘩』，毛傳：『皤，蒿也。公侯夫人執蘩菜以助祭。』鄭箋：『以豆薦蘩菹。』按：周禮註『七菹：韭、菁、茆、葵、芹、菭、筍』，無蘩。夏小正傳云：『菜蘩，由胡蘩。由胡者，蘩母也。蘩，旁勃也。皆豆實也。』

『公侯之宮』，毛傳：『廟也。』放齋詩説：『春秋莊二十三年，「丹桓宮楹」；明年，刻桓桷」註〔二〕：宮，廟也。』詩經胡傳：『凡祭，豆之品四，菹之類七，示物咸在，偶掇一蘩耳〔三〕。指定在宮爲薦蘩，失之。』

『薄言旋歸』，鄭箋：『自廟反其燕寢。』按：箋云：『釋祭服而去髲髢也，夫被已去矣，何祁祁之足詠也？且考禮經無釋服於廟之文。』玉藻：『君朔日視朝，猶適小寢，乃釋服。』則祭可知也，夫人之於祭更可知矣。

草蟲四則

序以草蟲爲大夫妻能以禮自防，毛、鄭、孔皆以『大夫之妻待禮而嫁』釋之，誤矣。宜從朱傳。

『草蟲阜螽』，戴氏震曰：『阜如「四牡孔阜」之阜，大也。猶曰喓喓有聲者，草中蟲也；趯趯然躍者，螽之大者也。聞其聲，泛曰草蟲而已；見其物，乃曰阜螽。爾雅以斯螽、阜螽、草蟲爲三類，因詩傅會，非詩意也。毛傳：「草蟲，常羊也。阜螽，蠜也。」周南「螽斯」、豳「斯螽」，毛傳皆云：「蚣蝑也。」毛氏之說本於爾雅「蛗蟲、蠜、草蟲、負蠜、蜇螽、蚣蝑」。詳考之詩，乃知爾雅此條不足據。詩祇言螽，未嘗分別其種類。草蟲本無定指。阜，大也。斯，辭助。阜之爲蛗，斯之爲蜇，字體贅且僞，不合經義。竊謂詩之難言，爾雅猶或失之，況後人乎！』按：草蟲，感物類之愁人也。

『蕨』，爾雅：『蕨，虌。』註：『江西謂之虌。陸璣云：「山菜也，初生似蒜，莖紫黑色，可食，如葵。」』釋文：『初生時似虌脚，故名焉。』埤雅：『狀如大雀拳足，又如其足之蹷，故謂之蕨。』按：采蕨，感物形之不舒也。

『薇』，爾雅：『薇，垂水。』註：『生於水邊。』陸璣云：『亦山菜也，莖葉皆似小豆，蔓生，其味亦如小豆。藿可作羹，亦可生食。』按：薇，一名迷蕨，疑即莊子所謂迷陽。采薇，感物味之不甘也。

采蘋四則

毛鄭皆主教成之祭，而毛謂『古者嫁女必先禮之於宗室』，鄭箋辨之云：『女將行，父禮女而俟迎者，蓋母薦之，無祭事也。』則傳亦小誤。朱傳從序説，以爲『大夫妻能奉祭祀』。考禮經，妻無主祭之文，而詩則曰『尸之』，入廟稱婦而詩則曰『季女』，似不可通。左傳穆叔曰：『濟澤之阿，行潦之蘋藻，寘諸宗廟。季蘭尸之，敬也。』説者以爲『季蘭，季女佩蘭者也』，則教成之祭，説先毛鄭矣。況蘋藻非葅，葅不當烹，奥不可云牖下，種種未合，則何如本昏義而從鄭箋之爲得與？

『蘋』，毛傳：『大蓱也。』爾雅：『苹，蓱，其大者蘋。』註：『水中浮苹，江東謂之薸。陸璣云：「季春始生，可糝蒸爲茹，又可苦酒淹以就酒。」』按：蘋五月中有華，華白，或謂之白蘋。韓詩外傳：『沈者曰蘋，浮者曰薸。』爾雅翼：『蘋葉正方，中拆如十字，根生水底，葉敷水上，不若小萍無根而漂浮。』詩緝：『蘋可茹，萍不可茹。』據諸説，郭註誤。『藻』，毛傳：『聚藻也。』陸璣曰：『藻生水底，有二種：其一葉如鷄蘇，莖大如箸；其一莖大如釵股，葉如蓬蒿。謂之聚藻，聚生故也。』

『于以湘之』，毛傳：『亨也。』鄭箋：『亨蘋藻者於魚湆之中，是鉶羹之芼。』按：昏義：『古者婦人先嫁三月，祖廟未毁，教於公宫；祖廟既毁，教於宗室。教以婦德、婦言、婦容、婦功。教成祭之，牲用魚，芼之以蘋、藻，所以成婦順也。』註：『魚、蘋、藻皆水物，陰類也。魚爲俎實，蘋、藻爲羹菜。祭無牲牢，告事耳，非正祭也。又考之禮，主婦薦豆，豆無荇、蘩、蘋、藻，實以菹醢。作菹之法，生爲之。今曰湘，則爲芼，非爲菹也。菹與醢相從，實諸豆，無亨事者也。芼與羹相從，實諸鉶，湆亨之。朱傳訓『湘』爲『粗』，熟而淹以爲菹。非是。

『宗室』，毛傳曰：『大宗之廟也。』按：昏義註：『宗子之家也，又謂祭其所出之祖。』『牖下』，朱傳以『奥』訓之，誤。奥遠户，其地幽奥，故名奥；牖近户，與奥名實異。鄭箋謂『凡昏事，於女禮，設几筵於户外』，蓋以爲户外之牖下，説勝朱傳。

甘棠四則

韓詩謂有司請營召以居，召伯以勞百姓非先君文王之志，出就蒸庶於阡陌隴畒之間而聽斷焉。鄭箋本此而去其『營召』之説，蓋營室以居，雖聖賢不能廢。靈臺、靈沼，文王猶自爲之，孰謂營召而非文王之志者？鄭氏亦覺其難通而去之矣，第仍其說曰：『不重煩勞百姓，止舍小棠之下而聽斷焉。』不知所謂『不重煩勞』者又奚指也？豈必就訟者之便，輒止而聽之，不煩其赴訴乎？則訟不一人，是不一地。所茇、所憩、所稅，亦必不止一甘棠。僕僕於道，知不然矣。乃其訓『茇』爲『草舍』，止舍小棠之下，則猶韓詩『不營召』之說耳，不足據也。劉氏向曰：『召公述職，當桑蠶時，不欲變民事，故不入邑中，舍於甘棠之下。』其說與朱傳『循行布政』之說皆可通。鳳謂，其於甘棠之下也，或聽訟與，或述職與，或布政與，皆不可知，要不過偶一休止，而後人思其德、愛其樹如此，此可以見召公矣。故韓詩、鄭箋之說必不可用，餘亦鮮據，無可泥。惟朱傳『或舍甘棠之下』，一『或』字可以破羣疑，而會通諸說矣。

『甘棠』，爾雅：『杜，赤棠。白者棠。』又：『杜，甘棠。』陸璣云：『白棠、甘棠，少酢滑美。赤棠，子澀而酢，無味。俗語云「澀如杜」是也。』說文：『牡曰棠，牝曰杜。』通志：『甘棠謂之棠，其花謂之海棠花，其實謂海紅子。』按：爾雅曰『杜，甘棠』，蓋杜之甘者棠也。郭註：『今之杜黎，赤棠也。』誤。

召南，文王時詩，召公不應稱伯。蘇氏轍曰：『思者之辭也。』則詩乃作於武王世，追思食采時事，故詩編召南，而爵書召伯。『召』，漢書引作『邵』。『茇』，毛朱皆訓作『草舍』，誤。羅氏中行曰：『止於其下以自蔽，猶草舍耳，非謂作舍也。』

行露三則

劉向列女傳云：『召南申女許嫁於豐，夫家禮不備而迎之，女持義不從，而作是詩。』與韓詩大指相同。朱傳似亦用其説。考周禮仲春會男女而有奔者勿禁之文，則禮固可不備矣。況既許嫁，則夫婦之義已定，因小失禮而乖大義，是不可訓，宜從鄭『六禮强委』之説爲正。蓋如鄭公孫黑强委禽於徐吾氏女，女卒不從而適子南，事正相同。女固未嘗許之嫁也，未嘗許而强委之，若托於有家之禮，甚且速之獄訟，而其不從之志卒不爲强暴所汙，故足美也。或曰：『是則然矣，奚以見召伯之聽斯訟與？』戴氏震曰：『「誰謂」云者，衆不能察，而歸之聽斷者之明也。』雖然，以文王之化、召伯之教而猶未免於男女之訟，於是有謂召南被化未純，不若周南者；有謂『二南』被化有遠近、作詩有先後者；有謂此貞女自誓之詞，非真有此事而聽斷於召伯者。不知朱、均、管、蔡，以聖人爲之父兄猶不能化，況於疏遠之民乎？神禹之德，豈孫文王，然而下車之泣已前此矣，是固無容多爲之説者也。

『雀』，説文：『依人小鳥。』古今註：『雀，一名嘉賓。』爾雅翼：『雀，小隹，其小者黄口，貪食易捕；老者黠難取，號爲賓雀，性極多欲。字通於「爵」，飲器以爲名，取其鳴節節足足也。』

『鼠』，爾雅翼：『盜竊小蟲，夜出晝匿穴，蟲之黠者。』按：爾雅鼠屬甚繁，有鼢、鼸、鼷、鼬、鼩、鼭、鼫、鼢、鼣、鼨、鼮、鼰之別，皆異種。漢書『屋鼠不薰穴牆』者，蓋常鼠耳。

羔羊六則

臣鳳伏讀御纂詩經傳説彙纂曰：『詩序云：「羔羊，大夫節儉正直也。」裘敝不易，節儉可知也；人常自得，正直可知也。君子是以知周之隆也。芣苢和平，室家無事也；羔羊從容，朝廷亦無事也。夫其無事者，非不事也。君心清則臣節儉，君心明則臣正直。事之可已者無不已，其不可已者亦順應而無容私焉。日事事而行所無事，故不見有事也。或多事而事廢，或省事而事理，爲治者可以審所向矣。』臣謹按：是詩非聖人恭己率物躬致如成周之隆者，必見不及此，用敢恭録以私備省覽。

『羔』，説文：『羔，羊子也。羜，五月生羔。羍，六月生羔。㚔，七月生羔。』『羊』，爾雅：『羊角不齊，觤。角三觠，羷。羳羊，黄腹。絶有力，奮。』埤雅：『羊性喜羣，故於文，羊爲羣，犬爲獨也。』

序云：『德如羔羊。』朱子以爲衍説，而孔疏云：『衣服多矣，何以獨言羔裘？宗伯註云：「羔取其羣而不失其類。」士相見註云：「羔取其羣而不黨。」公羊傳何休云：「羔取𧈪之不鳴，殺之不號，乳必跪而受之。死義生禮者，此羔羊之德也。」』據此，似序説亦有義，存參。

『素絲五紽』，孔疏：『織絲爲組紃，以英飾裘之縫中。』按：『紽』，釋文作『它』，又作『他』，英裘之紃也。鄭風云『三英粲兮』，亦紽數也。或三或五，皆約略言之。

『退食』，朱傳：『退朝而食於家也。』鄭箋訓『減膳』，孔疏引『趙盾魚飧，公孫弘飯脱粟』解之，非是。古人非天災無減膳之制，當從朱傳。

『羔羊之革』，毛傳：『革，猶皮也。』說文：『獸皮治去其毛曰革。』朱傳從毛。寫官記：『革非皮也，革不可爲裘。皮也而似革，儉也。』其説似勝。

殷其靁一則

序云：『召南之大夫遠行從政。』孔疏：『文王未稱王，召伯爲諸侯之臣，其下不得有大夫。此言召南大夫，則是文王都豐、召伯受采之後也。』考文王終其世未嘗稱王，都豐後，召伯又何得有大夫？疏又云：『周禮六卿，其下皆有大夫，各屬其卿。左傳「伯輿之大夫瑕禽」，亦此之類也。』據此，則召伯固宜有大夫，不必王而後有大夫也。蓋天子之卿有屬，諸侯之卿亦有屬。大夫，屬大夫也。鄭箋：『召南大夫，召伯之屬。』説最明晰。

摽有梅二則

戴氏續詩記謂：『摽有梅，父母之心也。「求我庶士」，乃擇壻之詞。』其説本申公詩説，最善。不得因豐坊僞竊並廢戴説也。

『梅』，爾雅：『梅，柟。』註：『似杏，實酢。』又荆州曰梅，揚州曰柟。』『摽』，説文作

『殳』，『物落，上下相付也』。

小星四則

諸侯一娶九女，娣姪與嬪而八，故詩以『三』『五』況之。『小星』則微而無名者，其抱衾與裯而從衆妾，以往之宮人與？詩當即宮人之所作，乃能道衆妾義命自安之心，則宮人猶賢矣，而況於衆妾乎？況於夫人乎？故曰『小星，樛木之化也』。

『三五在東』，毛傳：『三，心。五，噣。四時更見。』鄭箋：『衆無名之星，隨心、噣在天，猶諸妾隨夫人以次進御於君也。心在東方，三月時也。噣在東方，正月時也。』孔疏：『知三爲心者，心實三星。公羊云：「心爲大辰。」知五是噣者，元命包云〔四〕：「柳五星。」釋天云：「味謂之柳。」天文志曰：「柳爲鳥喙。」則喙者，柳星也。心，東方之宿；柳，南方之星。』按：朱傳：『三、五言其稀，不能泥定心、柳。』然下章言參、昴，確有所指，則此指心、柳，理或然也。

『維參與昴』，毛傳：『參，伐也。』孔疏：『天文志：「參，白虎宿。三星直。下有三星，鋭曰伐。以伐與參連體，參爲列宿，統名之，若同一然，故言「參，伐也」。』毛傳：

『昴，留也。』孔疏：『元命包：「昴，六星。昴之爲言留，言物成就繫留」是也。夏小正：『四月，昴則見。』釋文：『「昴」音「卯」，又音「茅」，一名「留」，二星皆西方宿也。』晉志：『昴七星，天之耳也。』按：『昴』，集韻引作『昴』，五音集韻同。『裯』，爾雅『幬謂之帳』註引詩作『抱衾與幬』，則『裯』應訓『帳』，毛訓『禪被』，誤。

江有汜四則

序謂『文王之時，江沱之間，有嫡不以其媵備數，媵遇勞而無怨，嫡亦自悔也。』朱傳亦同。惟黄氏震曰：『岷隱云，「不我以」正是置之於無所與事之地，非遇勤勞也。已乃寬釋，曰久當自悔，且有以處，我嘯歌以俟時，不必過爲戚戚也。無所怨尤，此爲媵之美。其説得之。』欽定詩經傳説彙纂亦既存其説於附録之中矣。

臣又伏讀御纂詩義折中，一章曰：『或其後也悔而迎我，則我將如汜之復入於江乎？蓋望之也。』二章曰：『其後也又安處而不來迎我，則將如渚之不復入江乎？蓋疑之也。』三章曰：『既不問我，是終不悔矣。我雖思之，亦屬無益。其變嘯嘆爲詠歌，如沱之不復入江乎？蓋安之也。』總案曰：『詩序：「江有汜，美媵也。」思而不怨，困而能亨，此士君子之所難而女子能之。陳氏曰：「小星之夫人惠及媵妾，而媵妾盡其心；江汜之夫人惠不及媵妾，而媵妾不怨。蓋父雖不慈，子不可以不孝，各盡其道而已矣。」御論精微，足訂毛朱之誤，其分章訓解即同總案彙載，後放此。

詩所言之江，係梁州域，當在灌縣之下，重慶之上。

『汜』，爾雅：『決復入爲汜。』註：『水出去復還。』鄭箋：『喻江水大，汜水小，然得並流，似嫡媵宜俱行。』按：朱子『舊説江汜即今夏口』，夏口屬荆州，非是。

『沱』，爾雅：『江爲沱。』註：『書曰：「岷山導江，東別爲沱。」』禹貢錐指：『灌縣舊志，大江經縣西三十三里分爲二派：其一東南經崇慶州至新津者，今謂之南江；其一東循灌城者，今謂之北江。北江又分爲三派：其一東南徑温江，過府城南，入新津，合大江者，爲流江；其一自縣寶瓶口直東入五斗口，東北經郫縣、新繁過府城，北折而南合流江者，謂之郫江；其一自寶瓶口東北穿三泊洞，又東北經新繁、新都至漢州入雒者，爲湔水。』參考諸説，大皁江即鄗水，實岷江之正流。郫江即禹貢梁州之沱流江，乃李冰所穿，與郫江爲二江者。郫江號北江，惟東合湔雒，又東南至江陽入江者，爲禹貢之江沱。餘皆後人所穿鑿。或以郫江創自李冰，且指流江爲岷江之正道，誤。按：水經註：禹貢所導，一爲梁州之沱，今郫江是也；一爲荆州之沱，古夷水是也。鄭箋主東别爲沱之説，當在梁州。

野有死麕四則

毛、鄭、孔皆以爲女子自作，則非特『懷春』『如玉』『吉士誘之』之説皆不可出諸口，即末章亦何不可指爲淫奔者潛期密約之語乎？故不若從朱傳『詩人美之』之説爲合。然朱傳以末章爲述女子拒之之詞，猶未盡善，又不若朱氏公遷云『非必出於女子之口，詩人特探其意而言之，所謂極其形容也』。鳳謂非特末章，全詩皆當作如是觀。則首章之『懷春』即所謂女子生而願爲之有家者，道其情之常也。然必吉士而後可，必吉士而又有媒妁導之以成禮而後可，其不可干以非禮之意已凛然矣。次章極言其心之堅且潔。三章首句極言其容之莊且和，於是申言之，若曰彼非吉士，而或無媒妁之導者，帨不可感，尨且欲吠矣。蓋旁觀者見貞女而刻意摹寫之詞，非真有强暴之汙而女拒之云云也，故曰『文王之化也』。

『麕』，爾雅：『牡麌，牝麜，其子麆，其迹解，絶有力，豜。』釋文：『「麕」本亦作「麏」，又作「麇」，麏也，青州人謂之麏。』按：儀禮：『納徵，元纁束帛儷皮。』註：『儷，兩也。皮，鹿皮。』故詩以麕鹿起興。白茅包之，猶易『藉用白茅』之義。

『樸樕』，爾雅：『樕樸，心。』按：樸樕有心，故名心。取松柏有心義，喻貞女之操也。

『鹿』，爾雅：『牡麚，牝麀，其子麛，其迹速，絶有力，麉。』説文：『鹿，解角獸也。』爾雅翼：『六爲律，律主鹿，故鹿六月而生。』

何彼襛矣三則

『平王之孫，齊侯之子』，毛傳：『武王女，文王孫，適齊侯之子。』日知録：『成王時，齊侯則太公，而以武王之女適其子，是甥舅爲婚，周之盛時，必無此事。逮成王顧命丁公，始見於經，而去武王三十餘年，又必無未笄之女，是傳説非也。後儒有據春秋莊公元年及十一年兩書王姬歸齊之文，而斷爲桓王女下嫁齊襄者，申培也；斷爲桓王妹下嫁齊襄者，戴林也；斷爲莊王妹下嫁齊桓者，洪容齋也。然考桓王乃洩父之子、平王之孫。洩父早死，故桓即繼平。若云桓女、莊妹，洩父之孫，非平王之孫矣。戴洪二説非也。若以爲桓王妹，則桓王在位二十三年，又俟莊王即位四年而後嫁，豈有王姬而待字至二十七年者？則申說亦非也。朱子從毛傳而兼存平王即平王宜臼、齊侯即襄公諸兒之說，且云「未知孰是」。考春秋兩書王姬歸齊，一齊襄、一齊桓，此後無聞焉。說者殆意指桓公耳。不知襄與桓皆僖公子，並無襄公子娶王姬事。」鳳因參合諸說，事以經爲證，義以聖人爲衷，乃爲之說曰：平王，宜臼也。其曰『孫』者，洩父未立之詞也。且孫以下皆得以『孫』概之，猶祭而祝告之文概稱曰『曾孫』也。齊侯之子，桓公也。在位三年而猶『子』之者，昏禮告廟，以父臨之，則猶父在之詞也。其所以得列於召南者，美伯主也，猶詩之進魯於頌，書之進費誓、秦誓於周書也。況二南昏禮則有關雎、鵲巢矣，教成之禮則有采蘋矣，助祭之禮則有采蘩矣；而獨於王姬下嫁之禮闕焉。因桓公行親迎之禮以尊周而詩人美之，聖人取以附之召南，備禮勸善，垂訓萬世之微意於是乎在，何必泥召南無東周以後之詩，而以『平王』爲『平正之王』『齊侯』爲『齊一之侯』，爲此支離不可據之說乎？至於齊襄，禽獸耳，何美之可詩、何詩之可附於召南？此又無容置辨者矣。

『唐棣』，爾雅：『唐棣，栘。』筆談：『豳詩云「六月食鬱及薁」，註「鬱，棣屬，即白栘，以其似棣，故曰棣屬。又謂之車下李，又謂之唐棣。薁，即郁李也。郁、薁同音，註謂之薁蘡，蓋其實似蘡，即含桃也。晉宫閣銘曰：「華林園中，有車下李三百一十四株，薁李一株。」車下李即鬱也，唐棣也，白移也。薁李即郁李也，薁也，常棣也。』按：『唐棣』，爾雅註：『似白楊，江東呼爲夫移。』考夫移，一名蒲移，一名白楊，喬木也，與唐棣無涉。陳藏器本草以『扶移』釋『唐棣』，而以『薁李』混之，亦誤。當以沈氏筆談爲是。

『李』，埤雅：『東方之果，性難老，品在桃上。其類有三：一無實，李休也，又名趙李；一座按，慮李也，又名麥李；一駁李，赤李也，其子赤，見爾雅。』

騶虞五則

毛氏寫官記：『考周禮射儀云：「樂以騶虞。」疏云：「此天子掌獸之官也。」戴殖鼠璞云：「騶如七騶、六騶矣。虞如山虞、澤虞矣。」然則爲此詩者，或亦感仁恩之廣，足以及物，故假司獸嘆美之，理固然也。』此說本之歐陽永叔、嚴坦叔，未爲無見。鳳謂，古者騶虞掌獸，原取仁獸之名爲名，猶之伯趙司至、金烏辟惡、擣扤名史、貙豸名冠之例，故詩人嘆美文王，借以爲喻，官耶、獸耶，皆可通也。或又曰：『騶虞，天子之官，文王不應有此。』不知春秋傳『晉悼公使程鄭爲乘馬，御六騶屬焉』；『齊景公田，招虞人以旌』，則諸侯固得有騶虞矣。

『葭』，爾雅：『葭，華。』註：『葭，一名華，即今蘆也。』説文：『禾之未秀者。』

『豝』，爾雅：『豕，豝豝。』周禮註：『二歲爲豝。』毛傳：『虞人翼五豝以待公之發。』按：壹發五豝，豝雖有五只，壹發而已。毛鄭作不忍盡殺解，極合。若朱傳訓『中必疊雙』，則似專美善射，不足以見文王之仁矣。

『騶虞』，毛傳：『義獸也，白虎黑文，不食生物，有至信之德。』則應之山海經『林氏國有珍獸，大若虎，五采畢具，尾長於身，名曰騶吾』。淮南子：『文王囚羑里，散宜生得騶虞、鷄斯之乘以獻於紂。』按，賈誼新書：『騶者，天子之囿也。虞者，囿之司獸者也。』射義云：『騶虞者，樂宮備也。』魯詩傳、齊詩章句、韓詩説、儀禮註，莫有易者。朱子雖主毛義，然詩序辨中亦存是説，故録以備考。

『蓬』，爾雅：『齧彫蓬，薦黍蓬。』説文：『蓬，蒿也，草之不理者也。』埤雅：『其葉散生，末大於本，故遇風輒拔而旋。』通志草木略：『菰曰蓬，今人謂之茭。彫蓬者，米茭也。其米謂之彫胡，可作飯，故曰齧黍。蓬者，野茭也，不能結實，惟堪薦藉，故曰薦。』

校記

〔一〕服之以桑　周禮註作『服之以告桑』。

〔二〕本段引文原作：『（莊二十三年）秋，丹桓公楹。二十有四年，春，王三月，刻桓宫桷。』

〔三〕偶掇　原文上有『詩』字。

〔四〕元命包　當作『元命苞』。下同。

詩學女爲卷三

國風

邶，自紂城而北謂之邶，今邶城在河南衛輝府東北。

柏舟三則

毛、鄭、孔本小序，皆以爲仁人不遇之作。朱傳獨斷爲婦人之詩，且疑婦人爲莊姜，真可謂善讀是詩者。第因誤解『亦有兄弟』四語及末章『不能奮飛』一語，於是難之者曰：『婦人内夫家外父母家，不應據兄弟，更不應言去。』遂決以爲仁人作。夫周公，仁人也。其常棣之詩，一則曰『莫如兄弟』，再則曰『兄弟急難』，三則曰『兄弟鬩于牆，外禦其務』，孰謂仁人而忍以兄弟爲不可據者？微子，殷之仁人也，去而歸於周；季札，吴之仁人也，去而耕於野：又孰謂兄弟而不可去者？蓋惟婦人内夫家外父母家，義不得據兄弟，故曰『亦有兄弟，不可以據』，非欲據兄弟也。婦人從夫、從子，義無可去，故曰『不能奮飛』，非真欲去也。此以知非婦人不爲此言，非賢婦人不能爲此言。是詩宜從朱傳，爲莊姜作，可無疑焉。何則？正風周南始關雎，召南始鵲巢，所謂造端乎夫婦也。柏舟則夫婦之道乖矣，故以首變風。且緑衣、燕燕、日月、終風皆莊姜詩。柏舟次於其前，篇以類從，義以相貫。況以事證詞，以詞逆志，尤有可得而言者。

春秋傳曰：『莊姜美而無子，其娣戴嬀生桓公，莊姜以爲己子。公子州吁，嬖人之子也，有寵而好兵，莊姜惡之。』是州吁之亂，莊姜早灼見而心憂之矣。其首章曰：『汎彼柏舟，亦汎其流。』言此身如舟之汎汎，無所據也。時莊姜以莊公爲之夫，以桓公爲之子，目前之象，宜若可據。然惟心如鑑之不可以茹者，或無憂耳，而我心則非鑑也。雖有兄弟，義不可據，仍思進諫莊公，幸其一改。乃又『薄言往愬，逢彼之怒』，欲回其怒，或宜少自貶損，無如内之以正自持，外之以禮自守，又皆不可得而變。既逢怒於莊公，斯見愠於羣小，覯閔受侮，惟有拊心自痛而已。夫莊公，日也；莊姜，月也。月之微，憂己之失位也；日之微，憂公之以亂终也。此『胡迭而微』『迭』字之義也。『如匪澣衣』，喻憂之無可解；『不能奮飛』，知祸之無可逃。言至於此，雖虞舜窮人無歸之痛，不是過矣。嗚呼！此真仁人之心、仁人之言也。則雖謂莊姜爲衛之仁人，奚不可者？何容執朱子孟子之註，而必以序説爲長哉？若韓嬰、劉向，亦以是詩爲婦人作，而實之以宣姜，則又不知類之甚者矣。

『柏』，爾雅：『柏，椈。』邢疏：『一名椈。』廣雅：『栝柏也。』埤雅：『柏性堅緻，有脂而香，故古人破爲暢臼，用以擣鬱。』

『席』，『司几筵，掌五几、五席之名物』。註：『五席：莞、次、蒲、熊〔一〕，用位所設之席及其處。』説文：『席，薦也。』

緑衣一則

鄭箋以六服之製，古無此衣，改作褖衣，非是。周禮：『内司服掌王后六服，皆以素紗爲裹。』今緑衣反以黄爲裹，喻嫡妾易位也。

燕燕四則

詩義折中疏燕燕之首章曰：『婦人之禮，迎送不出門。而遠送于野者，有所謀也。』其三章曰：『「實勞我心」，止泣也。不泣而勞心者，所謀之事未知濟否，故心憂之不止，傷别也。』其卒章曰：『能承大事曰任。』春秋隐公四年二月，衛州吁弒其君完。九月，衛人殺石碏因桓公之母於陳〔二〕，州吁於濮。濮，陳地也。史記曰：『州吁弑桓公自立，欲伐鄭。石碏詳爲善州吁，至鄭郊，石碏與陳侯謀，因殺州吁於濮。』由此觀之，戴嬀之歸陳，乃石碏用陳侯以討賊之因也。然則仲氏之所任可知矣；莊姜之遠送于野者，其故亦可想矣。仲氏任此大事而莊姜知其有濟者，以其心誠實而淵深，其身和順而謹飭，又能思先君之恩，則其必討嗣君之賊可知也。此固仲氏之能任，而莊姜亦可謂知人善任矣。總案曰：詩序：『燕燕，衛莊姜送歸妾也。』州吁弑立，衛人脅從，而莊姜、戴嬀乃能内用謀臣，外結與國，討賊定亂，其功可謂奇矣。究其所以成功，未始不本於正也。任天下之事，不惟其才，惟其德。德具於身心，非塞無以立本，非淵無以沉幾，非温無以和衆，非惠無以循理，非淑無以善慮，非慎無以集成。有此六者，又加之以忠愛，則德全矣。以此定難，何難不濟？以此圖功，何功不成？然則，人之所以任事，與夫擇人而任以事者，讀燕燕之卒章，亦可以得其大凡矣。

『燕』，爾雅：『燕燕，鳦。』郭註：『一名玄鳥，齊人呼鳦。』夏小正：『二月燕乃睇。』爾雅翼：『燕有兩種：越燕小而多聲，頷下紫，巢於門楣，大謂之紫燕，亦謂之漢燕、胡燕。臆前白質黑章，其聲亦大，巢懸於大屋兩椽間。』按：玄鳥即朱鳥，一名鷾鴯。

『頡之頏之』，毛傳：『飛而上曰頡，飛而下曰頏。』鄭箋：『興戴嬀將出，出入前卻。』埤雅：『言其一上而一下。』禽經：『鳥向啼背棲，燕背飛向宿。背飛，頡頏是也。』世本古義：『頡，説文云：「直項也。」頏，爾雅云：「鳥嚨也。」蓋鳥高飛直上，故見其項頸上向也。雙燕各飛，興莊姜與戴嬀形影相望也。』

按：禮記『男女異長』註曰：『各自爲伯季。』據此，則戴嬀，厲嬀娣也，故稱曰仲氏。『仲氏』，毛傳：『仲，戴嬀字也。』孔疏：『婦人不以名行，今稱仲氏，明是其字。』

日月三則

莊姜憂完之不定位也。若曰日月固並照、並冒、並出者也，今則已失其常道而不古處矣。不古處以不相好故也，不相好以無良故也。於妻如此，於子可知。其胡能定完之位乎？然完者，吾之所恃以終此身者也。苟完而有定乎，寧使其終不我顧、我報，而我亦可與之相忘也；苟完而不定乎，雖使其我顧、我報，而亦不足稱述也。蓋絶望於其夫，不得不註心其子，其再四言之曰『胡能有定』者，望其有定，而終憂其無定。所謂一篇之中三致意焉者，此也。朱傳以是詩爲不見答於莊公而作，不若鄭箋定完之説爲長。

『畜我不卒』，鄭箋：『畜，養。卒，終也。』按：莊姜夫既如此，則所恃以終此身者完耳。今已逆知其不能定位，是將不得所終也。父母畜我，固欲我之有所終，而乃至於此，故呼父母而痛切陳之。曰『畜我』，如追罔極之恩也；曰『不卒』，如訴歿身之悲也。歌以代哭，此之謂矣。何屺瞻曰：『「父兮母兮」二句，鄭箋微曲，當如朱傳。』

『報我不述』，毛傳：『循也。』鄭箋：『不循礼也〔三〕。』按：述，陳也。不述，不自陳説也。

終風五則

韋氏調鼎曰：『是詩傳説爲是，序首句「莊姜傷己」，信矣。下云「遭州吁之暴」，亦謂莊公過寵州吁以侮慢己，而毛鄭遂以爲州吁之暴惡侮慢。眉山、東萊諸公多從之。玩『謔浪笑敖』『悠悠我思』『願言則懷』等語，則不可施於母子之間矣。按：何氏焯亦云：「朱傳作莊公者近之。」』鳳謂：莊公雖狂蕩暴疾，而始之待莊姜者，禮雖不至，情實未衰。迨爲衆妾所惑，如風之蔽日，日深一日，而情亦遂薄矣。首章曰『終風且暴』，日出而風，雖風有耀，莊公之本心未盡蔽，所以『顧我則笑』也。但其『謔浪笑敖』之習，我無德以化之，故中自悼耳。次章曰『終風且霾』，風而雨土，日光蔽矣。『惠然肯來』，蔽或開也。『莫往莫來』，遂終蔽也。雖曰終蔽，寧遂忘之？亦惟有『悠悠我思』而已。三章曰『終風且曀，不日有曀』，則蔽漸深，日全無光矣。故寢則不寐，而鬱不得舒，如軌者之思嚏也。至於卒章『曀曀其陰，虺虺其雷』，則狂惑愈深，開霽望絶而其心傷矣。然不曰傷而曰懷，則猶冀其君之一悟、過之一改也。其憂愁幽思，有離騷之悲憤焉。秋風、團扇之詞，方斯淫矣。

『終風』，毛傳：『終日風爲終風。』孔疏：『韓詩云：「西風也。」』『且暴』，爾雅：『日出而風爲暴。』孫註：『陰雲不興而大風暴起。』毛傳：『疾也。』按：『暴』，説文又作『瀑』，疾雨也。

『終風且霾』，爾雅：『風而雨土爲霾。』孫註：『大風揚塵土，從上而下也。』朱傳：『雨土蒙霧也。』釋名：『晦也。』

『終風且曀』，爾雅：『陰而風爲曀。』孫註：『雲風翳日光。』釋名：『翳也，言掩翳日光，使不明也。』按：『曀』，韓詩作『㙪』。薛君章句曰：『天陰塵也。』

『願言則嚔』，月令：『季秋行夏令，則民多鼽嚔。』註：『鼽者，氣窒於鼻。嚔者，聲發於口。』释名：『聲乍嚔而出也。』按：鼻之氣窒，嚔則稍舒，蓋借言鬱極求舒之情耳。朱傳謂『風霧所襲，則有是疾』，似泥。『嚔』，釋文作『疌』，又作『啑』，劫也。毛傳訓『嚔』爲『跲』，與『欯』同。玉篇：『欯欠，張口也。』

擊鼓五則

毛氏奇齡曰：『是詩非怨州吁作也。春秋閔公二年，戴公渡河廬漕。漕未城，故廬而處之，或曰露處焉。其後僖二年，文公乃復城楚邱。漕未城，故復城楚邱。若曰州吁已城漕，誤矣。』鳳謂漕，衛之下邑。定之方中序曰：『野處漕邑。』載馳序曰：『露於漕邑。』邑則有城矣，曰野處、曰露處者，正以下邑荒陋，非國君所居，亦猶越在草莽云耳。文公之城楚邱，因利築城，度土建邦，猶之商之五遷，周之遷岐、遷豐、遷鎬耳。遂謂漕無城焉，非也。且州吁之城漕也，亦如浚洙、城郎之類，非創爲是邑，故鄭箋曰：『修理漕邑。』況未幾州吁死，則漕之增修與否皆未可定，安知是城非方修而中輟，或已修而復毁，不得據後廬於漕之文而遂謂漕無城，謂城漕非州吁事也？且即證以詩中『平陳與宋』一語，考衛與陳宋共事於南國，惟州吁伐鄭事爲有據，餘鮮合者，故序以擊鼓怨州吁而作，無可疑矣。

『踊躍』，朱傳：『坐作擊刺之狀也。』『用兵』，周禮：『司兵掌五兵。』鄭註：『五兵者，戈、殳、戟、酋矛、夷矛，車之五兵也。步卒之五兵則無夷矛而有弓矢。』孔疏：『古者謂戰器爲兵。』按：州吁好兵，有踊躍從事之意，故曰踊躍用兵，不必指定教戰。

『城漕』，毛傳：『衛邑也。』通典：『滑州白馬縣，衛國漕邑。』按：漕，故鄘地。秦時爲白馬縣。漢仍其名，屬左郡。今河南衛輝府滑縣。

『我獨南行』，鄭箋：『此言衆民皆勞苦也，或役土功於國，或修理漕城，而我獨見使從軍南行伐鄭，是尤勞苦之甚。』按：鄭在衛南，故曰南行。

『從孫子仲』，毛傳：『謂公孫文仲也。』鄭箋：『仲，字也。』戴氏震曰：『衛有孫氏，子仲，字也。』

凱風六則

母欲嫁，欲則未有其事，故孟子以爲過小。不安其室，欲也；不忍其子，性也。孝之性失，則慈之性亦失，孝以成慈，其凱風之謂與？

『凱風』，爾雅：『南風謂之凱風。』李註：『南風長養萬物喜樂，故曰凱風。凱，樂也。』

『棘』，爾雅：『終牛棘。』郭註：『即馬棘也。』説文：『小棗叢生者。』毛傳：『棘難長養者。』鄭箋：『凱風喻寬仁之母，棘猶七子也。』朱傳：『棘，小木，叢生，多刺，難長，而其心又稚弱而未成者也。』按：詩話云：『棘如棗而多刺，色白者爲白棘；實酸者爲貳棘，亦名酸棗。』筆談云：『棗與棘相類，皆有刺，棗獨生高而少橫枝，棘列生卑而成林，以此爲別。其文皆從朿，音棘，木芒刺也，以棘列生獨卑，故取爲七子之喻。蓋四月棗葉生，正凱風之時也。』

『浚』，毛傳：『浚，衛邑也。』按，水經註：『濮水枝津，東徑浚城南，而北去濮陽三十五里，城側有寒泉崗，即詩「爰有寒泉，在浚之下」。』輿地廣記謂『浚儀之寒泉阪』，非也。考大明府開州治，濮陽廢縣也。方輿紀要曰：『舊城在今治西南三十里，爲顓頊之墟，亦曰帝邱，夏爲昆吾氏所居。春秋僖三十一年，衛成公自楚邱遷於帝邱，即此城。東南有浚城，又有寒泉，其後曰濮陽，以地在濮水也。』

詩首章、三章頌母，二章、末章責己。凱風能長萬物，天之功也；寒泉能養萬物，地之功也：皆比母之長養七子，故曰『母氏勞苦』。鄭箋謂興七子不能如寒泉，非。

『睍睆黄鳥，載好其音』，毛傳：『睍睆，好貌。』鄭箋：『睍睆，以興顔色説也。好其音者，興其辭令順也，以言七子不能如也。』按：『睍睆』，朱傳作清和圓轉之意。毛氏奇齡曰：『睍睆者，好視也，又，出目貌。若云音，則在下文「載好其音」句，與此句無涉。又里語云：「黄栗留，看我麥黄葚熟否？」當葚熟之時，每來伺桑間，蓋凱風吹棘時也。』

雄雉三則

序云：『刺衛宣公。』鄭箋曲就其説，訓『泄泄其羽』，謂『喻宣公整其衣服而起，奮訊其容貌，志在婦人而已，不恤國之政事』。訓『上下其音』，謂『興宣公小大其聲，怡悦婦人』。支離已極。且曰羽曰音，一雄雉耳。忽訓爲喻，忽訓爲興，比興究安屬耶？宜從朱傳『婦人以其君子從役於外』爲是。

『雉』，説文：『雉有十四種，盧諸雉、喬雉、鳪雉、鷩雉、秩雉、海雉、翟雉、山雉、翰雉、卓雉。伊洛而南曰翬，江淮而南曰摇，南方曰𢑚，東方曰甾，北方曰稀，西方曰蹲。』〔四〕

按：爾雅雉十四種，無盧、卓，有鶾、奮，而喬、翟、甾並從鳥；摇作鷂，鷂重見；稀作鵗；蹲作鷷；餘同。

『展矣君子，實勞我心』，按，爾雅：『展，誠也。』『實勞』言勞之甚。『展』字訓誠，猶言非爲他人，誠以君子之故，實勞我心耳。朱傳云：『言誠，又言實。所以甚言君子之勞我心也。』其説費解。

匏有苦葉五則

易之大過曰：『過涉滅頂，凶，无咎。』未濟曰：『小狐汔濟，濡其尾，无攸利。』一曰无咎，一曰无攸利，蓋成仁則身可殺，而坎窞固不可入也。吾讀匏有苦葉一詩，而得君子守身待時之道焉。夫苦匏尚葉，厲揭隨時，而盈則不可以厲揭矣。盈而求濟，濡軌則必不能濟。雉而求匹，牡則必非其匹。違道失身，祇自辱耳，此所謂枉尺未有能直尋者也。然則求匹，奈何必如士之歸妻，雁以具禮，日方向明，而又及仲春嫁取之候，然後妻可得而歸。歸妻者且然，而謂可輕身求非所匹，如涉者之濡軌以濟乎？且即不濡軌矣，而猶未可輕進也。易泰之初九曰：『拔茅茹，以其彙；征吉。』蓋必天地交泰而後賢人可類進也。不然，中流失船，一壺千金，無匏共濟，舟其遂足恃哉？夫古之以夫婦喻君臣者多矣，先儒顧以求牡一言，遂指爲刺淫之詩，而於『卬須我友』之義百計難通。鳳不敢苟爲異同，聊即本詩疏通其文義，以俟後之知詩者論定焉。

『匏』，說文：『瓠也。』古今註：『壺蘆，匏之無柄者。瓠，有柄者，懸瓠可以爲笙。』埤雅：『長而瘦上曰瓠。短頸大腹曰匏。』詩緝〔五〕：『匏經霜，其葉枯落，然後乾之，腰以渡水。』按：匏可爲笙，又可爲飲器，一名壺，其性浮，得之可以免沉溺。鶡冠子曰：『中流失船，一壺千金。』國語：『叔向曰：「苦匏不材於人，共濟而已。」』蓋匏爲總名，甘者可食。嘉魚稱甘瓠，纍之是也。苦者佩以渡水，此詩所稱是也。無柄者名壺盧，七月稱『八月斷壺』是也。陸璣以甘瓠爲匏，誤。

『濟盈不濡軌』，按，軌，說文：『車轍也。』戴氏震曰：『軌，毛詩作軌，說者又與軹相溷，羅中行謂轂末爲軌，謬甚，轂末乃軹也。軌，車轍也。軓，前軫也。軹，轂末也。三字傳寫易譌，此詩爲車轍之軌。以音考之，軓、軹皆不可協矣。』

『鴈』，爾雅：『舒雁，鵝。』郭註：『禮記「出如舒雁」，今江東呼鳴。』李註：『野曰雁，家曰鵝。又，餓死梟雁醜，其足蹼，其踵企。』邢疏：『雁，陽鳥也。梟雁之類，脚指間有幙，蹼屬，相著飛，則伸其脚，根企直也。』按：雁，關西呼鳿鵝，南楚謂之鵝，一名鶬。夏小正：『正月，雁北鄉；九月，遰鴻雁，知時鳥也。』故以起興。

『旭日始旦』，毛傳：『旭日始出，謂大昕之時。』鄭箋：『自納采至請期，用昕；親迎，用昏。』按：雁，暮宿，晨飛。始旦，飛鳴之時也。

谷風九則

朱氏善曰：『谷風雖棄婦所作，而觀其自序，有治家之勤，有睦鄰之善，有安貧之志，有周急之義，皆其節之可取者也。至於見棄矣，而拳拳忠厚之意猶藹然溢於言詞之表，則是初無可棄之罪也。徒以其夫之安於新昏，不以爲潔而棄之耳。然其言之有序而不迫如此，殆庶幾乎夫子所謂可以怨者矣。』

『谷風』，爾雅：『東風謂之谷風。』孫註：『谷之言穀，穀生也。谷風者，生長之風也。』

『黽勉』，詩輯：『力所不堪，心所不欲，而勉强爲之，皆謂之黽勉。』按：黽，蛙屬。孫氏季昭曰：『蛙黽之行，勉强自力，故曰黽勉。』

『葑』，爾雅：『葑蓯。』孫註：『須，一名葑蓯。』坊記註：『蔓青也。陳宋之間謂之葑。』陸疏：『葑，蕪菁。幽州人或謂之芥。』埤雅：『蕪菁似菘而小，有臺，一名須，俗謂之臺菜，其紫花者謂之蘆服，一名萊菔，所謂温菘也。』

『菲』，爾雅：『菲，芴也。』郭註：『土瓜也。』孫註：『葍類也，又菲蒠菜。』郭註：『菲，草生下溼地，似蕪菁，花紫赤色，可食。』陸疏：『菲似葍，莖麤，葉厚而長，有毛，三月中烝鬻爲茹，滑美可作羹。幽州人謂之芴。』孔疏：『爾雅謂之蒠菜，今河内人謂之宿菜。』按：二菜上下皆可食，上喻盛年，下喻暮齒。無以下體，言無棄其暮齒，所謂及爾同死也。鄭箋『根惡棄葉』之説，後儒從之，似有可商。

『荼』，爾雅：『荼，苦菜。』邢疏：『本草：「一名荼草，一名選，一名游冬。葉似苦苣而細，斷之有白汁，花黄似菊，堪食，但苦耳。」』陸疏：『荼生山田及澤中，得霜甜脆而美，所謂堇荼如飴。』内則云：『濡豚包苦，用苦菜是也。』詩輯：『經有三荼：一曰苦菜；

二曰委葉；三曰英荼。此詩及唐「采苦采苦」、緜「堇荼如飴」之荼，皆苦菜也。良耜「以薅荼蓼」之荼，委葉也。鄭「出其東門，有女如荼」，英荼也。鴟鴞「予所捋荼」傳云：「荼，萑苕。」亦英荼之類。』

『薺』，爾雅：『菨薺實。』郭註：『薺子味甘。』邢疏：『本草云：「薺味甘，人取其葉作菹及羹，亦佳。」』

『涇渭』，禹貢錐指：『涇水出平涼縣西笄頭山，東南流徑長武縣北，汭水入焉。又東南徑邠州，徑高陵縣，西南入於渭水。』按：笄頭山在崆峒山西，一名薄落山，故涇水亦曰薄落水。朱傳：『涇水出百泉縣。』百泉本漢朝那及涇陽地，今爲平涼縣地。水經註：『渭水出首陽縣首陽山渭首亭南谷，山在鳥鼠山西北。此縣有高城嶺，嶺上有城號爲源城，渭水出焉。三源合註，東北流徑首陽縣西，與別源水合，出南鳥鼠山。渭水出谷，禹貢所謂渭出鳥鼠者也。』禹貢錐指：『以今輿地言之，渭水出陝西臨洮府渭源縣西鳥鼠山，縣在府東一百二十里，本漢首陽，西魏改曰渭源水，與涇水合於高陵，東流至淮陰縣入河。』按，元和志：『渭源縣鳥鼠山，一名青雀山，在縣西七十六里，渭水所出，有三源並下。』而縣志謂鳥鼠山在縣西二十里，又西五里爲南谷山。何氏渭謂『南谷即鳥鼠支峯，縣志非是。』又考顧氏方輿紀要，渭水出南谷，在鳥鼠山西北。大禹只自鳥鼠同穴導之，今细繹酈註『南谷三源，合别流而出南鳥鼠山』，則鳥鼠導渭之始，非渭源也。呂祖謙曰：『詩人多述土風，此衛詩而遠引涇渭者，蓋涇濁渭清，天下所共知。涇，新昏也；渭，舊室也。涇渭既合，則清濁易惑。於洲渚淺處視之，渭之清猶可見也。』

『不我能慉』，按：毛朱並訓『養』，鄭箋訓『驕』，説文訓『起』，惟『養』義爲通。考馬氏融廣成頌云『疏越蘊慉』註與『畜』通，『蘊畜』猶積聚也。詩上言『有無黽勉』，下言『鞠育顛覆』，則訓『積』爲尤勝，非言夫之不我養，言不以我爲能慉，所謂『既阻我德』也。

式微一則

黎在壺關，屬上黨，今山西潞安府黎城縣東北有故黎城，長治縣東南有壺關故城，春秋傳：『晉滅赤狄，潞氏数之以奪黎氏地之罪。』此黎爲狄滅之據也。方輿紀要：『黎陽廢縣在衛輝府濬縣西二里，相傳黎侯寓衛時居此。』據此，則毛傳以中露、泥中爲二邑必有所本，但其名不可得考矣，故從朱傳。

旄邱二則

『流離』，爾雅：『鳥少美，長醜。』『鶹鷅』，註云：『猶流離。』詩所謂『流離之子』。疏云：『鳥之少者美，長食母而醜。流與鶹同，即梟也。』毛傳亦以流離爲鳥。而毛氏奇齡謂：『以比狄，雖微末，終當爲患，未可置之不問。』說與朱傳異，然而其義可采也。蓋黎與衛鄰，狄居其西，衛初時無狄患，黎蔽之也。黎爲狄逐，而衛不能修方伯連帥之職，卒與國以急兄弟之難，玩寇失援，蓋不待渡河廬漕而後知衛有狄患矣。

『旄邱』，爾雅：『前高，旄邱。』李註：『謂前高後卑。』按：顧氏祖禹曰：『旄邱在開州東北，州志云即衛風詠旄邱之葛者。考開州，屬大名府，宋之澶淵也。東有高邱，即衛成公所遷帝邱。』『匪車不東』，詩輯：『黎在衛西，爲狄所逐入衛境，而寓亦在西，故往衛則東。』

簡兮七則

毛鄭於『日之方中』則訓以教國子，於『公言錫爵』則訓以祭畢惠下之一散。其說兩岐，宜從朱傳作燕禮爲長。『簡兮簡兮』，鄭箋訓擇，朱傳訓簡易不恭之意。『有力如虎，執轡如組』，毛鄭謂舞者之才足以御亂、御衆，而朱傳亦云自譽其才之無所不備，似多與詩義未允。陸堂詩學：『商頌云「奏鼓簡簡」，則簡簡鼓聲，亦舞節也。是「簡兮簡兮」擊鼓戒備，將舞之時也。「在前上處」，總干而山立，方舞之始也。次章爲干舞，狀其武猛曰「如虎」；狀其巧捷曰「如組」，自譽其舞也。三章爲籥舞，文武之舞畢而獻工之禮行。奏鼓以始之，錫爵以終之。始終只盡態極妍以自寫其舞狀，醉顏不露一毫色相。末乃遠托西方，寄懷彼美，又若與本章絶不相涉者，而前數章感憤不平、輕世肆志之精神，胥湧見於筆墨之外矣。』

『萬舞』，孔疏：『萬，舞名也。』謂之萬者，何休云：『象武王以萬人定天下，民樂之，故名之耳。』商頌曰『萬舞有奕』，殷亦以武定天下，蓋象湯之伐桀也。何休指解周舞，故以武王言之，萬舞之名，未必始自武王也。

『轡』，朱傳：『今之韁也。音證。』轡是御者所執，不得以轡爲勒。以勒爲轡者，蓋北人避石勒名也。今南人皆云馬勒，而以鞚爲轡。詩稱『執轡如組』，又曰『六轡在手』，以所執爲轡，審矣。

『籥』，毛傳：『籥，六孔。』孔疏釋樂大籥謂之産。郭註：『籥如笛，三孔而短小。』廣雅：『七孔。』鄭於笙師及少儀、明堂位註皆云：『籥如笛，三孔。』按，釋文：『以竹爲之，長三尺，執之以舞。』許氏慎亦主三孔之説，六孔、七孔皆非也。

『爵』，説文：『禮器也。象爵之形，取其鳴節。節足，足也。』三禮圖：『爵受一升，尾長六寸，博二寸。』傳：『翼兑下方，足漆赤雲氣，錫之以爵，勞賤者之道。』

『榛』，説文：『榛，木也。』埤雅：『榛似梓，實如小栗，栗屬也。』爾雅翼：『榛，枝莖如木蓼，葉如牛李，生則胡桃味，膏燭又美，亦可食噉，漁陽、遼、代、上黨皆饒。鄭註禮曰：「榛似栗而小，關中、鄜坊甚多。」然則其字從秦，蓋此意也。又一種大小枝葉皆如栗，其子形如杼子，味亦如栗，所謂「樹之榛栗」者，其下云「爰伐琴瑟」，是大木。』

『苓』，爾雅：『蘦，大苦。』註：『今甘草也。蔓延生，葉似荷，青黄，莖赤，有節，節有枝相當，或云「蘦似地黄」。』按：一名『國老』，一名『美丹』，喜生下濕地。

泉水九則

蘇氏曰：『凡詩皆繫於所作之國，故木瓜雖美齊桓而在衛，猗嗟雖刺魯莊而在齊。泉水、載馳、竹竿皆異國之詩而在衛者，豈以其聲衛聲與？記曰：「鄭音好濫淫志，宋音燕女溺志，衛音促數煩志，齊音傲僻驕志。」蓋諸國之音未有同者，衛女思歸而作詩，其爲衛音也固宜。猶莊舄之病而越吟，人情之所必然也。』或又云：『衛女作此以寄宗國，采詩者得之衛地，故繫之衛風。』其說亦近理。

『泉水』，方輿紀要：『蘇門山在輝縣西北七里，一名百門山，有門泉，泉通百道，衛風所詠泉源在左者也，或謂之百泉。』

『淇』，按：淇水發源衛輝府輝縣之共山，蘇門山之別阜也。山海經：『淇水出沮洳山。』水經註：『出隆慮縣西大號山。』皆非是。隆慮縣即林慮縣，今彰德府之林縣。其地有隆慮山，一名黄花山，洹水發源於此，非淇水也。淇水至頓邱西合泉源水。頓邱亦名五軍，在濬縣西泉水入淇之處。

『泲』，毛傳：『地名。』按：泲即濟也。禹貢：『導沇水東流爲濟。』其源發王屋山下，既見而伏出，爲二源，在今懷慶府濟源縣西北三里。東源周回七百步，其深莫測。西源去東源二里，周回六百八十五步，深一丈，與東源合而東流。水經註：『北濟水，自濟陽縣北，東北經煮棗城南，城在今曹州西。曹，古曹國，漢爲定陶，即禹貢「東出於陶邱北」是也。』會下『飲餞于禰』句，考之詩所言之濟，當在今之曹州。

『禰』，朱傳：『亦地名，皆自衛來時所經之處也。』按：方輿紀要：『大禰溝在今曹州西，一名冤水。漢冤句以此名，故寰宇記謂溝在曹州冤句縣北七十里。』

『問我諸姑，遂及伯姊』，詩輯：『既出適於人，則與父母兄弟相遠矣。今父母終，惟姑姊尚存問其安否，感親之没而念骨肉之存者也。』按：『問』當作存問解。『姑』『姊』，朱傳即指諸姬，考古無媵姑、姊者，不若鄭孔主在母家者爲是。

『出宿于干，飲餞于言』，朱傳：『干、言，地名。』隋志：『邢州邱縣有干言山。』按：干言山在北直順德府唐山縣八里，顧氏祖禹謂：『即詩所詠干言。地理志：「東郡有發干縣」，曹氏以爲詩所指干當即此地。考干言山與泲禰南北異轍，且不應一山名而分言之。發干城在今東昌府棠邑縣，去衛地不遠。』其説近是。然言無可考，姑闕疑。

『肥泉』，水經註：『馬溝水出朝歌城北，又東流與美溝合，又東南註淇水，爲肥泉。』按：『肥』，説文或作『淝』。爾雅：『歸異出同爲肥。』今是水異出同歸，故名，在淇縣東。博物志謂之澳泉。

『思須與漕』，毛傳：『須、漕，衛邑也。』方輿紀要：『須城在滑縣東南二十八里，詩「思須與漕」，『漕』亦作『曹』，即白馬縣，今之滑縣也。』

北門二則

陳氏際泰曰：『北門，忠臣困於事也；北風，勞臣困於事也。北門得困之二焉，而無其酒食；北風得遯之初焉，而無其繫戀。

王事、政事，日知録：凡交於大國，朝聘、會盟、征伐之事，謂之王事；其國之事，謂之政事。

北風三則

『北風』『雨雪』，重陰極晦之象，喻亂也，其君昏；『狐』『烏』，喻小人也，其臣邪。『其虚其邪』二句，去者相戒之詞，言無容舒遲，亂既亟矣，去亦當亟也。小序刺虐之説，朱子既辨之，而以狐烏爲不祥物，固勝於毛鄭『赤黑莫辨，君臣相承爲惡』之解，然而所見莫非狐，誠不祥矣，烏則未可例言。今遵詩義折中作喻言，爲不磨也。

『北風』，爾雅：『北風謂之涼風。』『雪』，説文：『本作䨮，凝雨。』元命包：『陰凝爲雪。』释名：『雪，綏也。水下遇寒氣而凝，綏綏然也。』埤雅：『雪六出而成華，言凡草木花五出，雪花獨六出，陰陰成数也。』『霏』，説文：『雨雪貌。』朱傳：『雨雪分散之貌。』按：『喈』則怒而有聲，『霏霏』久而不絶，不止涼與雱矣。

『狐』，祆獸也。『烏』，一名鴉，其名自呼，體全黑，今人闻鹊噪則喜，聞烏啼則唾，故輒唾其凶也。

静女一則

左傳引『静女之三章，取彤管焉』。杜註：『女史記事規誨之所執。』毛鄭本此，曲解全詩，以就己説，不知左氏固斷章取義也。朱傳主淫奔之説。後之議者以彤管爲王宫女史之筆，静女無從得之以貽人，遂據此以恣其論。夫管之色彤者，不必止女史之筆。歐陽氏之説固足據矣。愚謂即作女史之筆，亦無不可。蓋細繹是詩，其爲淫詞無疑。然而其男實甚，蓋男調女之詩也。首章『愛而不見』，則女固若彷彿見之而竟未之見也，詞義甚明。次章則既見矣，而曰『貽我彤管』，非真貽之也。彤管所用以書女史者，彤管喻女之拒也。然拒者自拒，悦者自悦，而女固未之許也。未之許，故愛而敬之，而謂之『静女』。至於『歸荑』，則許之矣，故不曰『静女』而曰『美人』，則已愛而親之矣。然而初非女有成約也。何以明之？始『俟我于城隅』，終歸美於『自牧』。既地非一地，當時非一時。屢挑而惑，於是彤管之拒不終，而自牧之荑斯贈矣。詩辭具在，善讀者皆可意領也。何疑乎朱子之説乎？若鄭箋『歸荑』之支離曲解，文義俱乖，而左鄭右朱者，夫亦可以不必矣。

新臺四則

亂始也。禮義廉恥，國之四維，四維不張，國乃滅亡。信哉！

『新臺』，爾雅：『四方而高曰臺。』水經註：『鄄城北岸有新臺。』輿地廣記：『開德府觀城縣有新臺。』通典：『魏州黄縣有新臺。』按：鄄城在今濮州觀城縣，屬濮州。黄縣在今東昌府冠縣，春秋時晉邑。通典之説非也。濮爲衛地，觀城在濮州西北八十餘里，而水經註云『鄄城北岸』，則地當在鄄觀之間，明正統時鄄城爲河所圮，新臺故迹今不可考。

『河水』，禹貢：『導河自積石。』爾雅：「河出崑崙虚，色白，所渠並千七百，一川色黄。百里一小曲，千里一曲一直。」按，唐書吐蕃傳：『劉元鼎使還，言自湟水入河處，西南行三千三百里有三山，中高而四下，曰紫山，直大羊同國，古所謂崑崙，蕃曰悶摩黎山，東距長安萬五千餘里，河源其間。』〔六〕元史命招討使都實求河源，以大雪山爲崑崙，名亦耳麻不莫剌，譯言騰乞里塔，在星宿海東，則崑崙轉在河源下流。其説非是。地里今釋曰：『崑崙，在今西番界，有三山：一名阿克坦齊禽，一名巴爾布哈，一名巴顏喀拉，總名枯爾坤，譯言崑崙，即唐史所謂紫山也。』巴顏喀拉山東名阿爾坦，河東北流三百餘里，合鄂敦搭拉諸泉源，大小千百泓，錯列如星，元史所謂火敦腦兒，即星宿海也。滙爲查靈、鄂靈二海子，各周三百餘里，東西相距五十餘里，元史名阿剌腦兒，折而北經蒙古托羅海山之南，轉東流千餘里，經烏藍莽乃山，下有多毋打禿昆多倫河、多拉昆多淪河，自東南来入之，自此折而西北流三百餘里，前後小水奔註，不可勝计，繞阿木你馬勒產母孫山之東此即大雪山。元史所謂崑崙，乃禹貢之積石，今謂之大積石，非崑崙也。流百五十餘里，有齊普呼呼烏蘇河，自西來入之，又迤邐東北流三百餘里，會跆克圖衮儀羅濟諸水，歷歸德堡，元史作貴德州。經積石山此非禹貢之積石，後人誤以葱嶺、于闐爲河源，伏流至此乃出，故以名之，今謂之小積石也。河至陝西臨洮府河州入中國界，過蘭州，又折而東北，經寧夏衛流出塞外，河以内爲河套地。又東南至延安府府谷縣入塞，南流至潼關衛。又折而東，由河南、山東界，至江南淮安府安東縣入海。考河源有三：一源葱嶺，一源于闐，一源崑崙墟。葱嶺河有二流：一西流入海，不入中國；一東流合于闐河，註蒲昌海。于闐河在南山下，北流與葱嶺河合，東註蒲昌海。蒲昌一名鹽澤，去玉門關三百餘里，廣袤三百里，其水亭居，冬夏不增減，前人皆謂潛行地下。南出於積石，與吐番河合流入中國，然河之大源，總以崑崙爲主，即有伏流重發，亦別派之會合耳。〔七〕

『戚施』，詹諸也。首連於腹，常俯而不可立，人不能仰之疾似之。籧篨、戚施，並以物名爲疾名，又以疾名爲媚態之名。宣公非有此疾，形容其强與齊女爲婚之媚態而已矣，醜其狀而惡之也。

二子乘舟一則

春秋傳『衛公子伋使於齊，盜待諸莘』，杜註：『莘，衛邑也。』又，成公二年鞌之戰，『晉師從齊師於莘』註：『莘，齊地。』考山東東昌府莘縣有莘亭，亭道阨險，自衛適齊之要道。伋壽之死當在此。莘，實衛地，與齊接壤，云齊地，誤也。毛氏奇齡曰：『莘在河西，齊在河東，以左傳「西至於河」一語爲據，盜殺二子於莘，則未嘗渡河，無乘舟事。疑是詩非爲二子作。』欲實其莘邑臨河之説，又謂：『莘、新同音，新臺即作於其地。』考衛與齊均在河北，由莘入齊，無容渡河。衛宣時猶都商之朝歌，即今濬縣。自衛都達莘，未嘗不取道於河，豈必入齊乃渡河耶？況詩又未明言渡河，若肥若淇，何不可舟者，奚以明其渡之必河耶？且其時河猶未徙禹時故道，未嘗有南北中貫齊衛而界爲東西之一道。其牽合新莘，故屬無據。即謂莘亦臨河，而不知自莘入齊之必無事渡河。如謂莘必渡河入齊，何以晉從齊師於莘，不聞其渡河而遁耶？故是詩斷從舊説，無可疑者。

校記

〔一〕莞　據周禮春官司几筵鄭玄註，後當有『藻』字。
〔二〕桓公之母　據史記衛康叔世家，後當有『家』字。
〔三〕循禮　據毛詩正義，當作『循理』。
〔四〕説文作：『雉有十四種，盧諸雉，喬雉，鳪雉、鷩雉、秩秩海雉、翟山雉、翰雉、卓雉。伊洛而南曰翬，江淮而南曰摇，南方曰𨾊，東方曰甾，北方曰稀，西方曰蹲。』
〔五〕詩輯　通作『詩緝』，亦作『嚴氏詩緝』，三十卷，或作三十六卷。全書同，不另出校。
〔六〕本段與中華書局版新唐書吐蕃傳下文字略有出入。
〔七〕本段見元史地理志六河源附録。

詩學女爲卷四

國風

鄘，今衛輝府新鄉縣西南三十二里有古鄘城。

柏舟一則

史記世家云：『衛釐卒，太子共伯立爲君。其弟武公襲殺之。』毛氏奇齡據此，以爲鄘柏舟非共姜詩也。不知武公賢君，必無弒兄之事。陸氏詩學以爲戰國好事之口，於聖賢横加詆毁，史公不察而筆之書。其説良是，故此詩斷從舊説。詩解頤曰：『衛詩三十九篇。前乎此者爲静女，爲新臺；後乎此者爲牆有茨，爲君子偕老。人道至此而盡，天理至此而滅矣。聖人於其間而置柏舟焉，又以見人心之未嘗亡、天地之未嘗滅也〔一〕。不有疾風，無以知勁草之後衰；不有洪流，無以知底柱之屹立。聽桑間濮上之餘音，而歌柏舟以洗之，亦豈不足以挽風俗之衰而扶綱常之重？則其置之鄘風之首，亦宜矣！』

牆有茨二則

詩傳、詩説皆謂三叔茸周公，鄘人風之，賦牆有茨。不知骨肉相殘，其事可傷，而非可醜。此爲僞説無疑。詩正以公子頑爲禽獸之行，有城狐社鼠之嫌，去之不可，道之不能，而卒之茹吐之間，隱而彌顯。聖人所以登之，以垂戒萬世也與？

『冓』者，冓材成室。『中冓』，四面冓合，極其幽隱，比深宫之中非人所能窺。魯詩作『中夜』，義同。

君子偕老七則

此詩惟『子之不淑』二語是顯刺，餘皆以『君子偕老』句作主而反復詠歎之，但極言其服色之華、容貌之盛，不及淫亂一詞，而匪僻者已顔變愧生，無自容之地矣。

『副』，首飾。『笄』，卷髮者。三禮圖云：『簪也。』『珈』，笄飾。

『象服』，毛傳作『象骨飾服』，鄭箋引舜典謂『褕翟，闕翟』，宜從箋。周禮内司服掌王后之六服：褘衣、褕翟、闕翟、鞠衣、展衣、褖衣。鄭註：『王后之服，刻繪爲之形，而采畫之綴於衣。』毛傳『翟羽飾衣』，非是。

毛傳：『展衣，以丹縠爲衣。』鄭箋：『后妃六服之次，展衣宜白。』『瑳』字，説文云：『玉色鮮白。』王肅亦云：『衣服潔白之貌。』則展衣色白爲是。

『蒙彼縐絺，是紲袢也』，毛傳：『當暑袢延之服。』孔疏：『紲袢者，去熱之名。』類篇：『袢，延衣熱也。』據此，則縐絺精而細靡，當暑用爲服，熱氣解散，無流汗沾濡之苦。紲之言洩，袢之言泮也。

『邦之媛也』，毛傳：『美女爲媛。』女曰媛，士曰彦，皆德美之稱，非美其色也。反言以深刺之。

桑中三則

桑中録刺奔之辭，所以示戒也。若朱傳以爲『淫者自言，與其所思之人，期會迎送如此』，則是里巷狹邪之曲，不惟不足以爲戒，而反以爲勸矣。且此詩三章曰『孟姜』、曰『孟弋』、曰『孟庸』，明是刺者指斥之詞。不然，何以一人之身，其時同、其地同，而所思期會者之多也？難者曰：『樂記所謂桑間濮上之音，安知非即此篇？若云刺詞，何稱亡國之音乎？』考史記，昔師延與紂爲靡靡之樂，武王伐紂，師延自投濮水之中，則所謂桑間濮上亡國之音者，紂之聲，非桑中也。故端臨馬氏曰：『左傳言季札來聘，請觀周樂，而所歌者邶、鄘、衛、鄭皆在焉。則諸詩固雅樂矣。使其爲里巷狹邪所作，則周樂安得有之，而魯之樂工亦安能歌異國淫邪之詩乎？東萊吕氏與朱子往復辯論，卒從序說。其略曰，詩之體不同，有直刺之者，新臺之類是也；有微諷之者，君子偕老之類是也；有鋪陳其事，不加一詞而意自見者，此類是也：得夫子删詩之旨矣。

『沬之鄉矣』，酒誥註云：『沬邦，紂之所都處也。於詩，國屬鄘，今衛輝府濬縣西五十里衛縣城，古朝歌也，殷武乙所都，紂因之，亦曰沬邑。府志：「縣北有苑城，其東二里爲上宫臺。」』

『孟庸』，朱傳：『疑亦貴族。』考漢地理志，『邶鄘』作『邶庸』。補傳云：『鄘，本庸姓之國。周末秦有庸芮。漢有庸光，又有受古文尚書者膠東庸譚。』

鶉之奔奔三則

鶉奔，刺惠公也。牆茨曰『不可掃』，猶作爲不得已之詞，諒其情也。至此，『我以爲兄』『我以爲君』，則知其亦既安之而託爲惠公之詞，以發其羞惡之心也。至發之而無復存焉，而國乃滅亡矣。此鶉奔之所以先定中，聖人蓋有微意存焉。

朱傳：『鶉，鵪屬。』屈大均曰：『鵪，色黑無班，始繇鼠化，終復爲鼠，夏有冬無。鶉，毛有斑點，始繇蝦蟆、黄魚化，終以卵生，四時常有。』

序謂『宣姜，鶉鵲之不若』，故鄭箋解『奔奔彊彊』爲『居有常匹』，不如釋文作『乘匹之貌』爲勝。

定之方中五則

春秋傳：『僖公二年，齊桓公城楚邱而封衛，於是文公立而建國焉。』此詩首章言營建之事；次章述謀遷之始；末章明富强之本。專美君德，未嘗一字及於霸功何居，蓋文公衣大布之衣，冠大帛之冠，務財、訓農、通商、惠工、敬教、勸學、授方、任能，實有自强之術，非專恃分災救患也。舜典曰『温恭允塞』，禹謨曰『允執厥中』，而是詩曰『秉心塞淵』。夫秉心則能允執矣，塞淵則能允塞矣。古來道統之傳，主德之一，衛文其庶幾焉。

『定之方中』，毛傳：『定營室也。』鄭箋：『定昏中而正，謂小雪時。』孔疏：『小雪者，十月之中氣，考定爲大水。』春秋傳：『水昏正而栽是也。』蓋周時建亥之月，農事已畢，可以興作，故營室之名始於爾雅，以歲差考之，唐虞建戌之月定昏中，今時建子之月定昏中，則土功視定昏爲候，蓋周制耳。

『作于楚宫』，朱傳：『楚宫，楚邱之宫也。』考衛輝府滑縣，秦時爲白馬縣，即春秋時衛之漕邑也。縣東六十里有衛南廢縣，即春秋楚邱。文公自漕遷楚，相去甚近。故二章登漕之墟以望楚邱，觀其旁之堂邑及其大山，審其高下所依倚，然後建國焉，愼之至也。

『景山與京』，水經註：『河水分濟，北徑景山東，又北徑楚邱城西。』寰宇記：『景山在澶州衛南縣東三里。』衛南縣，即楚邱也。『京』，高邱也，人力所作。爾雅：『絶高爲京。』春秋傳『莫之與京』，義同。

『匪直也人』，毛傳『非徒庸君』，朱傳『非獨此人』，皆欠明快。李氏詩所『人字指百姓，謂非特人之生聚也。其秉心塞淵，即畜馬孳息，且至三千』，義較直捷。

蝃蝀二則

詩傳：『衛靈召子都於宋，國人譏之，賦蝃蝀。』詩説：『蝃蝀，衛靈公爲南子召宋朝，國人譏之。』靈公在春秋末昭定之間，左傳襄二十九年，季札觀樂，已歌鄘矣。此詩斷從舊説。序曰：『衛文公能以道化民，淫奔之耻，國人不齒。』新臺、牆茨，所謂下以風刺上；蝃蝀、相鼠，所謂上以風化下也。

『朝隮于西』，『隮』，虹也。玉歷通政經曰：『旦見於西，爲雨；暮見於東，則雨止。』其占法與朱傳異。田家五行詩曰『朝日鬵，不到晝』，蓋朝日虹升，有不崇朝而雨必至者。彼虹見而雨止，晚虹耳。孟子云：『若大旱之望雲霓。』蓋亦行雨之一証。

相鼠一則

蝃蝀，知恥也；相鼠，知禮也。教化行而民有恥，衣食足而民有禮。盂水之喻，風草之應，非徒虚言也。而劉向列女傳以爲婦刺夫之詞，失其旨矣。

干旄一則

夏書曰：『若朽索之御六馬。』公羊傳曰：『天子駕六。』白虎通曰：『天子之馬六，示有事於天地四方。』蓋言夏禮也。至周制，則車攻、吉日言宣王之事，曰『四牡孔阜』『四牡龐龐』，是天子亦駕四也。此詩五之、六之，朱傳謂極言車馬之盛，是天子駕四，大夫反得駕六，於制爲非典，於語爲不經，詩人必不然矣。儀禮：『公贈士以兩馬。』春秋時，陳成子以乘車兩馬贈顔涿聚之子；魯君以乘車二馬遺孔子。贈賢之典，自古有之。程子曰：『束帛乘馬，行禮於賢者。至於五六馬之益多，見其禮之益加也。』於好賢之旨，庶幾近之。

載馳一則

載馳，許穆夫人謀存宗國也。夫人之未字也，許求之，齊亦求之，夫人曰：『許小而遠，齊大而近，一旦有車馳之難，孰可與慮社稷？』蓋是時顛覆已兆，狄人之禍其知之矣。假使衛能慮患，自結於齊，國之存亡未可知也。至此，戴公渡河廬漕，爲苟安旦夕之計，漕不可久，衛不可復，夫人所爲痛心而私計者也。當是時，齊桓創霸，可藉復國。故首章欲馳驅歸衛以告其兄弟，豈直唁之而已哉？既碍於義，不獲果行，則衛雖告難，已終莫能效其力，故曰『大夫跋涉，我心則憂』也。二章追思往事，致其悲咽，纏緜反復，莫可明言。曰『既不我嘉，不能旋返』，『既不我嘉，不能旋濟』，恨其不用我言，以致不能返國也。曰『視爾不臧，我思不遠』，『視爾不臧，我思不閟』，言我今視爾之顛沛，更無遠謀，亦第思之不止而已耳。『爾』，衛侯也。親之，故爾之。皆就衛言，非指諫阻歸唁者。三章知許人之尤，已愁鬱結而不解。曰『言采其蝱』，思療疾也。卒章思控告于大邦，若黍苗之待澤。曰『芃芃其麥』，思陰雨也。至於欲控齊國，盡情乞救，如包胥秦廷七日之哭，而卒不得其人。曰『誰因誰極』，曰『不如我所之』，傷庸庸者之不足與謀，而總不如己之親反衛國也。其後齊桓以諸侯之師，城楚邱而衛以再造，夫人之善謀，可謂燭照而數計矣。

校記

〔一〕天地　當作『天理』。

詩學女爲卷五

國風

衛，始居河淇間，故殷墟，今衛輝府濬縣之廢衛縣是也。文公遷於楚邱，今衛輝府滑縣東六十里。成公遷於帝邱，故顓頊之墟，今大名府開州有顓頊城。

淇奥一則

左傳：『韓宣子自齊聘於衛，衛侯享之，北宫文子賦淇澳。』『澳』字從奥、從水，釋文引草木疏曰：『奥亦水也。』博物志：『奥水流入於淇。』水經註：『肥水謂之澳。』據此則『奥』，水名，非隈也。澳水入淇，故言淇澳。毛傳：『绿，王芻。竹，萹竹。』朱傳：『绿，色也。淇上多竹，漢世猶然。所謂「淇園之竹」是也。』水經註曰：『漢武塞決河，以竹爲用。寇恂治河内，伐竹爲矢。今通望無復此矣，唯王芻編草與昔無異耳。』愚謂淇上多竹，復有緑、竹二草，而詩所詠則草也，非竹也。首章言其盛，故曰『猗猗』；次章言其色，故曰『青青』；卒章言其象，故曰『如簀』。『簀』，牀簀也。狀二草之藉地，既平且密，即所謂如茵如毯也。若以『緑』爲竹之色，則與『青青』複。以『青』作『菁』，爲竹之盛，則又與『猗猗』複。以『簀』比竹，則竹之象直以疏，簀之象横以密。其比物也不工，詩人必不如是也。

考槃一則

考槃，遁世之士無悶於世也。本義曰〔一〕：『考，成。槃樂也。』兩山之間曰『澗』。『寬』者，澗居雖狹，賢者見以爲寬也。舉要曰『薖』，同『窩』。曲陵曰『阿』，故承以『薖』，義取窩藏不露。高平曰『陸』，故承以『軸』，義取旋轉自如。『弗諼』『弗過』『弗告』者，有獨處之樂，無願外之意，所謂若將終身也。淮南子曰：『夫可以揚清激濁、抑貪止兢者〔二〕，其惟隱者乎？』此夫子删詩，存考槃之意也。

碩人三則

碩人，列女傳以爲傅母作，良是；然謂婦道不正而諭之，非也。蓋傅母始終隨侍莊姜，得其備細，閔其賢而不見答於莊公，故作是詩。首章原其族類之貴；次章述其容貌之麗；三、四章記其歸衛之初，在途所見，皆得之目擊，故委曲瑣屑如此。若從序説，則『柔荑』『凝脂』非外人所得摹寫，而『河水』『葭菼』『施罛』『鱣鮪』不倫不類，何預莊姜而國人備述之耶？

史記魯世家：『成王封周公子苴爲邢侯。』路史：『周公之祚七，靖淵封邢侯爵。』〔三〕一統志：『齊武平初，邢臺人有掘古冢者，得銅鼎，腹有科斗字，云「邢夫人姜氏墓」。』考襄國城在山東順德府邢臺縣西南，殷祖乙遷都於邢，即此城也。春秋時，邢侯都於此，爲衛之與國。隱四年，石碏殺州吁，衛人迎公子晉於邢而立之。閔九年，狄伐邢，齊人救邢。僖元年，邢遷於夷儀，在順德府西百四十里，有夷儀城。二十五年，衛侯燬滅邢。

春秋莊十年，齊師滅譚，譚子奔莒。考譚國在山東濟南府歷城縣西七十五里，有東平陵城，即其地也。

氓三則

『氓之蚩蚩』，棄而後悔也。以利交者，利盡而交疏；以色交者，色衰而愛馳。華落見捐，不齒人類，痛心疾首，何地自容？聖人登此，不獨爲女戒也。詩弋曰：『吾於「士也罔極，二三其德」，見君子立不易方之訓焉；於「反是不思，亦已焉哉」，見君子永終知敝之戒焉。此「無邪」之旨也。』

水經註：『淇水徑頓邱北。』方輿紀要：『頓邱在北直大名府清豐縣西南二十五里。』一統志：『復關隄在直隸大名府開州城西南古黃河岸北，衛詩「以望復關」即此。』

竹竿一則

毛鄭泥序『不見答』之語，其取物比事皆失本旨，宜從朱傳。詩論曰：『載馳思歸唁之詩，境變而思迫；泉水、竹竿思歸寧之詩，境平而思婉。』信哉！

芄蘭四則〔四〕

『詩說：芄蘭，刺霍叔也。據竹書，成王十年，武庚畔，是時霍叔已五十有四，非童子矣。故不如序說刺惠公爲是。』〔五〕詩翼曰：『詩人忠厚，不應直以童子目其君，不如作泛刺爲長。不知箕子仁人也，黍離之歌呼紂爲「狡童」〔六〕。衛朔佩服成人而執心不定，放肆驕敖，卒至見逐失位。詩人憂而隱諷之，所以爲忠厚也。且説苑曰：「能治亂決煩者佩觿，能射御者佩韘。」尚書註曰：「人君十二而冠，佩爲成人。」藉非惠公，何以泛然童子亦得佩觿韘，治成人之事耶？」

『容兮遂兮』，鄭箋：『容，容刀也。遂，瑞也。』嚴氏詩輯曰：『容，雍容也。』離騷云：『遵赤水而容與。』祭義云：『及祭之後，陶陶遂遂。』嚴解得之。

『垂帶悸兮』，毛鄭：『悸悸然行止有節度。』朱傳：『悸，帶下垂之貌。』程子曰：『悸者執心不定也。』考廣韻：『悸，心動也。』蓋惠公修飾其容，内無定見，將必悚然心動也。程子之説爲是。

『韘』有兩説，毛傳：『玦也，以象骨爲之，著右手大指，利鉤弦。』鄭箋：『沓也。』即大射之『朱極三』，以朱韋爲之，韜食指、將指、無名指，利放弦。字既從韋，鄭説爲是。

河廣一則

衛未遷時都朝歌，在河北；宋都睢陽，在河南。則相隔一河，故在衛思宋，則賦河廣。

至宋襄立時，衛已渡河，都河南矣。當戴公盧漕之先，宋桓公逆諸河，則桓公尚在也。遷漕、再遷楚邱，至衛文十年，而桓公始亡。則宋襄即位，距衛渡河，時已十年餘矣。即使桓姬思子，爾時已不隔河矣，尚曰『誰謂河廣』乎？毛氏奇齡以爲非宋桓夫人思子之詩，説所由來也。然嘗考劉向説苑曰：『宋襄公爲太子時，請桓公立目夷。公問故，對曰：「臣有舅在衛，愛臣。若終立，則不可以往。」』是襄公未立時，嘗借省舅之名，依母在衛。惟恐既立，則難復往，故預爲辭立。其往來宋衛，不無間隔，不無間隔，故桓姬思子而作倚閭之望，詩所謂『跂予望之』也。此時襄公未立，猶得往來，故通體思而不哀。次章曰『誰謂宋遠，曾不崇朝』，猶望其子之來，非決絶之詞。謂是詩作於襄公即位之後者，鄭箋之説，序固未嘗言即位也。

伯兮二則

詩序辨云：『舊説以詩有「爲王前驅」之文，遂以爲春秋所書從王伐鄭之事，而鄭在衛西，則與詩言「自伯之東」不合。』陸氏詩學曰：『春秋莊六年有王人子突救衛一事，於時於地無不合。「自伯之東」，與齊戰也。』愚謂王人救衛，非爲王前驅也；一戰即罷，非過時不歸也。不如從孔疏『兵至京師，乃東行伐鄭』爲是。

『諼草』，本又作『萱』。説文作『藼』，或作『蕿』，一名『鹿葱花』，名『宜男』〔七〕。埤雅：『草之可忘憂者，故曰諼。諼，忘也。』董子曰：『欲忘人之憂，則贈之以丹棘。丹棘，一名忘憂。欲蠲人之忿，則贈之以青堂。青堂，一名合歡。』古今注：『合歡樹似梧桐，非草也。』朱傳混而一之，誤。

有狐二則

狐，淫獸也。欲嫁之，不宜以狐比之。集傳未安。塗山歌曰『綏綏白狐』，毛色散舒之貌，猶荀子『綏綏乎其有文章』也。『獨行求匹』，訓亦未安。戴氏續詩紀曰〔八〕：『有狐，爲國人憫鰥夫。』則表國人之仁心，固勝於彰寡婦之淫志，旨哉言乎！

『之子無帶』，凡帶有二：革帶加裳上，所以懸佩；大帶加衣上，所以束衣。今曰在厲，則以衣涉水，不可無帶束衣也。

木瓜二則

楊氏龜山曰：『齊桓攘夷狄而封衛，未嘗請命於天子，是專封也。』不知漕與楚邱本屬衛地，在齊桓亦不過戍之、城之而已。春秋書城楚邱，不言封，紀實也。夫子於衛風，終以木瓜，亦以見齊之大有造於衛，不可忘也。故曰『木瓜見苞苴之禮行』，蓋許之矣。

呂氏東萊曰：『徐氏云「瓜有瓜瓞，桃有羊桃，李有雀李」，此皆枝蔓也。故言木瓜、木桃、木李以別之。』埤雅：『實如小瓜而有鼻，食之津潤不木者，謂之木瓜。圓而小於木瓜，食之酸澀而木者，謂之木桃。木李大如木瓜而無鼻。』據陸氏之説，三物一類也。然考述異記『桃之大者，謂之木桃』，通志略『榠樝，一名木梨，一名木李』，則自是三物，且與尋常桃李不同。

校記

〔一〕本義　指歐陽修詩本義。

〔二〕兢　當作『競』。

〔三〕路史原文作：『周公之祚七：長魯禽父，次凡伯，次伯齡，封蔣男爵，後以功侯二十二世並于楚；次靖淵，封邢侯爵，滅于衛；次祭，事文王，受商之命；次胙，次茅。』

〔四〕芃蘭　當作『芄蘭』。下同。

〔五〕本句引自毛奇齡詩傳詩説駁義。原文云：『芄蘭，刺霍叔也。以童子僭成人之服，比其不度德量力而助武庚亂。胡胤嘉云：「據竹書，謂成王十年武庚畔，是時霍叔已五十有四，非童子矣。」』詩説，僞書，舊題申培撰，實乃明代豐坊僞撰。

〔六〕黍離　當作『麥秀』。

〔七〕名宜男　前當有『一』字。

〔八〕戴氏續詩紀　指戴溪續吕氏家塾讀詩記。

詩學女爲卷六

國風

『王』，詩譜曰：王城者，周東都。王城畿内方六百里之地，其封域在禹貢豫州太華、外方之間，北得河陽，漸冀州之南。漢志：『河南郡河南縣故郟鄏地，周武王遷九鼎，周公致太平，營以爲都，是爲王城，至平王居之。』今河南府府城西有郟鄏陌。

黍離二則

劉向新序：『衛宣公子壽憫其兄之見害，作憂思之詩，黍離是也。』說本齊、魯詩。曹植貪惡鳥論曰：『昔尹吉甫信後妻之讒而殺孝子伯奇，其弟伯封求而不得，作黍離。』說本韓詩。齊魯惑於錯簡，王衛不分，固無論已。韓詩亦於詩義不合，不如序說可據。元城劉氏曰：『小弁云「踧踧周道，鞫爲茂草」，則黍離之感，不待於大夫行役之時而已兆於褒姒母子僭亂之日，追怨之詞有所歸矣。』

『彼稷之穗』，朱傳：『穗，秀也。』嚴氏粲曰：『論語註「吐華曰秀」，是秀爲未穗。今所謂秀則已成穗而秀茂，與彼秀別。』〔一〕不知凡穀之華皆吐於穗，非華而後穗也。故始苗曰秧；分科曰苗；既穗曰秀，秀則穗而華矣。嚴氏誤。

君子于役三則

西周之世，大夫非無行役也。出有皇華、四牡之勞，入有杕杜、魚麗之燕，人皆以爲盛典。而且『雨雪霏霏』，遣戍役而預言歸期；『卉木萋萋』，勞還卒而詳言歸期；『會言近止』，感時物而即知歸期。未有如此詩不知其期者也。蓋東遷，政在諸侯，天子之公卿、大夫奔走聘問，求車求金，錫命歸賵，無有寧歲。燕勞之典既廢，還役之會無期。甚且戎伐凡伯於楚邱，衛不能救。則留滯之外，更多顧慮矣。故曰『君子于役，苟無飢渴』而已，歸非所敢望也。

『曷至哉』，鄭箋作『我不知其反期，何時當至哉』，輔氏廣、嚴氏粲皆作『不知其所至之處，言其地之遠也』，次章『曷其有佸』，方言其不知何時可以來會，似有次第。

『括』，至也。毛朱同義。陸堂詩學曰：『牛羊有欄，括其關扃也。「太元羨首，四馬就括」，非其證耶？謝康樂云：「朝遊牛羊下，暮坐括揭鳴。」』則古人先有此解矣。

君子陽陽五則

序曰：『君子陽陽，閔宗周也。君子遭亂世，相招爲禄仕，全身遠害而已。』據此則詩即簡兮之義。朱傳疑亦前篇婦人之作。非是。

『右招我由房』，毛傳：『由，用也。國君有房中之樂，蓋燕禮與四方之賓，燕有房中之樂，即所謂絃歌周南、召南之詩也。』鄭箋：『由，從也。欲使我從之於房中。』朱傳：『房，東房也。』按：『房』，婦人出入之所。禮記：『夫人副褘，立於東房。』儀禮：『主婦内賓，受獻於房中。』疏：『燕時男子在堂，婦人在房。』若樂官由房中入小寢，禮無可考，當從毛傳。

『右招我由敖』，『敖』，敖翔，舞之態也。朱傳本鄭箋作『舞位』。考舞位有表、有兆、有綴，獨不見敖之名，未可據。

陳祥道禮書：『簧，非笙也。先儒皆以爲笙中之簧，其説拘矣。禮記：「女禍之笙簧。」漢武内傳：「鼓振靈之簧。」神仙傳：「王遥有五舌竹簧。」經無明説，豈亦古之遺制與？』

『翿』，羽葆幢也。春秋考『仲子之宫，初獻六羽』，何休曰：『鴻羽也。』詩『右手秉翟，值其鷺羽』，皆羽舞也。或鴻羽、或翟羽、或鷺羽，總謂之翿。

揚之水四則

鄭箋以揚之水爲激揚湍迅之水，喻平王政教煩急；朱傳以彼其之子爲戍人，指其室家。俱非是。歐陽氏曰：『激揚之水，力弱不能流束薪，猶王室政衰，不能徵發諸侯也。』『彼其之子』，謂他國人之當戍者。蓋畿内之民久戍於外，更代無期，不能無怨思焉。竹書：『平王三十三年，楚人入侵申。三十六年，王人戍申。』曰戍甫、戍許者，脣齒相依，兼戍二國也。王氏應麟曰：『營謝、戍申，其篤於母家一也。一美焉，一刺焉。宣王親親，平王忘讎也。』

河南南陽府，春秋時申伯及鄧侯地。南陽，一名宛城。申城在府北二十里。括地志：『南陽縣北有申城，周宣王舅所封。』左傳：『莊公六年，楚滅申。』遂爲楚邑，楚靈王會諸侯於申，即此城也。

『甫』，即吕也。虞夏時，封吕望祖先於此。富辰曰：『齊、許、申、吕，由太姜，皆姜姓也。吕城在南陽府西三十里。穆王以吕侯爲司寇，作吕刑，禮記曰「甫刑」。唐世系表曰：「宣王世改吕爲甫，故吕甫同稱，後併於楚。漢吕后封昆弟子吕恕爲吕城侯，邑於此，今名董吕村。」』

『許』，姜姓，男爵。出自堯四岳之後，周武王封其苗裔文叔於許，以續太岳之嗣。其地潁川許昌縣，今開封府許州是也。春秋時國小而近鄭，鄭再滅之，以爲俘邑，後附楚。靈公遷葉，今南陽府裕州葉縣。悼公遷夷，今鳳陽府亳州東南七十里廢城父縣是。旋還葉，又遷於白羽，今南陽府鄧州析川縣是。許男斯又遷於容城，今荆州府東廢華容縣是。蓋皆爲楚所遷也。

中谷有蓷二則

爾雅：『水註川曰谿，註谿曰谷。』『乾』，失水之地也。『谷』，是水之生蓷處，其中而乾暵故也。『修』，蓷之長者也。長茂者，亦爲所暵也。『濕』，下濕也。下濕之地亦受暵，蓋非復下濕矣。蓷之旱乾以漸而甚，家之饑饉以漸而急。始也嘆，繼也嘯，終也泣，家日以衰薄，而夫婦相棄矣。孫承澤曰：『周禮「大司徒：保息生養萬民，有賑窮恤貧之典。小行人：若國凶荒，則令賙委之。以反命於王，以周知天下之故」，則豈有相棄怨如此詩者，采詩觀風，周之政荒民散可知矣。序以爲閔周，信然。』

毛傳：『蓷，雕也。陸草生於谷中，傷於水。暵，菸貌。』俱非是。説文：『暵，燥也。易曰：「燥萬物者莫暵乎火。」』『蓷』，爾雅謂之『萑』，即益母也。方莖，白華，本草名『茺蔚』，生海濱池澤，非陸草也。『雕』，茭也。

兔爰二則

春秋傳：『魯桓公五年，王奪鄭伯政，鄭伯不朝，王以諸侯伐鄭。鄭伯御之，戰於繻葛。

蔡、衛、陳皆奔，王卒大敗。祝聃射王中肩。』序蓋指此事。然詩言『百罹』『百凶』，非一事也。詩傳、詩説謂萇宏忠於王，晉趙鞅殺之。周人傷之，賦『有兔死，非其罪』，與兔爰差合。然此乃哀三年事，於世次不符，亦不足據。詩所曰：罹者，患也，憂甚於罹，凶甚於憂。吪者，寐而起也。覺，寐而覺也。聰，寐而聞聲，能覺者也。蓋周道衰微，政刑紊亂，君子及見西周之盛，悲其晚遇而欲付之不見不聞也。

毛鄭以雉兔喻政有緩急，用心不均。東萊吕氏以兔比諸侯恣睢，雉爲周人自比。皆穿鑿，宜從朱傳。

葛藟二則

春秋傳：『文七年，宋昭公欲去羣公子。樂豫諫曰：「葛藟猶能庇其本根。」』故君子以爲比況國君乎？則序所云『周道衰，棄其九族』者，不爲臆説。蘇氏曰：『葛藟得河之潤澤以長大，猶王族得王之恩施以茂盛也。王今棄遠兄弟而謂他人父，彼非王族，亦安肯顧我哉？蓋宗族，人之根本也。宗族不相庇，他人又何望焉？平王忘殺父之讎，德申侯之立己，所謂謂他人父也。周之東遷，晉鄭焉依，遠兄弟而暱他人，而親親道廢，卒未聞有異

姓能扞王室者，「亦莫我顧」之言信矣！」〔二〕

『亦莫我有』，鄭箋：『識有也。』左傳：『不有寡君。』杜註：『有相親也。』嚴氏粲曰：『莫我有，視之若無也。』

采葛一則

采葛，憂讒也。小人之譖人，多因其不見之時乘隙而入。如上官桀譖霍光，伺出沐日奏之；恭顯之譖蕭望之，亦候望之出沐日上之。忠臣義士，一日不在朝廷，則讒說殄行並作矣。周衰，王聽不聰，讒人高張，君子遇事出使，懼讒間之易行也。故以三物取興，明讒人之能使君心立變也。葛始生至成就，三月而可刈，故承以三月。蕭，爾雅謂之萩。朱傳作荻，誤。禮記註謂之薌蒿，至秋乃可取用，故承以三秋。艾之用，以久者善，所謂『求三年之艾』是也，故承以三歲。讒言之行，一日不見即如三月、三秋、三歲焉。以采三物者之觀於物變，未有若是之速者也，故序曰『懼讒也』。

大車三則

序：『刺周大夫也。禮義陵遲，男女淫奔，故陳古以刺今，大夫不能聽男女之訟焉。』朱傳：『周衰，大夫猶有能以政刑治其私邑者，故淫奔者畏而歌之如此。』戴氏震曰：『男女淫奔，相與期約，事之有者也。作爲詩歌，用自播焉，事之必不有者也。故凡淫奔者之言，作刺者述之之言也。此詩述其畏大夫，又述其死生相約誓，何也？謂其思之非不若是甚也，然而且畏也。奈何今之大夫，不能畏其民也；然則不陳古之德化，而徒言畏威之末，何也？有其末者，進之以本；無其末者，風之以末。可以知本者，爲言其本；不可以知本者，爲言其末也。』

『大車』，役車，兩轅一牛，在轅内，轂長半柯，庶人之車也。若詩所謂大車，大夫之車，非牛車也。王朝大夫於禮當乘墨車，墨漆之而不畫。大夫出封，則乘子男之革路。革路，鞔之以革而漆之，無他飾者。孔疏：『此大車，蓋革路也。』

禮書：『子男毳冕，繅五就，前後各五旒，旒五玉，用玉五十繅。王之卿孤毳冕，繅六就，前後各六旒，旒六玉，用玉七十二繅。王之大夫希冕，繅四就，前後各四旒，旒四玉，用玉三十二繅。』此詩大夫服毳衣，則王之上大夫卿也。釋名：『毳，芮也。畫藻文於衣，象水草之毳芮。』菼，萑之始生者，青而後潔。璊，玉，赬色也。毳衣之文，備此二色。

邱中有麻二則

此詩當以詩序爲正。『留』，畿内之地，春秋屬鄭，今開封府陳留縣地，後爲陳併，故曰陳留。『子嗟』，周大夫食采於留者，世卿而賢，又遁於荒野，國人愛之無已，故作此詩。始猶望其來，終則不忘其遺愛也。

毛傳：『子國乃子嗟之父。』孔疏謂『古人必有所本，惜乎無書可證。』考春秋隱十一年『王取鄔、劉、蔿、邘之田於鄭。』地里考：『蔿，東周大夫子國之食邑。』公羊傳：『鄭先處留，或者蔿即留乎？』留爲陳並，而陳滅於楚，故僖二十七年子玉治兵於蔿，疑即此地。然無實據，姑闕疑。

校記

〔一〕嚴粲詩緝作：『朱氏論語解云「吐華曰秀」，是秀爲未穗。今毛氏所謂秀則已成穗而秀茂，與彼秀別。』

〔二〕自『蘇氏曰』至『信矣』引自清嚴虞讀詩質疑卷六，其中『平王忘殺父之讎……信矣』爲虞惇言。

詩學女爲卷七

國風

鄭都新鄭，今爲河南許州之新城縣。初，宣王封弟桓公友於鄭，居咸林，今陝西同州府之華州。幽王八年，桓公爲周司徒，寄孥與賄於虢檜，子武公與平王東遷，卒定其地，號曰新鄭，以别於初封之鄭。故城在今縣治西北。

緇衣一則

緇衣，周之人美鄭武公也。周詩而列於鄭，美鄭也。猶載馳許詩而列於衛，賓之初筵衛詩而列於雅也。桓公没王事，武公嗣司徒，同服緇衣於私朝。曰敝予改爲，欲其久於位也；適館授粲，愛之之詞，所謂好賢如緇衣也。館，諸廬也，在天子之宫。還，則還其私室，非采地也。陳詳道禮書曰：『先王之建都，以處子弟公卿大夫。大者百里，其次七十里，其次五十里，使之朝夕莅事王。朝而退食於家，其家不出王城，而都鄙乃在三百里以至五百里之内，此猶民之廛里在國而授田在鄉也。鄭箋謂「還在采邑之都」，列職於朝，常往反於數百里之遠，則是在塗之日多而在朝之日少也。鄭氏之説，其果然乎？』

將仲子兮三則

『仲子』，祭仲也，託爲鄭莊公拒諫之詞以諷之。歷來皆從序解，獨朱傳本鄭夾漈，斥爲淫奔之辭，以序爲無據。然考左傳襄二十六年，齊侯、鄭伯爲衛故，如晉。子展賦『將仲子兮』，晉侯乃許歸衛侯。則是詩有關於兄弟不爲無據。況國風之例，多以君卿大夫比次於前，民俗居後。若民間淫奔之詩，何得次此乎？上篇美武公，下篇愛叔段，則此詩爲刺莊公無疑。蓋莊公殺弟之心蓄之已久，授之大邑，縱其欲而誅之，已有成算。祭仲不知而諫之，故設爲不得已之辭，以掩其情。曰『畏我父母』，即傳所云『姜氏欲之，焉避害』。『畏我諸兄』『畏人之多言』，即傳所云『寡人有弟，不能和協，而使餬其口於四方』，皆昧心以欺人之言也。詩人窺其隱而微諷之，曰『仲可懷也』，曰『豈敢愛之』，蓋詞雖拒仲而意實與之，豈真有所不忍於其母弟耶？

通志：『杞，柳，亦曰澤柳，可爲桮棬者。』王氏應麟曰：『杞有三：「無折我樹杞」，柳屬也；「南山有杞，在彼杞棘」，梓杞也；「集于苞杞，言采其杞」，「隰有杞桋」，枸杞也。』陸疏：『檀木，皮正青滑澤，與繫迷相似，又似駁馬。駁馬，梓榆。故里語曰：「斫檀不諦得繫迷，繫迷尚可得駁母。」繫迷，一名挈榼，故齊諺曰：「上山斫檀，挈榼先殫。」』

叔于田一則

田，爲田除害也，四時之總名。狩，圍守也。冬物畢成，獲則取之。周禮：『大司馬仲春教振旅，遂以蒐田；仲夏教茇舍，遂以苗田；仲秋教治兵，遂以獮田；仲冬教大閱，遂以狩田。』皆於農隙而講武事也。叔段雖性好田獵，亦借以習兵，詩人詳述其嬖倖者美段之詞，以著段之必敗而刺莊公陷弟於惡之罪，序說似勝朱傳。

大叔于田四則

經義考曰：『鄭詩叔于田二篇，其第二篇，小序特加「大」字以別之。今西安唐刻石經第二篇首章猶冠以「大」字。自去序言詩，舍正義勿習而經文失其舊，學者不復措意矣。』

段有京城大叔之稱，故題曰『大叔』，以别於前篇。毛氏奇齡謂『此二詩皆泛美田者，非指叔段言』，則大叔之稱不知何屬。毛傳因『獻于公所』句，謂『從公於田』，亦非是。蓋段之在藪，在圃田也。周禮：『豫州藪曰圃田。』爾雅：『十藪。』鄭有圃田，在今開封府中牟縣西北七里；大叔居京，在今開封府滎陽縣東南二十里，去圃田不遠。段弋獵其中，獻所獲於鄭都，故曰『公所』也。莊公包藏禍心，受之不卻，詩人借暴虎以警之，曰『將叔無狃，戒其傷女』，豈特暴虎也哉！

『火烈具舉』，即王制、爾雅之『火田』，春秋傳之『焚咸丘烈』，烈山澤而焚之也。孔疏以爲宵田而證其得衆，非。

毛傳：『騁馬曰磬，止馬曰控，發矢曰縱，從禽曰送。』解『縱』『送』作二事，非是。朱傳『舍拔曰縱，覆彇曰送，承上善射來，專指射』，最是。然禮書云：『彇，角端也，與簫同。』『覆』『彇』二字，義欠明。『縱』與『送』，皆舍矢也。左手以指出羽曰縱，縱之勿滯也；右手以沓放弦曰送，送之使去也。

清人二則

春秋閔公二年：『冬十二月，狄入衛，鄭棄其師。』左傳：『鄭人惡高克，使帥師次於河上，久而不召，師潰而歸，高克奔陳，鄭人爲之賦清人。』是時衛在河北，鄭在河南，恐狄渡河侵鄭，故使高克將兵於河上禦之。『清人』，清邑之兵也。水經註：『清池水出清陽亭西南平地，東北流，逕清陽亭東，南流，即故清人城也。』〔一〕方輿紀要：『清池廢縣在開封府中牟縣西，有清陽亭，唐初置，屬管州，貞觀初廢。』然則鄭之清邑，即今中牟無疑。或曰清池以水名也，或曰清人因詩名也。

左傳：『衛侯甯喜盟於彭水之上。』詩所謂彭在河上，疑即此。

羔裘一則

詩傳：『子皮爲政忠直文武，子産美之，賦羔裘。』左傳六卿餞韓宣子，子産賦鄭之羔裘。則是詩已列於風，非子産作也。序曰：『刺朝也。言古之君子以風其朝焉。』朱傳曰：『蓋美其大夫之辭。』然詩三章不露一毫諷意，美也，非刺也，從朱傳。命，天所賦於我者。舍，則居之而安也。俟，美也，本韓詩。毛傳曰：『君也。』稱大夫爲君，於理不順。三英，裘飾也。程子曰：『素絲五紽之類。』毛傳訓『五紽』云『古者素絲以英裘』，而此復訓『三德』，未免矛盾。

遵大路一則

登徒子好色賦曰：『鄭衛溱洧之間，羣女出桑。臣觀其麗者，因稱詩曰：「遵大路兮攬子袪」，贈以芳華。』辭甚妙，朱子本之，以爲淫婦之詩。然其舊説固嘗曰：『君子去其國，國人思而望之。於其循大路而去也，乃持其袪以留之曰：「子無惡我而不留，故舊未可遽絶也。」』其説似不可更。

女曰鷄鳴二則

此賢夫婦相警勵之辭。『弋鳧與雁』者，士使之射；不能，則辭以疾。蓋射者，男子所有事。證以左傳『賈大夫取妻而美，三年不言不笑。御以如皋，射雉，獲之，於是始言而笑』。詩『弋言加之，與子宜之』，猶此志也。毛傳：『宜，肴也。』朱傳：『宜，和其所宜也，如「雁宜麥」之屬。』從朱傳。鄭箋：『子，謂賓客也。』歐陽氏曰：『賓客一時相接，豈有偕老之理與？』子者，皆婦人謂其夫也。御其琴瑟，莫不静好，是夫婦相愛之意。卒章『來之』『順之』『好之』，方言來賓客而順好之也。雜佩以問，張衡四愁詩曰『何以報之英瓊瑶』『何以報之青玉案』是也。一、二章勉之以才，三章勖之以德。

陸氏佃曰：『沉梟好没，與雁常以晨飛，故弋者必於明星未没時取之。』『明星』，爾雅謂之『启明』，註：『太白星也，晨見東方爲啓明，昏見西方爲太白，即俗所謂曉星。』毛鄭謂『將曉，小星不見，惟明大之星爛然』，雖不指爲啓明，然將曉而大者，惟啓明耳。戴氏震曰：『太白在日下，一晝夜左旋不及日，不啻五分度之三；不及恒星，不啻一度五分度之三。其不及日，即爲一晝夜不及天之數。幾六百日，而不及天者，漸退復其故處。今步算家謂，太白約二百二十四日右旋一周天，非理之實。此平行實度。其高下之行，星常附於日，成環日之象，故終古與日不相離也。』

有女同車二則

毛氏奇齡曰：『忽爲鄭莊公子，即昭公也，母鄧曼頗微，故使上卿祭仲輔立之。有弟突，即厲公也。母雍姑爲宋大夫雍氏女，頗有力。故於桓十一年鄭莊之薨，雍氏誘祭仲至宋，執之，奪忽立突，使突歸於鄭，而忽出奔衛。此固忽之無如何者也。但前此鄭忽至齊，齊侯欲以文姜妻忽，忽辭之曰：「齊大，非我耦也。」既而桓六年，北戎伐齊。忽帥師救齊，大敗戎師。齊侯復請以他女妻忽。忽又辭曰：「無事於齊，吾猶不敢。今趨齊之急而受室以歸，是以師婚也。」至是奔衛，則坐失强援而至於去國。雖兩辭齊婚，不害君子，然而昧於事機矣。』

鳳謂，是詩憐忽，非刺忽也。初，隱公八年，鄭公子忽如陳逆婦嬀，則忽已有正妻矣，而齊侯得請妻之者，或者陳嬀已死，忽將改娶。詩故曰『有女同車，顔如舜華』，正以木槿之華朝開暮落，比陳嬀已不永年，忽當復取齊女也。忽之兩辭婚於齊也，其理直，其氣壯，左氏所謂『善自謀』者，非求援、求繫者比。國人以忽無亡國之罪而見逐，因致恨於辭昏失援，蓋傷之，非刺也。

『德音不忘』，或本序『齊女賢而不取』句，即指齊女。難者曰：『文姜内淫，幾亡魯國，故齊有雄狐之刺，魯有敝笱之賦，何德音之有？』劉氏彝七經中義曰：『齊人請昏之音，鄭人懷之不能忘。』可釋衆疑。

山有扶蘇二則

此詩之興，毛鄭異説。毛云：『喻高下大小得其宜。』然扶蘇非大木，則其説謬矣。鄭云：『喻小人在上，君子在下。』以下章例之，則橋松非惡木也。釋文：『鄭以橋作槁，謂枯槁也。』橋松喻大臣無恩，游龍喻小人放恣，皆曲爲之説，非詩本旨。愚謂：『子都』，美好而閑於禮法者；『狂且』，肆無禮法者。『扶蘇』『荷華』，顏色可觀，故以興子都、子充。『狡童』，有貌而無實。『橋松』『游龍』，枝幹可用，故以興子充。言朝無充，實良善之人。良臣，但見狂狡也。故戴氏震以爲刺高渠彌、祭仲之屬。

詩傳：『鄭靈公棄其世臣而任狂狡，子良憂之，作扶胥。』詩説亦然。毛氏奇齡曰：『詩本作「扶蘇」，唯毛傳作「扶胥」，「胥」「蘇」通字。其云任嬖人狂狡者，左傳宣二年「鄭公子歸生受命於楚〔二〕，伐宋，宋師敗績。狂狡輅鄭人，鄭人入於井，倒戈而出之，獲狂狡」，則狂狡本宋人而見獲於鄭者。其後任狂狡則無所據，且獲狂狡者亦鄭穆公，非靈公也。此以「狂狡」二字偶同，故實之耳。』

蘀兮一則

詩義折中：一章曰『落葉曰蘀。吹，隕之也。叔、伯，同姓之稱。鄭介晉楚之閒，楚常伐鄭，而晉不能救。鄭大夫欲晉之急己也，故言「蘀兮蘀兮，風其吹女」，以喻楚風甚競，不止吹鄭，並吹晉也。叔兮伯兮，苟能倡大義以攘楚，則鄭自從而和之，不止存鄭，亦所以固晉也』。二章曰：『漂與飄同。捲而去之，甚於吹矣。要，成也。久而不變，深於和矣。』總案曰：『蘀兮，勸晉急鄭也。晉楚爭鄭，無歲不勤諸侯。左傳曰：「鄭人患晉楚之故，諸大夫曰：「楚弱於晉，晉不吾疾也。晉疾，楚將辟之。」則鄭望晉倡久矣。蕭魚會後，不復叛晉。「倡予要女」，非虛言也。夫救災恤患，大國之職也。待小國之請而後圖之，惰其職矣。聖人録蘀兮，憫鄭而責晉也。』

狡童一則

序云：『刺忽。』箋云：『權臣擅命，祭仲專也。』序意蓋本麥秀歌，以狡童爲失國之刺。然毛鄭既以昭公爲狡童，又以昭公爲子，一詩而兩其稱謂，非禮也。愚謂狡童，權臣祭仲之屬也。子，指君也。鄭自祭仲逐忽立突，突欲殺仲不克，出奔；忽歸於鄭，爲高渠彌所弑；子亹立而被殺，祭仲復立子儀；傅瑕弑子儀而復納突。二十餘年中，忽、突、亹、儀旋出旋入，旋立旋弑，方且惴惴奔亡救死之不暇，而祭仲、高渠彌之屬專制國柄，生殺在手，置君如奕棋，豈非所謂狡童乎？權臣專政，朝樹私黨，雖有憂國之賢士，不與共言事，不與共食禄，亦惟有憂之至於不能餐息而已，故狡童刺權臣也。

褰裳三則

詩義折中曰：『褰裳，刺無信也。』春秋襄公八年楚子囊伐鄭，子駟、子國、子耳欲從楚，子孔、子蟜、子展欲待晉。子駟曰：『詩有之「俟河之清，人壽幾何」，民急矣，姑從楚以紓吾民〔三〕。晉師至，吾又從之。犧牲玉帛，待於二境，以待强者而庇民焉，不亦可乎？』遂從楚。九年，晉伐鄭，又從之，盟於戲。楚子伐鄭，又從之。十年，晉又伐鄭。十一年，楚又伐鄭，晉又伐鄭。故鄭人賦褰裳，以爲謀國者如狂童之狂也。昭公十有六年，鄭六卿餞宣子於郊，子大叔賦褰裳。宣子曰：『起在此，敢勤子至於他人乎？』言晉必急鄭，不敢使鄭復從楚也。子大叔拜宣子曰：『善哉，子之言是！不有是事，其能終乎？』言不鑑前人之狂惑，後人未必能有終也。然則此詩之義，宣子言之詳矣。

溱水，在新鄭縣北，源出密縣境，一名澮水，東北流至縣界，與洧水合。國語『主芣騩而食溱洧』即此。芣騩，大騩山也，今名具茨山，在新鄭縣西南四十里，與密縣接界。洧水，在新鄭縣南，源出登封縣陽城山。水經注：『洧水出密縣西南馬嶺山，即陽城山也。經密縣而東流入縣境，會溱水爲雙泊河，又東經長葛，至西華縣入潁水。』左傳襄元年：『晉帥諸侯之師伐鄭，入其郛，敗其徒兵於洧上。』又襄二十六年：『楚伐鄭，涉於樂氏。』樂氏亦洧水津名。又，昭十九年：『鄭大水，龍鬬於時門之外洧淵。』蓋古鄭城在新鄭縣西北，溱水在北，洧水在南，亦鄭環衛國都之水也。

丰二則

序：『刺亂也。昏姻之道缺，陽倡而陰不和，男行而女不隨。』戴氏震曰：『此坊記所謂「親迎婦猶有不至者」是也。蓋言夫俗之衰薄，昏姻而卒有變志，非男女之情而其父母之惑也。故託爲女子自怨之詞以刺之。悔不送，以明己之不得自主，而志終欲隨之。後二章，望其復迎己以行。昏禮以名通，在女子不必知其夫之字也。「叔兮伯兮」便文連稱，不知其字之辭，非不知其人也。或曰，女子始有所爲留者，非與？曰，非也。凡後世昏姻變志，皆出於父母，不出於女子。詩言迎者之美，固所願嫁也，必無自主不嫁者也。此託爲女子之詞，正以見惑由父母爾。使父母知男女之情如此，惑亦可以解矣。』

陸堂詩學曰：『鄭氏先註禮後箋詩，往往欲改詩從禮。如此章之以「堂」爲「棖」，尤覺細瑣。』

東門之墠二則

東門之墠，懷賢人也。賢人不仕而隱於東門，除地爲墠，植茜於阪，以治圃爲業。有室家之樂，無廊廟之□〔四〕，所謂可望不可即者。故詩人深惜之。漢酒泉太守馬岌求見宋纖不得，銘曰：『丹霞百尺，青壁萬尋。室邇人遠，實勞我心。』古人固用此懷賢矣。

『茹藘』，蒨草，一名『茅蒐』，一名『地血』，無可疑者。毛氏奇齡曰：『「茹藘，菜盧也。」引易林『茹藘在阪』爲證。此因漢書『菜茹有畦』以成易林之誤，不足據也。

風雨二則

序：『風雨，思君子也。』鷄不爲如晦而改其鳴，君子不爲亂世而改其節。故於風雨之夕，聞鷄鳴而思君子。南史袁粲傳：『粲初名愍孫，峻於儀範。廢帝倮之迫之使走，愍孫雅步如常，顧而言曰：「風雨如晦，鷄鳴不已。」』呂光遺楊軌書曰：『陵霜不彫者，松柏也；臨難不移者，君子也。何圖松柏彫於微霜，而鷄鳴已於風雨？』凡古人引用，皆守序説，其義不可易也。

經義考載張氏次仲之詮風雨也：既見君子，則應喜矣；然君子雖處山澤，感時悼俗，偏覓同心之交，喑啞相對，有不知其憂從中來者，故曰『云何不喜』。闡發微至，覺古人聲淚俱下。

子衿三則

序：『刺學校廢也。』襄三十一年傳曰：『鄭人游於鄉校，以論執政。然明謂子産曰：「毁鄉校何如？」子産曰：「何爲？夫人朝夕遊焉，以議執政之是否。其所善者，吾則行之；其所惡者，吾則改之。是吾師也，若之何毁之？」』孔疏：『學校廢者，謂鄭國之人廢於學問耳，非毁學宮也。』程子曰：『世亂學校不修，學者棄業，賢者念之也。』毛氏奇齡曰：『青衿一詩原屬風刺，未嘗儇薄，且亦漢唐以來行文之甚有據者。如北魏獻文詔高允曰：「道肆淩遲，學業遂廢，子衿之嘆，復見於今。」北史：大寧中，徵虞喜爲博士，詔曰：「喪亂以來，儒軌陵夷，每覽子衿之詩，未嘗不慨然。」如此引用，不一而足。他時朱子作白鹿洞賦云「廣青衿之疑問，樂菁莪之長育」，則亦用序説矣。』

毛傳：『青衿，青領也，學子之所服。佩，佩玉也，士佩瓀珉而青組綬。』按，爾雅：『衣皆謂之襟，交領也。』又，『衿謂之袸，衣小帶也。』此詩『衿』字同『襟』，領之別名，非衣帶。玉藻：『士緼組綬，黄赤色。』此云青組綬，未詳。

毛傳以『嗣音』爲『嗣習誦歌絃舞』，不如鄭箋作『嗣續其聲聞』爲長。曲禮：『禮聞來學，不聞往教。』故詩曰：『縱我不往，子寧不來？』

揚之水一則

序：『揚之水，閔無臣也。君子閔忽之無忠臣良士，終以死亡，而作是詩也。』鄭箋：『作是詩者，同姓之臣也。』朱子舊説云：『兄弟即不相容，所與親者，二人而已。然亦不能自保於讒間，此忽之所以亡也。』按，國風揚之水三篇，王風言平王不能令諸侯；唐風言晉昭不能制曲沃；此詩言鄭忽不能制權臣：皆興微弱也。左傳：『原繁謂厲公曰：「莊公之子，猶有八人。」』則昭公兄弟，不得爲鮮。言終鮮者，兄弟争國，不保其初也。『無信人之言』，讀詩記以爲『其大臣大抵懷二心而外市』是也。

出其東門二則

嚴氏質疑曰：『此詩毛鄭泥序「男女相棄，民人思保室家」之語，其訓辭多失本義。如鄭以「有女如雲」爲「從風無定」。毛以「匪我思存」爲「不存救急」，又以「如荼」爲「喪服」，以「聊樂我員」爲「時人見其相棄，願其還自配合」。鄭以「己妻時亦棄去，願少留以暫相樂」。皆求詩之過也。』李氏詩所曰：『媄淫者之詩也。天下之物，有非分之所當者，苟思存焉，雖不求之，而已累其心矣；思不存，則與己無與也。豈獨女色一事哉！』

『縞衣綦巾』，『巾』即紛帨，非婦人裹頭之巾。『聊樂我員』，『員』，釋文曰：『本亦作「云」，旋也。』小雅『昏姻孔云』；左傳『誰其云之』，古字『員』『云』通，皆周旋之義。『荼』，茅莠也。『荼苦』之『荼』，苦菜。『荼蓼』之『荼』，委葉。皆與此别。『匪我思且』，『且』，留也，言我思之所留。雙聲爲次且，單言爲且。故『且』有留義。『茹藘』，以染絳裳色也。衣則縞矣，巾則綦矣，裳則絳矣，皆作者之妻服也。

野有蔓草二則

詩傳曰：『臼季遇郤缺於冀，薦於文公，人美之，賦野有蔓草。』以鄭風爲唐風，固是僞説。然細繹此詩，實思見賢者之詞，非男女會合也。左傳：『鄭伯享趙文子於垂隴，子太叔賦野有蔓草。文子曰：「我子之惠也。」』『鄭七子餞韓宣子於郊，子齹賦野有蔓草，宣子曰：「孺子善哉，吾有望矣。」』韓詩外傳：『孔子遭齊程木子於郯，傾蓋而語，贈之以束帛。子路曰：「士不中道相見。」孔子曰：「詩不云乎：『野有蔓草，零露漙兮。有美一人，清揚婉兮。邂逅相遇，適我願兮。』齊程木子，天下之賢士也，吾於是而不贈，終身不之見也。」』凡此三者，或嘉零露之惠，或善皆臧之志，或證邂逅之遇，皆求賢之義也。知此，可以讀是詩矣。

陸堂詩學曰：『以殊色爲美人盛於國策，而静女詩實爲作俑；其餘國風及離騷無不以懷君友。』『清揚婉兮』，齊人以美莊公；晉曹顔遠詩『褰裳非所難，清揚不可俟』，蓋亦用以懷友。

溱洧三則

朱傳：『此淫奔者自敘之辭。』今詩曰：『女曰觀乎？士曰既且』；『維士與女，伊其相謔』，明是詩人作此以刺之，非士與女自敘也。戴氏震曰：『止游女也。鄭俗以三月合於溱洧之上，以自祓除。蓋國人成風如是，因而至於士女相雜，淫泆甚衆，故敘其戲謔之言、投贈之事，使凡有妻子之託是以游者，皆惡聞之而各自救止，則風俗可挽正也。夫未有言人之妻子與人戲謔而不愧且怒者，故風諫之所爲作也。』

上巳之義，三月建辰，則巳爲除日，故以除不祥。後漢：『禮儀制，上巳，官民皆絜於東流水，洗濯祓除。』蓋建寅之制也。魏晉以後，但用三日而上巳之名由存。若周禮，則女巫掌歲時祓釁浴而已，無所謂上巳也。鄭俗尚治游，藉此聚會，不必上巳也。韓詩傳：『三月桃花水下之時，執蘭祓除。』薛君註：『鄭國之俗，三月上巳之溱洧兩水之上，招魂續魄，秉蘭草祓除不祥。』皆以漢證周。朱子亦用此義。非是。

本草經：『蘭草主殺蠱毒，辟不祥，一名水香，即都梁香，非今之蘭蕙。』夏小正：『五月蓄蘭，爲沐浴也。詩之秉蘭，將以祓除於水上，即此草。』韓詩傳解作蓮，與芍藥不同時，且失祓除之義。芍藥，離騷謂之留夷，廣雅謂之欒夷，本草謂之餘容，可作醬，一名可離。會畢將離，故贈以芍藥也。溱洧二水至新鄭已合流，故上言溱洧，下單言洧。

校記

〔一〕水經註作：『水出清陽亭西南平地，東北流，徑清陽亭南，東流，即故清人城也。』

〔二〕宣三年　毛奇齡詩傳詩説駁義卷三作『宣二年』。

〔三〕紆　當作『紓』。

〔四〕□　疑當作『憂』。

詩學女爲卷八

國風

齊都臨淄，故齊城在今山東青州府臨淄縣城北。班固曰，臨淄名營邱，師尚父所封，以地有淄水而名。四傳至胡公，徙都薄姑。當周夷王時，其少弟山率營邱人攻殺胡公，徙治臨淄，是爲獻公。獻公以下，咸都臨淄城。周五十里，有十三門。

鷄鳴二則

詩傳：『桓公好内，衛姬箴之。』蓋本列女傳：『齊桓公好淫樂，衛姬不聽鄭衛之音。』史記世家：『桓公多内寵，如夫人者六人，公與管仲屬孝公於宋襄，立爲太子。雍巫有寵於衛姬，與豎刁比而請立無詭。其後五公子樹黨争立，釀其禍者衛姬也。』烏得以是詩屬之？蓋齊自太公開國，五世皆令主。此詩乃是時賢妃所作。陸堂詩學曰：『鷄鳴，猶關雎也。當屬齊之正風，非宮中彤史不能爲也。」

毛氏奇齡以蠅之鳴不先於鷄，且其聲不類，因疑是詩淆亂是非，爲讒人之詩。王伯厚亦云蠅以爲鷄，心惑於聽也。然詩末章『甘與子同夢』，明是夫人之辭，蓋警君者，不嫌過甚。故李氏詩所曰：『以物理驗之，無有鷄未鳴而蠅鳴。故一説匪特鷄鳴也，且有蒼蠅之聲矣，言漸侵曉也。不然，君雖晏朝，臣無散歸之理。而詩乃曰「會且歸矣」，有是理乎？』

還二則

齊俗尚勇好勝，雖霸業未成，而功利夸詐之習已有其漸。季札所謂『泱泱大國風』也。説者動以田獵爲刺，愚不謂然。秋冬射獵，古人兼資文武，其道固宜如是。特荒於禽，若太康之十旬不返，則宜指爲大戒耳。此詩蓋以著齊之風俗，而非刺其君上也。

方輿紀要：『臨淄縣南十五里有猛山，即詩所謂「遭我乎猛之間」者。』按：漢志引詩作『遭我乎嶩之間兮』，師古註毛詩作『還』，齊詩作『營』。『嶩』，山名也。釋文云『還』，韓詩作『嫙』。嫙，好貌。『儇』，韓詩作『婘』。婘，好貌。蓋當時經師，傳授各有異同也。

著一則

陸堂詩學：『俟著，昏禮所謂「壻俟於門外，婦至，壻揖婦以入」之時。俟庭，昏禮所謂「及寢門，揖入」之時也。俟堂，昏禮所謂「升自西階」之時也。據此則亦新昏之詩，安見其爲刺不親迎？班固地理志以『著』爲地名。註：濟南郡之著縣也。則此爲魯莊公親迎婦姜而作。國君親迎本屬常禮，而莊公忘父大仇，受制文姜，必欲取於母家，故以爲刺也。

愚謂，齊風刺魯君，皆明目言之。南山傷魯道，敝笱呼齊子，不必隱諷也。此詩譏不親迎，無一字涉魯，則非刺魯莊明矣。春秋天子不親迎，使公卿迎之。祭公逆王后於紀，單靖公逆王后於齊是也。諸侯則親迎。然或有故，若疾病及越境未便，則遣大夫迎之。莊公如齊逆女，爲親迎；公子翬如齊逆女，爲遣迎是也。世子及大夫則無不親迎者。鄭忽取於陳，楚公子圍取於鄭，襄仲取於莒，莒慶、齊高固取於魯，皆親迎是也。齊俗不親迎，雖士大夫亦然。故女至壻門，始見其俟己也。毛鄭以爲陳古親迎之禮，亦非是。禮書云：『門屏之間謂之寧，大夫以簾，士以帷。』無所謂屏也。詩曰『俟我于著』，而士大夫與焉者，蓋簾帷之爲蔽限，亦謂之著。于著、于庭、于堂，紀入之次序也。

東方之日一則

東方日、月，紀時也。『彼姝者子』，干旄以目賢者，則此亦朋友好會之辭。日在東，旦也；月在東，夕也。『履我即兮』，步履相親，接周旋於室中也。『履我發兮』，離闥而去，始發行也。自旦至夕，留連靡已，猶之『以永今朝』『以永今夕』意也。鄭箋以『彼姝』爲男下女，朱傳以『彼姝』爲女求男，薛君章句以日月喻顔色盛美，皆非是。

東方未明二則

『東方未晞』，晞是日之光氣湛露，曰『匪陽不晞』，謂見日之光而物乾也。蒹葭云『白露未晞』，言露在朝旦，未見日氣，故亦爲乾義。此言東方未明，無取於乾，故毛傳言明之始升。

『不能辰夜』，朱傳誤作『晨』，爾雅云：『不辰，不時也。』時夜即司夜。莊子所謂『見卵而求時夜，報更漏也』。折柳爲籓，狂夫卻顧，尚知有限也。今不能時夜，失早莫之節，序所謂『挈壺氏不能掌其職』也。天子備官，挈壺掌漏，鷄人告時；諸侯兼官，不立鷄人，故挈壺司夜。郝氏敬曰：『興居號令，非辰夜者所得司。無所歸咎，不敢斥君，而求諸挈壺氏，所謂「敢告僕夫」云爾。』

南山三則

毛傳：『南山，齊南山也。』考方輿紀要：『南郊山在臨淄縣東南十五里，下有天齊淵，一名南野山。』疑即此詩之南山。

水經註：『汶水南徑鉅平縣故城東，西南流。城東有魯道，即詩所謂「魯道有蕩」。今汶上夾水，有文姜臺。漢鉅平縣在今兖州府寧陽縣境。』

齊民要術曰：『種麻欲得良田，耕不厭熟，縱橫七遍以上。』則麻生無葉，縱橫其畝，蓋古法也。『曷又鞠止』，『鞠』字，毛傳：『窮也。』鄭箋：『盈也。』東萊曰：『養也。謂養其奸，下章乃言極其欲。』呂氏説勝。

甫田二則

詩傳：『景公欲求諸侯，大夫風之，賦甫田。』詩説亦同。按：此篇前後皆襄公時詩，不得忽以此詩屬景公。二説仍本小序『刺襄公不修德而求諸侯』，特易以景公耳，不足爲據。

孔疏：『國語云：「齊莊、僖於是乎小霸。」韋昭註：「小霸，主諸侯盟會。襄即莊孫、僖子，以父祖已作盟會之長，可以爲霸業之基；又自以國大民衆，負恃强力，故欲求爲霸也。至其弟桓公，即求而得之。」是齊國可以爲霸，但襄公無德而不可求耳。上二章刺其求大功，卒章刺其不能修德。』〔一〕末章，鄭箋云：『人君内善其身，外修其德，居無幾何，可以立功，猶是婉孌之童子，少自修飾，丱然而稚，見之無幾何，突而加冠爲成人也』〔二〕。朱傳義同。愚謂，『未幾』，無多時也。『突』，駭所見也。宜角而弁，故曰突。若宜弁而弁，何駭之有？且自總角至戴弁，爲時甚遠，不得言未幾也。此猶論語所云『欲速成而非求益』之意耳〔三〕，與刺意較合。

盧令二則

左傳有襄公田於貝邱一事。國語：『桓公語管仲曰：「昔我先君襄公田、狩、畢、弋，不聽國政，卑聖侮士而唯女是崇。戎車待遊車之裂，戎士待陳妾之餘。」』則序謂『襄公好田、獵、畢、弋，百姓苦之』，亦非無本。然所謂陳古以風，則支離矣。朱傳曰：『此詩大意與還略同，蓋亦齊俗也。』

『仁』，内美也。『鬈』，髮好貌，外美也。『偲』，毛傳訓才，説文訓强，言才技之美也。由内及外，因人見技，三章方有次第。鄭箋訓『鬈』作拳勇，與『偲』字複；朱傳訓『偲』作于思，與『鬈』字複。疑非是。

敝笱一則

敝笱，刺文姜。朱子亦從小序，惟序云『齊人惡魯桓公微弱，不能防閑文姜』，朱傳云『齊人以敝笱不能制大魚，比魯莊公不能防閑文姜』，則小異。按：春秋，文姜以桓公三年歸魯。至桓公十八年春，公將有行，遂與姜氏如齊。申繻曰：『女有家，男有室，無相瀆也，易此必敗。』公違申繻之諫，卒受禍於齊，由不能制文姜故也。朱傳改『桓』作『莊』，子不可制母，故後儒以爲當制其從者。不知莊公嗣位，夫人之歸齊者，惟孫於齊耳。此詩非謂孫齊而作也。其後文姜還魯。二年，夫人姜氏會齊侯於禚。四年，夫人姜氏享齊侯於祝邱。五年，夫人姜氏如齊師。七年，夫人姜氏會齊侯於防，冬會齊侯於穀。皆未嘗歸齊。如載驅刺文姜，祇言其渡汶，不言歸齊。是詩明言歸止，其譏桓非譏莊，春秋經傳可證也。戴氏震曰：『笱，所以取魚。敝笱則取之而不能制之。』即以本詩辭義求之，其爲桓公明矣。

載驅二則

首章、次章上二句毛鄭指襄公，朱傳以四句並言文姜。按：齊人作詩刺上，不應反舍襄公。且載驅既屬文姜，則文姜已在道矣，何以下反言其夕發？蘇氏云：『襄公疾馳以會文姜，文姜夕發於魯以會之。』其説已甚明快，且考之禮書，曰：『茀，車蔽也。』詩曰『簟茀朱鞹』『簟茀魚服』『翟茀以朝』，翟，雉也。簟，方文席也。衛夫人之車以翟茀，齊襄公、方叔之車以簟茀。此婦人、男子車蔽之別也。據此，則毛鄭之説不可易矣。

汶水有二出：萊蕪縣原山入濟者，徐州之汶也；出朱虚泰山北又東北入濰者，青州之汶也。馮氏復京曰：『汶河其源有三：一發泰山之旁仙臺嶺；一發萊蕪縣原山之陽；一發萊蕪縣寨子村。至泰安州静封鎮合焉，名曰塹汶；西南流，與徂徠山之陽小汶河合，又西流註洸河入濟，此徐汶也。朱虚故城在今青州府臨朐縣，境有汶水，源出沂山東麓，流經本縣，東南六十里入安邱縣界。安邱亦屬青州，此青汶也。』按：詩人所詠，乃徐州之汶，在魯北境。

猗嗟一則

春秋莊四年，書『公及齊侯狩於禚』。公羊、穀梁作『郜』。穀梁傳曰：『齊人者，齊侯也。其曰「人」，何也？卑公之敵，所以卑公也。何以卑公也？不復讎而怨不釋，刺釋怨也。』詩當作於是時，故序云『刺魯莊公也』。

校記

〔一〕毛詩正義後有『皆言其所求非道之事』。

〔二〕突而　毛詩正義作『突耳』。

〔三〕論語憲問：『闕黨童子將命。或問之曰：「益者與？」子曰：「吾見其居於位也，見其與先生並行也。非求益者也，欲速成者也。」』

詩學女爲卷九

國風

魏，漢志：『河北。』詩魏國故城，在今山西解州芮城縣東北七里，古虞舜、夏禹所都之地。周以封同姓焉。城南、西二面並去大河可二十餘里，北去首山一十許里。處河、山之間，土地迫隘。魯閔公元年，晉獻公滅之，以其地賜大夫畢萬。詩蓋作於未滅之時。

葛屨一則

詩義折中曰：『葛屨，廣儉也。魏本舜禹之故都，其地陜隘而民貧俗儉，有聖賢之遺風焉。雖過儉亦致褊心之刺，然民勤事而習禮。勤事則易富，習禮則易教。既無鄭衛之淫靡，並非齊秦之夸悍。天下之俗，莫善於此，故刺褊心，正所以廣儉德也。昔季札觀樂，爲之歌魏曰：「美哉！渢渢乎大而婉，儉而易行，以德輔此，則明主也。」『左辟象揥』，所謂大而婉乎？『葛屨縫裳』，則儉而易行也。爲上者能用其勤儉而輔之以德，使無褊心，則明主之爲也。」」臣鳳恭録。

汾沮洳三則

汾沮洳，愚以爲刺遺賢而非刺儉。按：『莫』，冀州謂之乾絳；五方通謂之酸迷；陸疏所謂繅以取繭緒者也。『蕢』，爾雅謂之牛脣；毛傳謂之水舃；陸疏謂之澤舃。『莫』『桑』『蕢』，下濕之産，比卑賤者，即下所云『彼記之子』也〔一〕。『公路』，主君路車，以卿大夫之餘子爲之。『公行』，主兵車之行列，以卿大夫之庶子爲之。『公族』，主君同姓昭穆，以卿大夫之適子爲之。皆世官也。莫可繅，桑可蠶，蕢可藥，不以生於沮洳之地遺之，乃美不可限量。如英、如玉之子，非世家子弟所得比者，反以單寒棄之，是可惜也。童子備官而賢人放棄，魏之所以卒併於晉哉！

嚴氏虞惇曰：『昔公儀子相魯，之其家，見織帛，怒而出其妻。食於舍而茹葵，愠而拔其葵。曰：「我已食禄，又奪園夫、紅女利乎？」「采莫」「采桑」「采蕢」，蓋即「茹葵」之類，非特儉嗇而已，是亦與民争利也。儉不中禮則吝，吝必至於貪。伐檀、食鼠之所爲作也』〔二〕。説亦有見，存之。

汾水，源出太原府静樂縣北百四十里管涔山，又名燕京山，西南流至滎河縣入海。

園有桃二則

案，桃爲果之下品，棘則棗之小者，均非美材，而實殽登俎，喻所用之非人也。魏小而偪於晉，又以下材當國，危亡在旦夕，君相不知憂而士憂之，忽而歌謡，忽而行國，悲歌往復，冀聞者之少勤其思，其猶離騷之意與？兩章首二語，先儒之解未穩。愚謂前篇刺賢者不用，是篇刺用者非賢也。

『不知我者』，唐石經作『不我知者』。

陟岵三則

此詩孝子至情全在『瞻望』二字，其親之念己、祝己，俱從望中想象出來。不言己之念親，而反言親之念己；不言己之自慎，而反言親之欲其慎：則所以念其親者益切，而所以保其身者益至矣。唐人詩，『遥知兄弟登高處，徧插茱萸少一人』，正用之也；『遥憐小兒女，未解憶長安』，反用之也。

首章言『止』，謂見止於人。如『戰』則見獲、『使』則羈留之類。次章言『棄』，謂自棄其家。末章言『死』，謂因役而死。皆有次第。朱傳訓『棄』字，謂死而棄其尸，不如東萊訓『棄』字，謂棄母而不歸。

釋山云：『多草木岵，無草木屺。』釋名云：『岵，怙也，人所怙取以爲事用也。屺，圮也，無所出生也。』毛傳：『無草木曰岵，有草木曰屺。』與爾雅正相反。孔疏以爲傳寫之誤。

十畝之間一則

水經註：『魏國，城南西二面並去大河可二十餘里，北去首山十餘里，處河、山之間，土地迫隘。』故魏風著十畝之詩，序曰：『十畝之間，刺時也。言其國削小，民無所居焉。』鄭箋：『古者一夫百畝，今十畝之間，往來者閑閑然，削小之甚。』孔疏：『魏地陿隘，一夫不能百畝，今纔十畝之間。』皆泥於小序，不足據也。魏國雖小，無一夫十畝之理。且國小則民亦寡，何至民無所居？孔疏謂『民畏寇内入，故地陿』，支離甚矣。横渠張子曰：『周制，國郛之外有聽爲場圃之地。疑家授十畝，以毓草木。』朱傳從之。按：場圃，冬築之以爲場而納禾稼，春治之以爲圃而毓草木，本不須十畝。竊疑以半築場圃，以半栽桑。班固所謂『還廬有桑，菜茹有畦，瓜瓠果蓏，殖於疆埸』者，故曰十畝之間，非十畝盡桑也。孟子曰『五畝之宅，樹牆下以桑』，析場圃而言之也。詩曰『十畝之間，桑者閑閑』，統場圃而言之也。

伐檀三則

序：『伐檀，刺貪也。在位貪鄙無功而食禄，君子不得近仕爾。』吕氏祖謙曰：『國人見君子在下者如此，小人在位者如彼，乃責之曰：「汝未嘗稼穡，禾何爲而積？汝未嘗狩獵，貆何爲而來？獨不見夫河干之君子義不素餐者乎？」』此本鄭箋，作旁觀者之辭。朱傳全就一人之厲志上説。按：詩『胡瞻爾庭有縣貆兮』，『爾』者，指在位貪鄙之人而言。詩人美君子之不素餐，正以刺在位之素餐。若但云君子厲志如此，則『胡瞻爾庭』殊無所謂矣。故是詩從吕氏。首三句嘆君子之不用，中四句譏小人之得禄，末二句以爲苟用君子必不如斯，互文以見意。

毛傳『萬萬曰億』，本九章算術。鄭箋『十萬曰億』，本王制，方百里爲田九十億畝。按，韻會：『億，數不定也。』則詩蓋言其至多不可數計也。毛傳：『獸三歲曰特。』爾雅：『豕生三豵二師一特。』則特，豕也。上下章貆、鶉皆專指一物，不應此章乃泛言獸，宜從爾雅義。毛傳：『熟食曰飧。』鄭箋：『讀如魚飧之飧。』説文：『飧，水澆飯也。從夕食，言人旦則食飯，夕則食飧也。』宜從毛訓。

大戴禮『凡雅八篇可歌』，伐檀在内。晉書樂志：『魏武平荆州，獲漢雅樂郎河南杜夔。能識舊法，傳雅樂四曲：一曰鹿鳴、二曰騶虞、三曰伐檀、四曰文王，皆有聲辭。及太和中，左延年改夔騶虞、伐檀、文王三曲，更自作聲節，其名雖存而聲實異，惟因夔鹿鳴，全不改易。』後又除古伐檀，重用鹿鳴，或以爲伐檀音節自此銷亡。不知鹿鳴本漢章帝大樂食舉之第一曲，夔所傳者，亦漢法也。

碩鼠三則

春秋傳曰：『抑君似鼠。』乃臧紇對齊莊語。説詩者以證碩鼠，謂刺其君貪而畏人民。以此語施之君，悖逆甚矣，是詩尚可訓乎？嚴氏粲曰：『碩鼠指聚斂之人，即伐檀序言在位貪鄙者也。』斯言得之。且詩頻言三歲，此必實紀貪鄙者柄國之歲，非同『如三秋』『如三歲』者泛言其久之詞。若刺君，何必以歲計？況所云貫女者，君貫之也。則碩鼠者其臣，而貫碩鼠者其君爾。

魏俗儉嗇，説詩者於彼汾、園桃諸篇皆謂刺儉不中禮。不知漢文惜露臺百金之費、宋武表葛燈麻拂之約，史書傳爲美談。儉亦何可刺乎？讀詩至君子不樂仕於其朝而思桑者之閑閑、小人不樂耕於其野而往適樂土之得所，而後知魏之亡於貪殘，非亡於儉嗇也。

玉篇：『鼫鼠，頭似兔，尾有毛，黄黑色，今之鼠狼也。故貪而畏人象之。』其説與爾雅疏、説文、陸璣疏異。

校記

〔一〕彼記　當作『彼其』。『其』音『記』。

〔二〕食鼠　據嚴虞讀詩質疑卷九，當作『碩鼠』。

詩學女爲卷十

國風

唐，帝堯舊都之地。成王封叔虞於唐，曰唐侯。南有晉水，至子燮改爲晉侯。其封域在河汾之東，方百里。今太原府太原縣，古唐國在今縣治北。四世至成侯，南徙曲沃，今爲山西绛州聞喜縣，後謂之新城，亦謂之下國，秦謂之左邑，故曲沃。詩所謂「從子于鵠」者也。今左邑故城在縣治東。』又五世至穆侯，復遷絳，亦曰翼，今爲山西平陽府之翼城縣，舊城在縣治東南十五里。自昭公封桓叔於曲沃，其子莊伯浸强，時謂晉侯爲翼侯。桓八年，武公遂滅翼，自曲沃徙都之，王命爲晉侯。至莊二十六年，武公子獻公命士蔿城絳，以深其宫。翼即絳也。鄭氏詩譜言『穆侯遷都於絳，孝侯改絳曰翼，獻公又北廣其城二里，命之曰絳』，則翼絳之爲一地明矣。成六年，晉人謀去故絳。韓獻子曰：『新田土厚水深，居之不疾，有汾澮以流其惡。』遂遷於新田，今山西平陽府曲沃縣。自此以後，命新田爲絳，以舊都爲故絳。絳故城，在今縣治西南二里。

蟋蟀二則

此詩，民俗相樂而相警之詩。李氏詩所曰：『居者，家居事也。外者，鄰里鄉黨事也。憂者，後來事也。瞿瞿然顧慮，蹶蹶然圖之，夫然後可以休休而安矣。』鳳謂，通篇以『職思』二字爲主。職，主也。居，内事也。外，外事也。憂，憂患也。人情樂則忘憂，則不思而至於荒矣。乃既思内事，復思外事，更思憂患之事，仍皆以有主者運之，所謂思不出其位也，思深哉！陶唐氏之遺民乎？此季札之所以興歎也。序以詩爲『刺僖公儉不中禮』，及傳解『職思其外』爲禮樂之外，鄭箋以『職思其憂』爲鄰國侵伐之憂。皆非是。

通卦驗曰：『立秋，蜻蛚鳴，白露下，蜻蛚上堂。』詩云：『蟋蟀在堂。』據豳風，則自九月而十月矣。『歲聿云莫』，可證晉用周正。夢溪筆談云：『以新易舊謂之除。』日知録曰：『左傳晉用夏正。獻公滅虢之月，平公時絳縣老人甲子其文，可以互證。』陸堂詩學曰：『平王以前，晉國仍用周正。竹書曲沃莊伯改用夏正，本註云「莊伯之十一年十一月，魯隱公之元年正月也。」』

山有樞二則

山有樞，刺晉昭公也。史記：『昭侯元年，封成師於曲沃，號曰桓叔。七年，潘父弑昭侯，迎曲沃桓叔。』是詩之作蓋爲是與？戴氏震曰：『其辭危，有朝不謀夕之憂，明曲沃將代晉也。則衣裳、車馬、鐘鼓又安能世世萬子孫長守也？故終之曰「他人入室」。古者，非處尊位不得有車馬、鐘鼓。毛詩序「刺昭公也」，固有據而言之矣。詩主昭侯而泛曰「子」，微辭也。辭不目君，則曰「宛其死矣」。不嫌亟遽出之。曰「他人」，非其子孫之謂也。桓公以親親而爲逆亂之謀，亦惡在非他人也，推而遠之可也。潘父之禍端已見於前，然而不能保其子孫可言也，不能保其身不可言也。』

陸疏：『榆之類，有十種。』爾雅：『無姑，其實夷。』註：『無姑，姑榆也。』『榆』，白枌，言榆之白者曰枌，即陳風東門之枌毛傳所謂白榆者也。『樞』，荎。郭云：『今之刺榆，即廣雅所謂梗榆。』本草：『零榆，生潁川山谷中。朗榆，生山中，莢如北榆。』廣志有即榆，無莢。齊民要術有梜榆。陸璣疏又曰：『駁馬，梓榆，其類甚夥。』嚴坦叔曰：『此言隰有榆，總言榆耳。』朱傳以爲『榆，白枌』，疑誤。

揚之水三則

序：『揚之水，刺晉昭公也。昭公分國以封沃，沃盛强，昭公微弱，國人將叛而歸沃焉。』按，晉世家：潘父弒昭侯，迎桓叔。桓叔既入晉，晉人攻拒，敗歸。晉人共立昭侯子平爲孝侯。其後曲沃莊伯弒孝侯於翼，晉人又攻莊伯，莊伯復入曲沃。晉人復立孝侯子郄，是爲鄂侯。及鄂侯卒，莊伯伐晉。晉人立鄂侯子光爲哀侯。至武公虜哀侯，晉人立哀侯子爲小子侯，終不與也。及武公誘小子侯殺之，嗣已絶矣。哀侯有弟緡，猶復立，延晉統。最後，武公伐翼滅緡，僖王受賂，命爲晉侯，而曲沃始並宗國。去桓叔時越四十餘年，而人心未能協一，則當時賦揚水者，必非晉人懷貳可知。若以爲潘父之黨及曲沃私人與乎謀者，則不能當作此詩以漏洩其事。故是詩斷爲從桓叔於沃者，不忘故主，微其辭以告晉之詩。春秋傳：『侯犯以郈叛。叔孫謂郈工師駟赤曰：「郈非惟叔孫氏之憂，社稷之患也。將若之何？」駟赤對曰：「臣之業在揚水卒章之四言矣。」叔孫稽首。駟赤卒出侯犯，而以郈歸叔孫。』據此，則揚水爲沃人不忘晉明矣。故文中子曰：『我聞有命，不敢以告人。』則猶傷之者也。首章曰『云何不樂』，聞有命而不樂也。次章曰『云何其憂』，不敢告人而私憂也。卒章曰『我聞有命』，聞謀晉之命也。曰『不敢以告人』，告晉之辭也。則詩固晉之忠臣，而非沃之媚子也。

諸侯之服，朱中衣而繡黼領〔一〕。『素衣朱襮』，蓋桓叔始封之服，降於諸侯矣。鄭箋謂『國人欲進此服，去從桓叔』，非是。襮，領也。朱繡即朱襮，襮上繡爲黼形也。郊特牲疏云：『魯詩曰：「素衣朱綃。」』鄭箋改繡爲綃，本魯詩。

地里志：『河東聞善縣，故曲沃，今平陽府聞喜縣。』應邵云：『武帝於此聞南越破，改曰聞喜。』

椒聊三則

序：『椒聊，刺晉昭公也。君子見沃之盛强，能修其政，知其蕃衍盛大，子孫將有晉國焉。』春秋傳曰：『初，晉穆侯夫人姜氏以條之役生太子，命之曰仇；其弟以千畝之戰生，命曰成師。師服曰：「異哉，君之名子也！嘉耦曰妃，怨耦曰仇，古之命也。今君名太子曰仇、弟曰成師，始兆亂矣，兄其替乎？」』惠之二十四年，晉始亂，故封桓叔於曲沃。師服曰：『吾聞國家之立也，本大而末小，是以能固。故天子建國，諸侯立家。今晉甸侯也而建國，本既弱矣，其能久乎？』魯莊公十六年，曲沃伯爲晉侯，去昭公時幾七十年。詩人於昭之時已知曲沃之後將有晉國，而作椒聊之詩，固已識先師服矣。讀是詩者，當知防微杜漸、强幹弱枝之道。然鑑於此而疏其骨肉，翦其宗支，致國祚潛移於權臣外戚之手，則又不若此楚弓楚得之爲愈矣。此吾所以讀伐木、常棣諸篇，而歎聖人之宏猷茂德爲不可及也。

陸陸堂曰：『以「聊」爲助語而又加以「且」，句法未安。王氏以爲薄略之詞，尤鑿。爾雅云：「朻者聊，謂木之糾曲者名聊也。」則以椒之旁枝爲曲沃，比得其義矣。』

『蕃衍盈匊』，禮書：『匊，二升。二匊爲豆，四升。』吕氏曰：『古量二升曰匊，匊大於升。』埤雅：『古者匊大而升小。』據此，則首章言升，次章言匊，益加蕃衍也。毛傳『兩手爲匊』，則反少於升矣，非是。

綢繆二則

詩義折中曰：『綢繆，憫貧也。晉與曲沃屢世搆兵，民貧日甚，不能備物，故冠、婚無以爲禮也。一家凋敝，比户皆然，故親友莫能相助也。如此詩之所詠，其由來非一朝矣。沃之椒聊蕃衍，私家日富也；晉之束薪綢繆，公室日貧也。歷觀春秋諸國，大抵諸侯虐用其民而大夫庇之。民之所歸、財之所聚，故公室貧而私室富。諸侯猶不悟而多取於民，以使之日貧，豈不愚哉？』臣鳳恭録。

『見此良人』，毛傳云：『美室，古無稱女子爲良人者。』秦風『厭厭良人』、孟子『其良人出』，皆指其夫耳，鄭儀禮註『婦人稱其夫曰良』是也，故朱傳曰『夫稱』。

杕杜二則

詩故曰：『此刺哀侯詩。哀侯之世，曲沃益强，本根益弱，乃不知修德，而侵其弟陘庭之田，於是陘庭南鄙啓曲沃伐翼，其後卒爲曲沃所執。『獨行踽踽』，喻哀侯之寡援也。『同父』則陘庭也。

兩章末四語，毛鄭謂『異姓之臣當助君』，朱傳謂『無兄弟者，自傷孤特而求助於人之辭』，俱不如呂氏東萊之説。呂氏曰：『苟以他人爲可恃，則嗟彼行道之人，胡不自相親也？凡人無兄弟，胡不外求佽助？蓋深曉晉君以行道之人必不相親，苟非兄弟，必不相助也。』

羔裘一則

序：『羔裘，刺時也。晉人刺其在位不恤其民也。』朱傳：『此詩不知所謂。居居、究究，未詳。』按：爾雅：『居居、究究，惡也。』李巡曰：『居居，不狎習之惡。』孫炎曰：『究究，窮極人之惡。』埤雅：『居居，以言其不通。究究，以言其不恕。』鳳謂，是詩爲黨私妨賢之在位者而作。其曰『羔裘豹袪』『羔裘豹褎』者，言其位也。其曰『自我人居』『居自我人究究』者，言自此人在位，皆以我人爲居居、究究而不足用矣。其曰『維子之故』『維子之好』者，言豈真無他人可用，而維子之故舊親好是庸乎？『居居』『究究』從爾雅訓釋，而曲尋本詩，文義僭立別解，似猶可通。若如序言『刺不恤民』，則末二句難通。若如箋疏之解末二句，則民猶愛好此不恤民者，豈人情乎？吾有以知不然矣。

鴇羽二則

左傳：隱公五年秋，平王命虢公伐曲沃，而立哀侯於翼。桓公八年冬，桓王命虢仲立哀侯之弟緡於晉。九年，虢仲、芮伯、欒伯、荀侯、賈伯伐曲沃〔二〕，所謂王事也。伐曲沃而不能克，立晉侯而不能定，以致晉人征役不已，不得養其父母，無可告控而仰訴於天，所謂勞苦倦極未嘗不呼天也。晉人不肯從曲沃之逆而抗兵相拒，可以見其忠；不能蓺黍稷而悲父母何怙，可以見其孝。一詩之中，忠孝具備，唐風之所以爲厚與？

『王事靡盬』，爾雅：『靡，無。』毛傳：『盬，不攻緻也。』按，説文：『煮海爲鹽，煮池爲盬。盬苦而易敗。』『靡盬』似言王事則無所苦，特不能養父母耳。西河毛氏曰：『盬，蠱也，蠱而間隙。靡盬者，王事繁多，略無間隙。』亦通。

無衣二則

無衣：『刺周之受賂以錫弑君者服，故本其請命之意言之也。』晉武公之初弑小子侯也，桓王猶能命虢仲立緡於晉，又命虢仲、芮伯、欒伯、荀侯、賈伯伐曲沃，是則周雖微而名分猶存也。至僖王受武公之賂而命之爲諸侯，則綱紀蕩然矣。至此易唐爲晉，晉武之無可美，朱子已詳辨之。然朱傳以『子』爲天子，猶覺未安，不如從序作天子之使爲允。春秋傳：『莊公十六年，周僖王使虢公命曲沃伯以一軍爲晉侯。』則詩人言子者，謂虢公以命服來也。

小國一軍，衣亦降七爲六。李氏迂仲曰：『唐室之季，强藩悍鎮皆伐其主帥，擅自封殖，坐邀天子旌節。劉仁恭嘗謂使者曰：「旌節吾自有，但要長安本色耳。」此詩言「豈曰無衣，不如子之衣安且吉」，與仁恭之言無異。蓋晉武非真以王命爲重，特假此以服衆耳。

有杕之杜二則

有杕之杜，美好賢也。成王封唐叔，命以康誥而封於夏虚。懷姓九宗，職官五正，猶有存者翼之。嘉父尚見於春秋隱公之六年，至武公以篡弑得國，逆取順守，招攜懷遠，有築臺擁篲之思，是詩所以作也。厥後，狐、趙、欒、郤、荀、范、韓、魏之祖，皆起於武獻之間。齊桓公爲五霸長，身没而諸侯倍之。晉自文公始霸，子孫爲中國盟主者百五十餘年，非皆其君之能，賢臣之力也。晉之即位而必朝於武宮，蓋隱以太祖尊武矣。晉之多賢，武實啓之也。

『曷飲食之』，謂誠有好賢之心，唯恐無以飲食之耳。蓋養賢有道，非其道則賢者必不受其養，故幸其來，而又懼養之或不得當也。鄭云『何但飲食之』，朱傳云『無自而得飲食之』，諸家作『曷不飲食之』，皆非詩本義。

葛生四則

序：『葛生，刺晉獻公也。好攻戰則國人多喪矣。』左傳閔元年，晉侯作二軍以滅耿、滅霍、滅魏。三年，晉侯使太子申生伐東山臯落氏。僖二年，晉滅下陽。五年八月，晉侯圍上陽。冬，滅虢，又執虞公。八年，晉里克敗狄於采桑。此所謂好攻戰也。

陸氏佃曰：『言葛生高而蒙楚，蘞生卑蔓於野，各繫所遇。猶之婦人，外成於夫，榮悴隨焉，所以一心乎君子也。』

『角枕之粲』『錦衾之爛』，嫁未久也。毛鄭以爲齊服，非。

『蘞』，烏蘞莓也，或謂之龍葛，或謂之烏服。『誰與獨處』四字，一氣連下。舊說，『與』如字，誰與乎獨處而已。既言夫不在，又泛言誰與，其詞亦悖於義。戴氏震曰：『子所美之人而不在此，留誰獨處哉？反顧隻身，吁歎慨傷之辭。誰與，自問也。其夫從軍不歸，生死未可知，留一婦人於家，無所依託，故以葛、蘞爲興，而曰「誰與獨處」，明其爲一婦人，隻身無託也。此思婦之辭也。』

采苓二則

采苓，序以爲刺晉獻公，愚謂亦所以哀申生也。獻公内惑驪姬，外比二五，太子之殺，豈待曲沃胙進而後知哉？詩人賦采苓而曰『首陽之巔』者，諷共子之法夷齊也。夷齊讓國以全義，申生去國以全身，一也。春秋傳閔二年，晉侯使太子申生伐東山皋落氏。李克諫〔三〕，公曰：『寡人有子，未知其誰立焉。』太子帥師，公衣之偏衣、佩之金玦。先丹木曰：『是服也，狂夫阻之。曰「盡敵而反」，敵可盡乎？雖盡敵，猶有内讒，不如違之。』狐突欲行。使申生用先丹木、狐突之言，舍旃而去，可以全父子之恩、息國家之禍。此詩人所以三呼首陽也。蓋事關君臣父子之間，詩人未敢斥言，故皆作隱語。惟首陽則重言，明揭以著作詩之旨。其曰『采苓』『采苦』『采葑』者，變『采薇』而言之，可謂微而顯矣。『人之爲言』，指譖言也。『無信』『無與』『無從』，言苟亦無有信而許之，且從之者乎？危其不能爾也。『舍旃，舍旃』，勸其舍晉而爲首陽之逃也。『然』者，隱指後患；『無然』者，言舍則誠可無及於禍，則雖有讒而不爲我害。故末云『人之爲言，胡得焉』，言不得而加之也。先儒訓釋，似多牽湊，故爲之説如此，以俟後之深於詩者。

首陽山，即首山，一名中條山，在今山西平陽府蒲州東十五里。首起蒲州安邑，及臨晉夏縣、聞喜之境，禹貢『壺口雷首』即是山也。或謂之陑山，或謂之襄山，或謂之薄山，迤邐而東，隨地易名。水經註：『雷首山，西臨大河，俗亦謂之堯山，下有雷澤，即舜所漁處，春秋時晉地。』

校記

〔一〕朱中衣　當作『丹朱中衣』。禮記郊特牲：『繡黼丹朱中衣，大夫之僭禮也。』孔穎達疏：『丹朱，赤色。』

〔二〕欒伯　左傳作『梁伯』，御纂詩義折中卷七鴇羽篇引左傳亦作『欒伯』，汪梧鳳當轉引於此。本卷中『欒』『欒伯』亦當作『梁』『梁伯』。

〔三〕李克　據左傳，當作『里克』。

詩學女爲卷十一

國風

秦，隴西谷名，今秦州清水縣有故秦城。於禹貢，近雍州鳥鼠之山，堯時伯翳佐禹治水，賜姓曰嬴。周孝王使其末孫非子養馬於汧渭之間，封爲附庸，邑之於秦谷。至曾孫秦仲，宣王又命爲大夫。秦仲之孫襄公，平王之初興兵討西戎以救周，始列爲諸侯，遂收有周西都之地。其封域東至迆山，有荆岐、終南、惇物之野。其曾孫寧公遷於平陽，今陝西鳳翔府之郿縣。玄孫德公又徙居雍，今鳳翔府鳳翔縣。

車鄰二則

序：『車鄰，美秦仲也。』史記：『秦仲居秦亭，爲附庸。立三年，西戎滅犬邱、大駱之族。十八年，宣王以爲大夫，誅西戎。秦仲以附庸爲宣王大夫。』鄭語：『桓公問於史伯曰：「姜嬴其孰興？」」對曰：「國大而有德者近興。秦仲、齊侯，姜嬴之雋也，且大，其將興乎？」』〔一〕蓋秦自非子以來，至秦仲而始大。前此，地小僻陋，今乃創見中國之儀焉，故作歌以美之。

毛傳：『寺人，内小臣也。』孔疏：『天官序官云：「内小臣：奄上士四人。寺人，王之正内五人。」則天子之官，内小臣與寺人别官也。按：左傳齊有寺人貂，晉有寺人披，宋有寺人柳，諸侯之寺人也。詩巷伯箋曰：『巷伯内小臣，諸侯之内小臣也。』可證毛傳之誤。秦始立國而寺人首見於風，秦之用寺人舊矣。君子於此知秦有趙高之禍焉。

駟鐵四則

駟鐵，專爲田狩而作，不獨美襄公，亦以見秦俗也。

毛傳：『鐵驪，説文「馬深黑色，驪；馬赤黑色，鐵」，則驪、鐵本二種。』然月令『孟冬駕鐵驪』，則亦可統舉，故毛傳以『驪』釋鐵。

『輶車』，驅逆之車。『鸞鑣』，縣鸞於鑣。鄭註：『禮記曰：「鸞、和，皆鈴也。」蔡伯喈、崔正熊皆謂乘輿之鑾，以金爲鑾鳥，縣鈴其中，施於衡上。此是漢制，非古也。』孔疏『夏官大馭』及玉藻經解註皆云：『鑾在衡，和在軾，謂乘車之鑾也。此云鑾鑣，則鑾在於鑣，異於乘車也。』按：鑣，馬銜也，一名扇汗，一名排沫。爾雅謂之钀。詩每言八鑾，當謂馬有二鑾，皆指縣於鑣者。鑾若在衡，衡惟兩馬，安得置八鑾？故蓼蕭傳曰：『在軾曰和，在鑣曰鑾。』鄭箋亦不之易，而商頌烈祖鄭箋亦主鑾在鑣之説。

『載獫歇驕』，説文作『猲獢』。長喙曰獫，短喙曰歇、驕，皆田犬也。鄭箋：『載，始也。始田犬者，謂達其搏噬，始成之也。』孔疏：『此則倒本未獵之前調習車馬之事。』朱傳曰：『田事已畢，遊于北園，以車載犬，蓋以休其足力也。』義勝箋疏。

小戎二則

序：小戎，『美襄公也。備其兵甲，以討西戎。西戎方强，征伐不休，國人則矜其車甲，婦人能閔其君子焉』。漢書地里志：『天水、隴西，山多林木，民以板爲室屋。及安定、北地、上郡、西河，皆迫近戎狄，修習戰備，高上氣力，以射獵爲先。』故此詩鋪陳兵車器械之事，雖以婦人之口，猶有鼓勇之氣焉。

『小戎』，兵車，周曰元戎，秦曰小戎，皆革路也。春秋：魯莊公喪戎路；楚鬬丹獲戎車；鄭人賂晉侯有廣車；楚有左右廣，其實與小戎等皆所謂橫陣之車也。軫一曰收，一曰車枕，輿後橫木也。禮書曰：俴收，淺輿也。淺輿，謂隧四尺四寸，視大車牝服八尺者爲淺也。孔疏謂：『車前後橫木皆曰軫，自後軫至前軫淺於乘車，故曰俴收。考之禮，車前有軌有陰而已，不聞有軫。』説文亦曰：『軫，輿後横木。』孔疏誤。車轅曰輈，持衡者也。輈縱而曲長，衡横而直短。縱者若輈，横者若梁，故曰梁輈五楘。輈上束以皮者五，而其束歷録然文章之貌也。游環在背上無常處，貫驂之外轡，以禁其出。『脅驅』，著服馬之外，脅以止驂之入。『陰』，揜軌也。『靷』，以皮爲之，繫於陰板之上。驂馬頸不當衡，别爲二靷以引馬。『鋈續』，以白金飾續靷之環。『文茵』，虎皮爲車茵。釋名曰：『文茵，車中所坐也。古者婦人及高年乘安車，餘皆立乘。』竊謂『大路越席』『大車簀』『戎車文茵』，皆車中之飾，非所以坐也。『暢轂』，長轂，謂三尺二寸之轂，視大車轂長尺五寸者爲長也。車人行澤者，欲短轂；行山者，欲長轂。兵車長轂，蓋以防脱輻。馬綦文謂之騏。膝上白謂之馵。赤身黑鬣曰柳。黄馬黑喙曰騧。盾之爲物，以革爲之。其背曰瓦。其瓦設錫，朱質而繪以龍，所謂龍盾也。龍之外又繪以雜羽，所謂蒙伐，蒙雜羽也。周禮：『司兵掌五盾。』櫓爲大盾，伐爲中干。龍盾設於輿前，輿廣盾狹，故合兩以蔽矢石。『軜』，驂内轡也。『艭』，環之有舌者。驂馬欲入，則偪於脅驅，故内轡不須牽挽納之於觼也。『鋈』，白金飾之。『俴駟』，介駟也。禮書曰：『秦人以淺金介馬，古用革與否，不可考也。』『厹矛』，刃有三角。『鋈錞』，以白金沃矛之下端。曲禮曰：『進戈者，前其鐏，後其刃；進矛戟者，前其鐓。』註：『鋭底曰鐏。平底曰鐓。韔，弓室，一曰弓衣。』明堂位曰：『載弧韣。』説文曰：『弢弓衣。』左傳曰：『右屬櫜鞬。』杜氏註：『櫜以受矢，鞬以受弓。』詩又曰『抑鬯弓忌』『載櫜弓矢』，則韔、鬯、韣、櫜、鞬、弢，皆弓室也。『交韔二弓』，以備毁折。『竹閉』，以竹爲弓檠，狀如弓，然約於弓的裏，所以備損傷也。『緄』，繩也。『縢』，約之也。范氏處義曰：『韔以虎皮爲之，而以金鏤飾其膺。膺，胸也，謂弓室之胸也。傳以膺爲馬帶，孔疏以爲縷胸之鞶，即鈎膺。非是。』

蒹葭一則

蒹葭，懷人之作也。秦之賢者抱道而隱，詩人知其地而莫定其所，欲從靡由，故以蒹葭起興而懷之。溯洄溯游，往復其間，庶幾一遇之也。自毛鄭迄蘇吕，無不泥序説秦棄周禮，黄茅白葦，朱傳一掃空之，特未定其所指耳。然謂『秋水方盛之時，所謂彼人者，乃在水之一方，上下求之而皆不可得』，則已明以爲懷人之作矣。

終南二則

史記平王封襄公爲諸侯，賜之岐以西之地。然襄公雖受命，未能實有岐地。十二年，伐戎，至岐，卒。文公三年，以兵七百人東獵。四年，至汧渭之會，乃卜居之。十六年，以兵破戎，收周餘民，而括地至岐。至德公徙居雍，則始在終南之下矣。德公子三人，宣公、成公遞讓國以及穆公，而秦遂伯。自文至穆，累世令德，而衣錦佩玉，有聲名，文物之盛，至雍始備。此篇首詠終南，疑美德公之詩，序云美襄公，恐非是。

終南山，一名中南，一名太白，一名周南山，即詩所詠南山也。在今陝西西安府長安縣南五十里，亘鳳翔、岐山、郿縣、武功、盩厔、鄠縣、長安、咸寧、藍田九縣之境。程氏大昌曰：『終南山横亘關中南面，西起秦隴，徹藍田，凡雍、岐、郿、鄠、長安、萬年，相去且八百里。』

黄鳥三則

春秋傳：『秦伯任好卒，以子車氏之三子奄息、仲行、鍼虎爲殉，皆秦之良也。國人哀之，爲之賦黄鳥。』應邵曰：『秦穆公與羣臣飲酒酣，公曰：「生共此樂，死共此哀。」於是奄息、仲行、鍼虎許諾。及公薨，皆從死。則當時穆公令從己死，而三子輕生，争自爲殉。鄭箋所謂「自殺以從死也」，然從死，而非殉葬。』括地志云：『秦穆公冢在岐州雍縣東南二里，三良冢在雍縣南一里故城内，若殉葬，安得尚有冢耶？』曹植詩：『秦穆先下世，三良皆自殘。』東坡詩：『昔公生不誅孟明，豈有死之日而忍用其良？乃知三子殉公意，亦如齊之二士從田横。』均可謂具論古之識者。然秦穆邀死，三良從死，同於親暱嬖幸之相爲忠愛者，其事俱無足道，而後此驪山之役，後宫皆令從死，工匠生閉墓中，始於此矣，悲夫！

『交交黄鳥』，毛傳：『交交，小貌。』朱傳：『交交，飛而往來之貌。』集韻：『交，通作膠，鳥聲。』詩「鷄鳴膠膠」是也。又通作咬，嵇康詩「咬咬黄鳥」是也。』似勝毛朱。

『臨其穴，惴惴其慄』，正惟三良自殺别葬，故國人臨其穴而悲懼交深。若殉葬，固不能於秦穆墓中更營三良葬穴也。謂臨秦穆之穴，穴，寫三良從死情狀，則三良亦烈士，何畏死乃爾？此皆衍説也。

晨風四則

序：『晨風，刺康公也，忘穆公之業，始棄其賢臣焉。』鄧元錫曰：『惟忘故棄，棄不得見而憂。蓋秦人忘功記過，嗜殺好兵，與國相終始焉。』右説，君子，指君也。車鄰、終南之言君子是也。朱傳：『此與扊扅之歌同意，蓋秦俗也。』趙一元曰：『夫秦民輕生樂戰，棄其室家而莫之顧。寧保其無相忘乎？視汝墳、殷靁之風遠矣。』右説，君子，婦人指其夫也，小戎之言君子是也。戴氏震曰：『詩之説，無從定矣。苟非大遠乎義，兼收而並存之可也。』

『鴥』，説文作鴪，疾飛貌。釋鳥：『晨風，鸇。』陸璣疏：『鸇似鷂，青黄色。燕頷，勾喙，嚮風摇翅，乃因風飛急疾，擊鳩鴿燕雀，食之。』六書故：『晨風，即朝風，非鸇也。』李陵別蘇武詩：『願因晨風發，送子以賤軀。』豈亦鸇耶？徐氏日記辨之曰：『此正鸇也。鳥以發爲舉，魚以舉爲發。舉與發，字義並同。此鸇發，即是鸇舉。若曰願因鸇舉時，此賤軀以送子耳。若是朝風，則古詩「亮無晨風翼，焉能凌風飛」，朝風無翼矣。若曹丕清河之作，則直下「鳥」字，曰「願爲晨風鳥，雙飛翔北林」，則明指爲鳥，何朝風乎？』

『隰有六駮』，毛傳：『駮如馬，倨牙，食虎豹。』陸璣疏云：『駮馬，梓榆也。其樹皮青白駮犖，遥視似駮馬，故謂之駮馬。』崔豹古今註曰：『六駮，山中有木，其葉似豫章，皮多癬駮。』

『山有苞櫟』，陸璣曰：『秦人謂柞櫟爲櫟，河内人謂木蓼爲櫟。此秦詩也，宜從其方言。』則柞櫟是也。

無衣二則

史記秦仲立二十三年死於戎，有子五人，其長曰莊公。周宣王乃召莊公昆弟五人，與兵七千人，使伐西戎，破之。於是復予秦仲後及其先大駱地，犬邱並有之，爲西垂大夫。金氏履祥以無衣繫之。此時春秋傳襄王使簡師父告叔帶之難於晉，亦使左鄢父告於秦。秦伯師於河上，將納王。晉文聽狐偃謀，辭秦師，獨成定王之功。陸氏奎勳以爲奉王命而勵同仇，此詩正詠其事。鳳謂，康公以後無勤王事，秦又未嘗如吴楚之僭王，則是詩雖無確據，總宜在黄鳥前，奉王命出兵時所作。序以爲秦人刺其君好攻戰、亟用兵而不與民同欲焉，鄭箋謂詩責康公，孔疏因舉令狐河曲之戰及滅庸之舉以實之，皆非是。

左傳：『定四年，申包胥如秦乞師。曰：「吳爲封豕長蛇，以薦食上國，虐始於楚。寡君越在草莽，未獲所伏，下臣何敢即安！」立依於庭牆而哭，日夜不絶聲，勺飲不入口。秦哀公爲之賦無衣，九頓首而坐謝，同仇也。』據此，詩非刺用兵可知。

渭陽三則

序：『渭陽，康公念母也。』詩本送舅，而云康公念母，指其意中事。孔疏：『秦姬生存〔二〕，欲使文公反國。康公見舅得反，憶母宿心，故念母之不見，見舅如見母存也。』味此詩，秦康公之於晉意深厚矣。後晉襄卒，使先蔑、士會如秦迎立公子雍。秦康公送之曰：『文公之入也，無衛，故有吕郤之難。』乃多與之徒衛。晉人立靈公，敗秦師於令狐。按：此則曲不在秦而在晉，明矣。朱傳引張氏之説曰：『康公爲太子，送舅氏而念母之不見，是固良心也。而卒不能自克於令狐之役，怨欲害乎良心也。』非持平之論。

秦是時都雍，至渭陽者，雍在渭南，水北曰陽。晉在秦東，行必渡渭。地理志：『右扶風渭城縣，故咸陽也。其地在渭水北，今咸陽縣東北十七里有渭城縣故城。』

『瓊瑰』，或謂之玫瑰、火齊，珠也。孔疏引左傳聲伯夢食瓊瑰事，因謂瓊瑰爲贈死之玉，非是。

權輿三則

序：『權輿，刺康公也。忘先君之舊臣，與賢者有始無終也。』

『夏屋』，鄭箋作：『屋，具。渠渠，猶勤勤也。言君始於我，厚設禮食大具以食我，其意勤勤然。』『居，具』〔三〕，爾雅釋言文正訓以此。王肅作『室屋』之屋，朱傳從之。按孔疏：『始則大具，今終則無餘。猶下章始則四簋，今則不飽。皆説飲食之事，不得言屋宅也。』升庵楊氏曰：『夏屋，猶魯頌之大房。蓋周以房俎，此亦其義也。渠渠，俎實之盛。內方外圓曰簋，內圓外方曰簠，皆盛黍稷之器。禮：食「宰夫設黍、稷六簋」。「每食四簋」，謂燕食也。」』

李氏詩所：『穆公好賢，而繼世者不能承其美。權之於物，輕重不更也；輿之行路，轍迹不改也。不承權輿，猶言不遵軌度。或曰造稱者始權，造車者始輿，故以始爲權輿。』

校記

〔一〕且大其將興乎　國語鄭語作「夫國大而有德者近興」。

〔二〕秦姬生存　當作「秦姬生存之時」。

〔三〕居具　據上文，疑當作「屋具」。

詩學女爲卷十二

國風

陳，太皞虙戲氏之墟。帝舜之胄，有虞閼父者，爲周武王陶正，武王賴其利器用，與其神明之後，封其子嬀滿於陳，都於宛邱之側，是曰胡公，以備三恪，妻以元女大姬。其封域在禹貢豫州之東，其名廣平〔一〕，無名山大澤，西望外方，東不及明豬，今爲河南陳州府治。

宛邱四則

序：『宛邱，刺幽公也。淫荒昏亂，游蕩無度焉。』地理志：『周武王封嬀滿於陳，是爲胡公，妻以元女大姬。婦人尊貴，好祭祀，故其俗巫鬼。陳詩曰：「坎其擊鼓，宛邱之下。亡冬亡夏，值其鷺羽。」又曰：「東門之枌，宛邱之栩。子仲之子，婆娑其下。」此風也。』

班史以二詩爲巫風，蓋習俗使然，不獨幽公之過。

『宛邱』，在陳州府南三里，高二丈。水經註：『宛邱在陳城南道東。王隱曰：「今漸平矣，不知所在。」』据此，則毛傳『四方高，中央下』者得之。若爾雅『邱上有邱曰宛邱』，郭璞謂『中央隆峻，狀如一邱』，豈有漸平之理？

續詩傳鳥名卷曰：『鷺，水鳥，亦名白鷺。通體潔白，翅背上皆有長翰毛，可爲飾用，不止頂上戴羽絲也。其又名舂鉏者，陸佃曰：「鷺好涉淺水，以頂作低仰而行，如舂如鉏也。鷺羽即鷺翿，以其羽爲翿耳。舊謂羽爲舞者之翳，翿爲舞者之導，則不然。」爾雅：「翿謂之纛，纛謂之翳。」李巡、孫炎皆謂是舞者所執之羽，但有異名者。以羽無所用，原有兩羽。其名翟者是雉羽，但執之以舞；而名翿者是鷺羽，則以之爲纛而執之，以指麾於舞者之列，使舞者或坐或伏，皆低仰有節。邶風簡兮有「手秉翟」，此舞者所執。王風君子陽陽「左執翿」，此導舞者所執。』

爾雅：『盎謂之缶。』孫炎曰：『缶，瓦器。』郭璞云：『瓦盆也。』據孔疏，缶各不同。易離卦九三『鼓缶而歌，則大耋之嗟』，樂器也；坎卦六四『樽酒簋貳用缶』，酒器也；比卦初六『有孚盈缶』，汲器也；若詩所詠擊缶，乃樂器，即史記藺相如使秦王『鼓缶』之缶。

東門之枌三則

序：『東門之枌，疾亂也。幽公淫荒，風化之所行，男女棄其舊業，亟會於道路，歌舞於市井爾。』詩翼曰：『殷制官刑，儆於有位。曰：「敢有恒舞於宮、酣歌於室，時謂巫風。」士有一於身，家必喪；邦君有一於身，國必亡。」陳之史巫紛若，初不過歌舞於宮室中，國人男女化之，終於亡國。商書之言信哉！』

詩本義曰：『子仲之子，莫知爲男也女也，而鄭謂之男子。穀旦者，善旦也，猶今言吉日爾。鄭謂朝日善明者，何其遷耶？南方之原，毛以爲陳大夫原氏，而鄭因以此原氏，國中之最上處。而家有美女。附其説者，遂引春秋莊公時季友如陳葬原仲爲此原氏。且原氏，陳之貴族，宜在國中，而曰南方之原，何哉？據詩人所陳，當在陳國之南方也。而説者又以不績其麻而舞於市者，遂爲原氏之女。皆詩無明文，以意增衍而惑學者，非一人之失也。

陸堂詩學曰：『毛傳以子仲氏爲陳大夫。若女子，似不煩指斥矣。路史註云：「子仲氏，陳宣公子，即詩子仲之子。」疑其世次太後。「婆娑其下」，婆娑，舞也。顔註：「歌舞以娱神。」尤確。東漢曹娥碑亦第云：「盱能撫節安歌，婆娑樂神。」范史乃易爲於縣江泝濤迎婆娑神，正如五髭十姨，可發一粲。』

衡門二則

序言誘僖公，歐陽本義極力推衍，終覺牽合，朱傳『隱居自樂而無求』，義最直捷。

『可以樂飢』，鄭箋作瘵飢。説文：『瘵，治也。』唐石經依鄭作瘵。然『樂』字有簞瓢陋巷不改其樂意，較『瘵』字意味深遠。『泌』，毛傳作泉水，或曰水名。王氏總聞：『泌，在南陽泌陽縣。』

東門之池三則

序：『東門之池，刺時也。疾其君之淫昏，而思賢女以配君子也。』朱傳：『此亦男女會遇之詞。』按：此詩『可與晤歌』『可與晤言』，絶無淫邪謔浪之意，不得目爲淫詩。逸詩云：『雖無絲麻，無棄菅蒯。雖有姬姜，無棄憔悴。』即此詩旨。蓋以漚麻爲興，詩人自有求匹之意，但不必泥序説耳。

水經註：『陳城，故陳國也。東門内有池，池水東西七十步，南北八十許步，水至清潔而不耗竭，不生魚草，水有故臺處，詩所謂東門之池也。』

『菅』，似茅而大，其蒻可爲屨。爾雅曰：『白華，野菅。』説者以爲漚治之名。黄菅謂之蔽。

東門之楊一則

序：『東門之楊，刺時也。昏姻失時，男女多違。親迎女猶有不至者也。』朱傳：『此亦男女期會而有負約不至者，故因其所見以起興也。』按：此詩乃泛刺無信爽約者，不必定指男女。楚辭曰：『黄昏以爲期，羌中道而改路。初既與予有成言兮，後悔遁而有他。』詩即此意。東門之楊，所約之地也；昏以爲期，所約之時也；至於明星已出而尚不赴約，無信之甚也。鄭箋以『楊葉牂牂』爲三月中，喻時晚，失仲春之月；『明星煌煌』爲親迎之禮，以昏時女留他色，不肯時行，乃至大星煌煌然。皆拘泥不可從。

墓門二則

春秋：『桓五年正月，甲戌，己丑，陳侯鮑卒。』左傳云：『再赴也。於是陳亂，文公子佗殺太子免而代之。公疾病而亂作，國人分散，故再赴。』陸堂詩學曰：『序云「刺陳佗也」，一語得之；謂「無良師傅」，則迂矣。』陳氏鵬飛曰：『此詩雖以刺佗，乃是耆舊之賢者備見始末，追咎先君，不能爲佗置良師傅，致有弒逆之罪也。』左傳：『隱七年，陳五父如鄭，莅盟歃，如忘洩伯，知其不免。』則陳桓之寵佗，必有踰制越禮如衛州吁、齊無知之屬者，而後釀成篡奪之禍。篇中『夫也不良』，顯然刺佗。『誰昔然矣』，桓公與有責焉。讀墓門，其知履霜堅冰之道者與？

『鴞』，一名鴟鴞，一名鵂鶹，一名繁鳥。天問『何繁鳥萃棘，而婦子肆情』〔二〕，正用此詩。陸璣曰：『鴞，大如斑鳩，綠色，惡聲之鳥。入人家，凶。賈誼所賦鵩鳥是也。其肉甚美，可爲羹，臛又可爲炙。』然鵩鳥似鴞，非即鴞也，陸誤。

防有鵲巢四則

序：『防有鵲巢，憂讒賊也。宣公多信讒，君子憂懼焉。』朱傳：『此男女之有私而憂或問之之詞。』按：宣公欲立嬖姬子欸而殺太子伋寇〔三〕，其事與衛急子、晉申生無異。伋寇之黨，如敬仲其人者，類皆有憂讒懼禍之心，故是詩斷從序説。

歐陽本義曰：『讒言惑人，非一言一日之致，必由累積而成。如防之有鵲巢，漸積構成之爾；又如苕饒蔓引牽連。「中唐有甓」，非一甓也，亦以積累而成。「旨鷊」，綬草雜衆色以成文，猶多言交織以成惑，義與貝錦同。』

鄭箋：『所美，謂宣公。』程子云：『予美，爲心所賢者。』程説較勝。

『唐』，堂途、廟中之路。『甓』，瓴甋，砌徑之磚。『鷊』，綬。郭璞云：『小草有雜色。』陸璣云：『鷊五色，作綬文，故曰綬草。今名書帶草。』埤雅：『鷊，本鳥名，亦名綬鳥，咽下有囊如小綬，具五色。』此傳所釋鷊草之名，豈因其似鷊而取義乎？

月出一則

詩義折中解月出之首章曰：『皎，明也。佼人，謂夏姬也。僚，好貌。舒，夏徵舒也。古人二名，間有截用一字者。如晉重耳，傳謂之重；欒王鮒，傳謂之鮒；仲孫何忌，經謂之忌是也。陳靈公與孔寧、儀行父淫於夏氏，夏姬之子徵舒恥之，故弑靈公。此詩言當月出之時，靈公悦夏姬之佼好，而其子徵舒幽窈糾結，勢必爲亂。故中心憂勞，又悄然而不敢言也。』其次章曰：『皓，月光白也。懰，美而清也。懮受，憂思而忍受也。慅，煩亂也。悄然不言而中心煩亂，不知所爲也。』其卒章曰：『照，月光照人面也。燎，人面亦有光也。夭，矯變。紹，糾緊。慘，哀痛也。言其憂思而忍受者。今夭變而糾緊，則禍發甚速，故煩亂者至於哀痛，知靈公之必不免也。』總案曰：『月出，憂靈公也。淫之爲禍，烈矣！淫人之女，如其父何？淫人之妻，如其夫何？淫人之母，如其子何？當其月皎人僚、色授魂予之時，而環伺而欲刃之者，已不可勝計矣。聖人録月出，使淫亂之人知懼。愛愈甚，則禍機愈烈，庶幾有畏而中止，非徒播靈公之惡於衆也。』臣鳳恭録。

株林二則

序：『株林，刺靈公也。』宣九年，左傳稱陳靈公與孔寧、儀行父通於夏姬。十年，經云：『陳夏徵舒弑其君平國。』傳曰：『陳靈公與孔寧、儀行父飲酒於夏氏。公謂行父曰：「徵舒似汝。」對曰：「亦似君。」徵舒病之。公出，自其廐射而殺之。』夏姬，左傳叔向之母云是鄭穆公少妃，姚子之子，子貉之妹也。楚語云：『昔陳公子夏爲御叔娶於鄭穆公女，生子南。子南之母亂陳而亡之。』是詩誌亂本也。朱氏善曰：『衛之亂至牆茨而極，於是有狄入衛之禍；陳之亂至株林而極，於是有楚入陳之禍。然則狄非能入衛也，宣姜實召之也；楚非能入陳也，夏姬實召之也。此所謂女戎也，比事以觀，可以爲淫亂之戒矣。』

郡國志陳縣註：『陳有株邑，蓋朱襄之地。』寰宇記：『陳州南頓縣西南三十里有夏亭城，城北五里有株林。按：南頓城，春秋頓子國，頓子迫於陳而奔楚，自頓南徙，故曰南頓，即今商水縣，在陳州府西南九十里。』

澤陂二則

序：『澤陂，刺時也。』按魯詩說：『泄冶諫而死，君子傷之。』頗爲近理。大戴禮：『陳靈公殺泄冶，而鄧元去陳，以族從。陸氏奎勳因疑是詩爲鄧元賦，然無確據。

爾雅：『荷，芙蕖。其莖茄，其葉蕸，其本蔤，其華菡萏，其實蓮，其根藕，其中的，的中薏。』詩首章、卒章皆言蒲荷，次章亦當爲荷，不宜別據他草，故鄭箋曰『「蕳」當作「蓮」』。

校記

〔一〕其名　當爲『其地』。

〔二〕婦子　屈原天問作『負子』。

〔三〕孌姬子欵　當作『孌姬子款』。

詩學女爲卷十三

國風

檜，高辛氏之火正祝融之墟，國在禹貢豫州外方之北，滎波之南，居溱洧之間。祝融氏名黎，其後八姓。已姓：昆吾、蘇、顧、温、莒。董姓：鬷夷、豢龍。彭姓：彭祖、豕韋、諸稽。秃姓：舟人。妘姓：鄢、檜、路、偪陽。曹姓：鄒、莒。斟姓：無後。芈姓〔一〕：楚。唯妘姓檜者處其地焉，其國北鄰於虢。國語史伯曰『鄶仲恃險』，謂此。平王時，鄭武公滅檜而併其地。左傳僖三十三年：『鄭葬其公子瑕於檜城之下。』杜預註：『故檜國在滎陽密縣東北。』今許州府密縣東北五十里有檜城。

羔裘二則

序：『羔裘，大夫以道去其君也。國小而迫，君不用道，好絜其衣服，逍遥游燕，而不能自强於政，故作是詩也。』嚴氏曰：『凡人憂勞戒懼，則不暇於外飾。禹惡衣、文王卑服、衛文大布之衣是也。檜君絜其衣服，逍遥暇豫而一無所爲，是偷安歲月而待亡也，能無中心之悼哉？』

毛傳：『狐裘不言色。』玉藻：『狐裘黄衣以裼之。』又曰：『君衣狐白裘，錦衣以裼之。』又曰：『君子狐青裘，豹褎，玄綃衣以裼之。』是狐裘非一色也。鄭箋：『大蜡而息民，則有黄衣狐裘。』按：孔疏引郊特牲『蜡祭用素服，息民之祭用黄衣』，是檜君以朝服燕，以息民之祭服朝，非大蜡之服也。

素冠三則

序：『素冠，刺不能三年也。』傳闡云：世道交喪，喪禮不終，於是有以得見素冠爲幸，極其憂勞而愛慕焉。斯固秉彝之在人心者耶？何以知冠素者爲能終喪？玉藻曰：『縞冠素紕，既祥之冠也。』蓋人子於親喪再期而大祥，祥後則將即吉，於是不以布爲冠而以縞。然猶不以采爲緣而以素，蓋雖漸易凶而不敢遽用吉。詩人所願見，謂其能舉祥祭者耳。

喪禮：『期而小祥，再期而大祥。』『祥』，祭名，去凶從吉之義。自喪至此，不計閏，凡二十五月，間一月爲二十六月，出月禫祭。『禫』，除服祭名，禫之言澹澹平安之意也。通前爲二十七月，故既祥之冠行三年之喪者，纔得見此。此詩不言衰服，但言素冠、素衣、素韠者，蓋齊衰服，雖不終喪之人亦有之也。當時魯秉周禮，滕爲卜正之後，而三年之喪均不能行。詩人蓋傷之矣。言庶見者，不可必而望之之辭也。

『棘』，瘠也。季本曰：『棘，葉少而枝瘦，故謂居喪骨立者爲棘人也。「欒欒」，毁瘠之貌。』

隰有長楚二則〔二〕

萇楚，小草也。自枝而華，自華而實，欣欣向榮，亦能自遂其性。今檜民政繁賦重，不堪其苦，至於小草之不如而羨其無知，羨其無室家之累，蓋即兔爰之『尚寐無覺』、苕華之『不如無生』也。序謂『國人疾其君之淫恣，而思無情慾者』，説者遂以萇楚枝柔牽蔓比人之多慾，而以未有牽蔓之時生意沃然者爲赤子之心，其説牽强。

陸堂詩學：『公羊曰：「鄭先君通乎檜夫人，以取其國。」觀「樂子之無室」句，興刺有因。』然而温柔敦厚，詩教也。當以朱傳之説爲正。

匪風三則

序：『匪風，思周道也。國小政亂，憂其禍難，而思周道焉。』或曰：『鄭桓以王室多故，而咸林逼近，西戎勢不可支，謀諸史伯。乃假王命，東徙其民於檜虢十邑，則詩所云西歸，疑亦當時怨刺之作。』陸陸堂曰：『咸林之民，保漢中者爲南鄭，以其初不願徙也。既願徙矣，是甘爲桓用者，必無怨刺之理。誰將西歸，懷之好音，猶夫簡兮西方美人之思，但衛想其盛，檜則憂其危耳。

漢書王吉傳引詩云『匪風發兮，匪車偈兮』，說曰：『是非古之風也。』發發者，是非古之車也。偈偈者，義與毛傳同。

孔疏引少牢禮『祭之日，雍人溉鼎，廩人溉甑』，是溉、滌皆洗器之名。釋器云：『䰝謂之鬵。鬵，錡也。』然則鬵是䰝，非釜類。烹魚用釜，不用甑。雙舉者，以其俱是食器，故連言耳。

校記

〔一〕芊　當作『羋』。

〔二〕長　當作『萇』。

詩學女爲卷十四

國風

曹，武王之弟叔振鐸之後也，武王封之陶邱。通釋云：『濟陰東北三十七里即定陶故城，曹所都也。宋濟陰城在今曹縣西南六十里。隋自定陶移曹州，治濟陰縣。金太定二十七年河決，曹濮圮於水，二十八年改築城於廢乘氏縣，移曹州及濟陰縣治之，春秋地名考略謂其地即曹墟。』按：乘氏城在今曹縣北五十里，春秋時乘邱地，高氏之說非也。五禮通考：『曹都陶邱，今爲山東曹州府曹縣。』顧氏祖禹曰：『曹城今州治，即曹叔振鐸所都。按：明初以水患再徙曹州於盤石鎮，尋廢州爲縣，今之曹縣盤石鎮也。正統十年，別置曹州於金人築城遺址，今之曹州府即乘氏縣也。』二說亦非是。陸氏德明曰：『曹在兖州陶邱之北，菏澤之野，今濟陰定陶是也。考菏澤在今曹州東南三十里，陶邱在今定陶縣西南七里，定陶縣在曹州東南五十里。以譜而論，曹都在定陶必矣。今縣西北四里有定陶故城，即其都也。

蜉蝣三則

陸堂詩學：『此爲曹世子羈出奔而作。春秋魯莊二十三年冬十一月，曹伯射姑卒。二十四年冬，戎侵曹。羈奔陳，赤歸於曹。杜預謂羈以微弱不能自定；賈遠謂赤是戎之外孫，故逐羈立赤。據詩所云「蜉蝣掘閲，麻衣如雪」，譏赤之在喪竊國。「心之憂矣，于我歸説」，「説」同税，望羈之歸而追服也。作此詩者，即曹赤所殺之大夫。』説雖有見，然無確據。王伯厚云『蟋蟀儉而蜉蝣奢』，不如從序云『刺奢』爲無弊。

『蜉蝣』，蓋羽蟲似粉蝶者，今之飛蛾。郭璞、陸璣皆謂有角甲蟲，非是。

『掘閲』，毛傳：『容閲也。』鄭箋：『掘地鮮閲。』孔疏：『掘地而出，形容鮮閲。』按：『掘』，説文作『崛，突也。閲，鮮澤之意』，與管子『掘閲得玉』異。管子：『閲通穴，人力所穿也。』此詩『掘』爲『突』，化蟲自出也。

候人五則

序：『候人，刺近小人也。共公遠君子而近小人焉。』按：詩言小人德薄才淺，只合如候人之徒，荷戈殳備迎送而已；乃赤芾乘軒，優游朝著。譬之鵜志在水，是宜求魚於澤，乃反取飽於梁，不濡翼、咮，是何不食其力而無功受禄也，其又何能稱其服而遂其厚寵乎？末言小人相援並進，薈蔚雲蒸；賢者抱道窮處，婉孌不字。國欲治，得乎？春秋傳：『晉文公入曹。數之以其不用僖負羈，而乘軒者三百人。』易曰『負且乘，致寇至』，此之謂也。

孔疏：『夏官序云：候人，上士六人，下士十有六人〔一〕，史六人，徒百有二十人。身荷戈殳，謂作候人之徒屬，非候人之官長也。』

『三百赤芾』，『芾』，韍也，亦謂之韠，即蔽膝。天子韍，色赤而體直，其繪龍火山。諸侯韍，在國則朱，朝王則赤芾，其體前後方，其繪火山。大夫韍，一命緼韍，即韎韐，再命、三命赤韍，其體前方後挫角，其繪山。此助祭冕服之韍也。若祭於已，則朝服用素韍。士無韍，有韎韐，前後正。天子之士直，諸侯之士方。禮書曰：『韠者，芾之通稱，而芾與韎韐異其名，所以尊祭服也。君韠以朱，而諸侯朝王以赤芾。詩曰：「赤芾在股」，「赤芾」，金舄是也。非朝王則亦朱韍，采芑之詩可證也。瞻彼洛矣言作六師而韍以韎韐者，蓋兵車韋弁服。韋弁服纁裳，故貴者以朱芾，卑者以韎韐，即所謂緼芾也。』曹爲伯爵，大夫再命，故服赤芾。

『鵜』，即鵜鶘，水鳥，別名洿澤，又呼爲淘河，見爾雅。郭註：『按：鵜當入水求魚，今乃處魚梁而不濡其翼、不濡其咮，所謂不稱也。得魚而食，非取之，必竊之也。故以爲小人之竊禄而不稱其服者況焉。』

毛傳：『南山，曹南山也。』按：曹南山在今曹縣南八十里，春秋僖十九年宋公、曹人、邾人盟於曹南是也，俗謂之土山。范氏以爲曹之南鄙，杜氏以會於曹南謂在曹之都者，非是。

鳲鳩三則

孔疏：『玉藻説大帶之制云：「天子素帶朱裏終辟，諸侯素帶終辟，大夫素帶辟垂，士練帶率下辟。」是大夫以上，大帶用素絲，故言絲也。』

『其弁伊騏』，毛傳：『騏，騏文也。弁，皮弁也。』鄭箋：『騏當作璂，以玉爲之。』孔疏：『「顧命「四人騏弁執戈」註云：「青黑曰騏。」是弁作青黑色，非綦玉之皮弁。禮無騏色之弁而顧命有之者，以新王即位，特設此服，使士服此騏弁，執兵衛王。璂，常服也。此言諸侯常服，故知騏當作璂。』按：皮弁以白鹿皮爲之，禮書曰：『皮弁存毛，順物性而制之，文質具焉。韋弁去毛，違物性而又染之，文而已。』此詩朱傳既主皮弁，則必非染皮爲蒼黑色者，而云『騏，馬之青黑色者，弁之色亦如此』，誤，當從鄭箋『璂飾』爲是。璂，禮書作瑧，縫中貫玉而施於下者，天子十二；公九；侯、伯七；子、男五，孤四，三命之；卿三，再命；大夫二。淇奧曰『會弁如星』，言其玉也。此篇曰『其弁伊騏』，言其文也。

毛傳：『鳲鳩，秸鞠也。』按：鳲鳩，或謂之布穀，或謂之郭公。春秋傳：『鳲鳩氏，司空也。』杜註：『鳲鳩均平，故爲司空平水土。』方言溷鳲鳩、戴勝爲一，失之。

下泉三則

序：『下泉，思治也。曹人疾共公侵刻下民，不得其所，憂而思明王賢伯也。』按：詩說以爲東遷之初，曹人憫周而作。愚謂，此詩刺晉文，與衛之木瓜遥對。嚴氏曰：『曹公之時，晉文霸矣，襄王命之爲侯伯，而下泉顧思明王賢伯何耶？文之於曹，執其君，分其田，以私憾而欲甘心焉。後乃僅以貨免，文寧能帖曹乎？下泉愧木瓜矣！』

『冽』字，從冰，寒也。『下泉』，以比晉文之涼薄。『稂』，童粱，禾之秀而不實者。『蕭』，蒿也。稂、蕭本非嘉種，謂共公亦自取也。

左傳：『畢、原、酆、郇，文之昭也。』服虔曰：『郇國，解縣東，郇瑕氏之墟。』竹書：『昭王六年，王錫郇伯命。』是繼邵公爲西伯也。僖二十四年，『咎犯與秦晉之大夫盟於郇』。杜註：『解縣西北有郇城。』按：晉武公滅郇，以賜大夫原氏黯，是爲旬叔，地在今蒲州府臨晉縣東北十五里。

校記

〔一〕十有六人　毛詩正義作『十有二人』。

詩學女爲卷十五

國風

豳，漢志：右扶風栒邑有豳鄉，詩豳國公劉所都，今陝西邠州三水縣西三十里。詩譜曰：其封域在禹貢雍州岐山之北，原隰之野。周自后稷封邰，今陝西西安府乾州武功縣西南二十里古斄城。括地志：一名武功城，有后稷及姜嫄祠。其後當夏之衰，不窋失官，自竄於戎狄之間。今慶陽府安化縣有不窋城，府東三里有不窋冢。公劉思舊土，復得有邰故地，乃邑於豳而居之。豳在邰北百餘里，不窋城又在豳北二百里。舊謂公劉，后稷之曾孫，自邰徙豳，史失其傳也。周世之國無豳，故繫於國風之末。

七月十六則〔一〕

此篇大義以衣食爲本，農桑爲經，而昏姻、祭祀、田獵、宮室具焉，此王道之全也。詩解頤曰：『七月之詩以衣食爲急，而衣食所資以豫備爲貴。必以七月爲首者，三陰之月，陰氣始盛，故於是而豫爲禦寒之備。三陽之月，陽氣始盛，故於是而豫爲治田之備。先衣而後食，故以七月爲首也。大寒之候在於丑月，而圖之於建申之時；收成之候在於酉月，而慮之於建寅之日：其爲豫備可知。若寒至而後索衣，飢至而後索食，則其爲計亦晚矣。』

二章曰：『豳民以流火爲授衣之漸，故於春月將蠶之候，蠶之新出者，則求穉桑以養之；蠶之未出者，復求白蒿以洗之：此見其趨事之勤也。而其許嫁之女，豫以將及公子同歸而遠其父母爲悲，此見其秉心之厚也。此所以爲邠俗也。』

三章曰：『上章於春日而求桑以養蠶，爲今年授衣計也。此章於八月萑葦既成而豫畜之以爲曲薄，爲明年養蠶計也。上章求穉桑以養其始生者，采白蒿以洗其未生者，此蠶事之始也。此章於桑之大者條取之，桑之小者猗取之，蠶盛而大小畢取，此蠶事之成也。蠶事既成，又於鳴鵙之候而績其麻以爲布。蓋蠶之所成者，可以供老疾、給昏嫁、奉君上而已。非績麻以爲布，則固無以爲少者、壯者之供也。蠶績既成，然後染之。或以爲玄，或以爲黃，而其朱者尤爲鮮明，且以供上而爲公子之裳。其風俗之厚如此，豈一日之積哉！』

四章曰：『四月純陽而微陰已萌，葽感之而蚤秀；五月一陰成象，蜩感之而始鳴；八月正秋，物成而禾之早者可穫；十月陰氣已極，而木之隕者爲蘀。四者見陰氣以漸而至，將寒之候也。西北地寒，非狐貉之厚無以禦之。然貉賤而狐貴，賤者以自奉，貴者以奉公也。至於二之日，則又竭作以狩，纘繼武功而私其一歲之豵，獻其三歲之豜焉。於裘則私其賤而奉其貴，於物則私其小而奉其大。其薄於己而厚於君如此。』

五章曰：『由動股而至於入我牀下，所以感時物之屢變；由穹室而至於墐户入室，所以盡人事之當爲。豳民於衣食之奉，必先老而後幼，先貴而後賤；獨於改歲入室，則老幼貴賤同之，所以廣其愛也。』

六章曰：『此章當看「介眉壽、食農夫」六字，鬱薁之食、葵菽之烹、棗之剥而春酒之爲，皆介眉壽之事。「介」有助之之意，則非以爲常食也。瓜之食、壺之斷、苴之叔、荼之采而樗之薪，皆食農夫之事。「食」有養之之意，固以是爲常矣。然則果酒嘉蔬，非不可以及少也，而供老疾、奉賓祭之意多；瓜壺苴荼，老者未必不食也，而不可以爲常。於是見食稻食肉乃老者之常，而果酒嘉蔬則又於常食之外，專以此而致其助也。有常食以養之，而又有美味以助之，此豳人之老所以無凍餒也與？』

七章曰：『稼之既同者，可以少休也。而即念夫邑居之當修、屋之方乘者，可以少緩也；而復念夫農功之當始。其於築而納之也，有以見歡欣鼓舞之意；於其亟而乘之也，有以見勤勉戒飭之意。事有始終，而其憂勤艱難，則無間於始終，此所以爲厚也與？』

八章曰：『鑿冰、藏冰，其供上役也爲甚勤；肅霜、滌場，其畢農功也爲甚速。故其開冰也，獻羔以祭司寒，祭韭以薦寢廟，君既得以致其誠於神。其務閑也，殺羊以獻於公，舉酒而祝其壽，民復有以致其忠愛於君。可謂上下相親之甚矣！』

『火』，心星也。晉天文志：『東方。心三星，天王正位也。中星曰明堂，天子位；前星爲太子；後星爲庶子。』堯典仲夏火中，大火也。大火，次名。東方之次，有壽星、大火、析木，三者大火爲中，與此大火心星者異。鄭箋：『大火者，寒暑之候也。火星中而寒暑退，故將言寒先著火所在。』戴氏震曰：『據周「季夏，火昏中」，故孟秋始不正值南方而西下。若堯典之「日永星火，以正仲夏」、夏小正之「五月初昏大火中」，則流火自六月矣。所以異者，日左旋一周而成晝夜，恒星左旋速於日。恒星謂之經星，平分之爲十二次，爲三百六十度。用邵子之率。一晝夜幾過一度，今步算家謂日左旋一度。漸進至一月而過一次。滿一歲之日，則幾復其故處。三百六十五日幾三日〔二〕。所差甚微，約三千六百分度之五十一。今步算家一度爲六十分，一分爲六十秒，則差五十一秒也。是爲恒星差，昔人謂之歲差，西洋人謂之恒星東行。蓋以其過而稍不足一周者爲差。鎮星、土。歲星、木。熒惑，火。三者之差亦生於過。太白、金。辰星、水。月，三者之差，則生於不及。在日上者愈遠，其行愈速，故過；在日下者愈近下，其行愈遲，故不及。寒暑晝夜皆繇於日，當準之以爲中數，無過不及明矣。積恒星所差，二千一百餘年而移一次。故堯典、夏小正之列宿，合之詩經、左傳、月令、周髀，其差移一次；今則又一次矣。如此十二次遞改，二萬五千餘年乃復從其始。昔人創歲差之説，始於虞喜。尚未得其所以然，强分周天、歲周，亦曰歲實。謂歲周不盡周天，此乃以恒星之過而稍不足一周者，反言之爲日之退而歲不滿一周也。今步算家又謂恒星循黄道東行，則不足之差數，以爲退行所實歷。失理之實，無異前説。恒星七政，在天道本順，而盡目爲逆，豈非言天者之大惑乎？』此日月五星左旋之説也。

愚謂，天體左旋最速處，其中者以漸而進，恒星稍不及天，故有歲差。填星次之，故二十九年而右旋。周天歲星又次之，故十二年而右旋一周。熒惑又次之，故二年而右旋一周。日又次之，金、水又次之，故皆一年而右旋一周。月最下，故二十七日餘而一周。此西學分天九層之説也。其以日月之左旋爲右旋，是即以左旋不及之度爲右旋之度。此歷家推算捷法。故朱子詩傳十月之交章定日月右旋，書經堯典蔡傳定日月不及天，其實一也。歲差之故，以天運恒餘，而經星在天稍促，則經星亦有右旋之度，但微而難覺耳。帝堯甲辰冬至日在虛七，夏不降，乙未退女十一。商武乙丙寅退斗末。周簡王丁亥退斗二十三。秦莊襄王壬子退斗二十二。月令『孟春之月，日在營室』，秦時歷也。漢太初元年丁丑退斗二十。晉太元九年甲申退斗十七。宋元嘉十年癸酉退斗十四。唐開元十二年甲子退斗十。宋慶歷四年甲申退斗五度。□宗四年戊申退箕三。今之冬至日，在箕一度，内道交室末壁初，外道交翼十七。帝堯至今四千餘年，歲差五十九度，合算之，劉焯七十五年而差一度之數爲近。然差亦有遲速，未易定算也。因戴説而附論及之。

公劉正當夏時，所用者夏正。而一之日斗建子，二之日斗建丑。蘇氏以爲月用夏正，日用周正者，非也。戴震曰：『子丑寅卯之月，變言日者。自大撓作甲子，以十二子爲地支，分奠四方，東，寅卯辰；南，巳午未；西，申酉戌；北，亥子丑。堯典又以四方配四時。春東，夏南，秋西，冬北。則十二子之爲十二月建，繇來久矣。以之繫日，子爲一，丑爲二，以次而終十二月之日。詩之屬辭，不可云「十有一月」「十有二月」，故變文「一之日」「二之日」爾。「正月」「二月」之稱「三之日」「四之日」，文連及也。「九月」「十月」不可云「十一之日」「十二之日」，故卒章因「二之日」連至「四之日」。下變文「九月」「十月」，第四章有「十月」、有「一之日」「二之日」，亦變文也。先儒不知屬辭宜然，往往失之鑿。詩中又曰「春日」、曰「蠶月」，紀時之法，不泥於一，而要之衹用夏正，非雜舉周正。是以「二之日」而下，言卒歲。所謂月建者，配之而當其位曰建。言斗杓所指者，失之也。斗杓古今差移，豈可通之久遠乎？』

毛氏寫官記曰：『維日爲陽，自子逮巳，析支之前而爲陽陽，故當以日名之，「一之日」「二之日」是也。維月爲陰，自午逮亥，析支之後而爲陰陰，故當以月名之，「七月流火」「九月授衣」是也。所謂別陰陽以紀日月者也。然而又曰「四月秀葽」，何也？夫四月，巳月也。巳者，承陽而首陰，故稱日可始於子而迄於巳，稱月則又可始於巳而迄於亥。然而不曰「五之日」何也？曰偶不及耳。惟其然，亦未嘗有稱三月者。』說本許氏謙，詩中以日爲言者，雖爲建子之義，其實主於陽而言之。其說未爲無見，存之。

甫田箋：『田畯，司嗇，今之嗇夫也。』愚謂，周禮無田畯，惟見於豳風及甫田、大田二詩，二詩本豳雅，蓋俱沿豳國之舊，疑是夏官。箋以今嗇夫解之，知古亦有是官而異其名，以意推之，其爲夏官無疑也。

夏小正傳云：『未秀則不爲萑葦，秀然後爲萑葦。』又曰：『萑未秀爲菼，葦未秀爲蘆。』蔡元度曰：『菼，萑之始生者也。萑，薍也，萑之成體者。蒹，兼也，萑之未秀者。菼青而後潔，故曰「毳衣如菼」。白露降，然後萑可以爲用，故曰「八月萑葦」。』

續詩傳鳥鳴卷曰：『鵙，爾雅作「伯勞」，説文作「博勞」，春秋傳作「伯趙」，其又名鵙，以其聲鵙鵙然也。然又作鶗鴂，以鶗、鴂通字也〔三〕。特鵙以鳴顯，則其鳴有時。而此云「七月」，與月令「仲夏鵙始鳴」不合。因之有謂周正七月，即夏正五月者。然而詩文多用夏正，不應此一物獨改周正。鄭箋謂，「豳地晚寒，故物候較晚」。則豳在雍岐之北，早寒有之，焉得晚寒？於是王肅直斷曰：「七月是五月之誤。」殊不知鵙鳴之時，諸書顯然。春秋傳以伯趙氏爲司至之鳥，謂其「夏至鳴冬至止，故名司至」。則夏至原是仲夏，亦正是五月，故易通卦驗云：「博勞夏至應陰而鳴，冬至而止。帝少皞以爲司至之官。」而樊光爾雅註亦云：「伯趙司空，以夏至來，冬至去，是以大戴禮「五月鵙鳴」，逸周書「芒種又五日鵙始鳴」，則鵙鳴始於五月而終於十一月，此先後一辭者。其云「七月」，非謂至是始鳴，特以七月之鳴啓八月之績。謂鵙是陰鳥，鳴則陰生，所當戒陰寒而興女功，故特以七月、八月爲戒寒之候。蔡邕所云「鵙應時而鳴，是爲陰候」。楚辭「恐鶗鴂之先鳴兮，使百草爲之不芳」是也。』

『四月秀葽』，鄭箋疑葽爲王萯。劉向説葽味苦，謂之苦葽。西河毛氏詩札云：『王萯即呂覽中所謂王善、月令中所謂王瓜者。葽即呂覽所謂苦菜者。』其説從劉駁鄭，似矣。

然葽固非王萯，亦非苦菜。爾雅：『荼，苦菜。』説文：『荼，苦荼。』則苦菜即此詩六章九月所采之荼，其非四月之葽明矣。戴震曰：『葽，夏小正謂之幽，四月，王萯秀。秀，幽。書傳通謂之莠葽。國策：「幽，莠之幼也，似禾。」或合言，或分言者，猶杜衡之或云杜或云衡也。』考韋氏昭詮甫田『維秀』曰：「莠草，今之狗尾也。」幽、莠既一物，似亦非葽。陸堂詩學引唐山夫人歌豐草，『葽』註『葽，盛貌』，因謂以秀葽形草之緑，猶以隕蘀形木之落。然秀，秀出也。草滋於春，不應孟夏始秀而盛，不可據。按：爾雅：『葽繞蕀蒬。』註：今遠志也。其上謂之小草。本草：『遠志又有棘蒬、繞葽、細草三名，四月采根葉陰乾。』故曹氏以葽爲遠志，詩緝及名物鈔從之，可爲定論。

鄭箋：『于貉，往搏獸以爲裘也〔四〕。狐狸以共尊者。』寫官記曰：『周禮大司馬：大蒐，則有司表貉。甸師大田獵，則祭表貉。貉者，獵祭也。』故羅氏爾雅云：『周人將獵，則先祭貉，因稱獵爲貉。然則于往也，往祭貉而獵也。』説亦有見。

朱傳：『豵，一歲豕。豜，三歲豕。』本毛傳。然廣雅有云：『獸一歲爲豵，三歲爲肩。』則是凡獸名，不止豕也。周禮註亦曰『獻肩于公』。

『斯螽』，蝗類，以兩股相切作聲，即周南之『螽斯』。『莎鷄』，小蟲，黑身，赤頭，以翼鳴者，即爾雅之『螒』。一名天鷄，一名絡緯，俗謂之紡婦。『蟋蟀』，一名蛬，一名精蛚。楚謂之王孫，幽州謂之促織。明是三物，朱傳『一物隨時變化』，誤。『在野』『在宇』『在户』，農人之居處也。寒漸至，則人之居處漸即於内；不惟人即於内，至十月而蟋蟀入我牀下矣。見寒氣之漸逼也。戴氏曰：『動股者，斯螽也。振羽者，莎鷄也。入我牀下者，蟋蟀也。明舉三物以紀候，而在野、在宇、在户，不言物，則以人之早晚居處見將寒之候也，物候、人事相錯言焉。李氏樗以在野、在宇、在户皆指蟋蟀，非是。』

『曰爲改歲』，先儒以爲豳公創國，即有十月改歲之俗。按，漢書食貨志：『春令民畢出在野，冬則畢入於邑。冬，民既入，婦人同巷，相從夜績，女工一月可得四十五日。』豳民之婦子既將入室，則出而治田必待改歲矣，非謂改歲然後入室也。

『鬱』，車下李，一名唐棣，一名白移。『薁』，郁李，一名蘡薁，一名常棣。詳見召南。

周禮：『凌人掌冰，正歲十有二月令斬冰。』註：『正歲季冬，火星中，大寒冰方盛之時。正，謂夏正。』疏：『正歲，謂夏之建寅爲正；十有二月，謂建丑之月，冰堅腹厚之時，令入山斬冰。』禮記月令：『仲春之月，獻羔開冰，先薦寢廟。』詩『二之日鑿冰沖沖』，十有二月斬冰之候也。『四之日其蚤，獻羔祭韭』，開冰薦廟之候也。與月令『凌人』悉合，故春秋傳曰：『七月之卒章，藏冰之道也。』

『朋酒』『羔羊』，謂歲時伏臘，農事畢而燕樂耳。朱傳引鄉飲酒禮『兩尊壺於房户之間』，謂『兩尊曰朋，此豳公之事，非小民所得行』。

鴟鴞二則

序：『鴟鴞，周公救亂也。成王未知周公之志，公乃爲詩以遺王，名之曰鴟鴞焉。』

按：朱傳以鴟鴞爲誅武庚後作，從尚書金縢孔傳之説也。其後與蔡九峯論金縢帖曰：『弗辟之説，只從鄭氏爲是。向與董叔重亦辨此一條，一時信筆答之，謂當從古註説，後來思之不然。是時三叔方流言於國，周公處兄弟骨肉之間，豈宜以片言半語，便遽興師以誅之？聖人氣象大不如此。又成王方疑周公，周公不應不請而自誅之。若請之於王，亦未必見從，則當時事勢亦未必然。』此朱子晚年之定論也。今金縢蔡傳從鄭説，本朱子，特朱子於此詩未及改正耳。

愚謂，流言之起在三叔，而詩意所憂在武庚。故首章曰『鴟鴞鴟鴞，既取我子，無毀我室。恩斯勤斯，鬻子之閔斯』。蓋知煽惑三叔使陷於罪者，實由武庚。又有以知武庚之所以煽惑三叔使摇己者，意不在害己，而欲傾覆我國家。且又不以流言爲讎，而以陷之於罪爲痛，則仁之至也。曰『無毀我室』，慮畔於未畔也。二章曰：『迨天之未陰雨』，則及其未畔而豫圖，弭畔之道。身雖在外，而禦侮之計未嘗去懷，忠之至也。三章曰『拮据』『捋荼』『蓄租』『卒瘏』，言前之積累勤勞至今而國勢未安也。國勢未安而多難，乘之風雨飄摇，國將傾覆，鴟鴞不得不作矣，此卒章所謂『予維音嘵嘵』也。是篇與禱疾祝册之言同一悲痛迫切。如謂東征以後所作，則本詩詞義皆無著落矣。詩在東山前，是貽詩在前，東征在後。方麓王氏亦云。

『鴟鴞』，一名怪鴟，晝常伏處，至夜每出攫他鳥子食之。莊子所謂晝則瞑目，夜能撮蚤，察毫末者。爾雅：『鴟鴞，鸋鴂。』而陸璣以鷦鷯小鳥當之，鷦鷯即黄脰，鴟鴞即怏降鳥。陸疏誤。

東山七則〔五〕

序：『東山，周公東征也。』朱傳：『東山，所征之地也。』王伯厚曰：『秦漢謂山東、山西者，皆指太行山。』東山即商地。按：小雅出車、杕杜『勞還師、還役』之詩，與六月、采芑『功成凱歌』之詩類，皆以對壘之威武、臨戎之車馬點綴成篇，乃周公東征平武庚、管、蔡、霍、奄、淮夷、徐戎，滅國五十。而此詩只詳歸士悲喜之情，無一語及東征之事，蓋變生骨肉，在周公實有大不忍言者，故首章曰：『我東曰歸，我心西悲。』蓋悲三叔之陷於罪也。嗚呼，仁矣！邵子謂：東征在丙戌年，平於戊子。愚謂，周公居東二年然後東征，當在戊子出師，而歸於庚寅。

『制彼裳衣，勿士行枚』，即散軍脱劍之意，言東征既歸，勿再戎服以事行陳銜枚也。鄭箋以『裳衣』爲兵服，以善用兵者不陳釋『勿士行枚』，非是。

爾雅：『蚅烏蠋。』郭璞曰：『大蟲如指，似蠶。』毛傳：『桑蟲也。』按：蠋，五采有角，非桑蟲。埤雅：『蠋以絲自裹。』羅願曰：『蜀葵中蟲也。亦食於藿，蠶類不食。』『桑』，詩乃稱『烝在桑野』者，葵藿之地，亦桑野之地也。『伊威』，鼠婦。陸佃曰：『爾雅：

「伊威，委黍。」一名鼠負。因濕化生，俗謂之濕生。』按：伊威，俗名潛驢，非鼠負。『町疃』，説文：『田踐處。』註『禽獸所踐處也』，與毛傳『鹿迹』合。『熠燿』，爾雅謂之『即炤』，莊子謂之『腐蠸』，宵行夜飛往来也。朱傳以宵行爲蟲名無據，陸堂詩學以蠶尾有光之蛆螢當之，亦屬牽合。或又疑末章以鳥羽之光爲熠燿，與熒火之名相戾。楊氏慎曰：『古人用字有虚有實，熠燿之爲螢火實也，熠燿爲倉庚之羽虚也。如小雅「交交桑扈，有鶯其領」，此言桑扈之領如鶯之文，非謂鶯即桑扈也。彼謂倉庚之習，如熠燿之明，非謂熠燿即倉庚也。』此説當矣。『鸛』，似鶴而頂不赤，項無烏帶。莊子稱『觀雀』，後漢楊震傳稱『冠雀』。禽經：『鸛仰鳴則晴，俯鳴則雨。』或者在垤俯鳴，故知將雨。若如穴居知雨，蟻出而鸛就食之，則鸛捕魚而食，長喙必不能蠋蚳蜉之小蟲。故毛傳但言『鸛好水，長鳴而喜』，不言食蟻也。

破斧二則

序：『破斧，美周公也。周大夫以惡四國焉。』按：此乃美周公之詩，非惡四國也。毛傳承序之誤，遂以四國爲管、蔡、商、奄者，非是。嚴氏粲曰：『詩不曰弓、矢、干、戈、矛、戟，而專言斧、斨、錡、銶者，蓋東征之師不尚殺戮，若除道、樵蘇，斧斨之用爲多，歷时久而破缺也。「銶」，無明訓，釋文云：「今之獨頭斧。」」

『管』，今河南開封府鄭州。『蔡』，今河南汝寧府上蔡縣。『霍』，今山西平陽府霍州。『商』，謂武庚都紂故都朝歌，故城在今衛輝府濬縣。『奄』，地未詳所在。左傳：『蒲姑、商奄，吾東土也。』又云：『魯公因商奄之民。』則奄是東方之國，近魯之地也。括地志：『兗州府曲阜縣奄至，即奄國之地。』疑此即杜氏所謂『迸散在魯』者，其後故得奄名，非奄之初封在魯也。書序稱『成王踐奄』，則東征之日，周公討而定之，未嘗滅其國，至歸政後，成王始滅之而徙其君耳。孟子：『周公相武王，誅紂伐奄。』則周公凡兩次伐奄，猶未能蕩平，至成王始滅之也。

伐柯二則

序：『伐柯，美周公也。按：伐柯、九罭、狼跋三詩，有衮衣赤舄之容，無踴躍干戈之氣。此居東二年，東人美公之詩。東，陝以東，周公分治之地也。周公之輔王執政，與諸侯之入爲卿士同；避位居東，與諸侯之歸藩就國同。非東征之太行以東也。先儒混居東爲東征，故說三詩者往往牽合。

愚謂，伐柯，東人知禮也。首章知婚姻之禮，次章知俎豆之禮。此猶箕子封朝鮮施教八條，而男恥爲盜，婦人貞信，聖人過化存神，其感移之速如此，故曰『我覯之子，籩豆有踐』。我，東人自我；之子，謂周公。朱傳謂『之子』指其妻言，非是。

『居東』之說，有欲宗尚書孔註者。東匯陳氏曰：『豳風諸詩，其言與金縢所書皆昭然相合。大誥序言「武王崩，三監及淮夷叛」，金縢言「武王既喪，管叔及羣弟流言」，則流言與叛皆在武王始崩之時，不得分兩節矣，亦非養寇三年而始征也。成王幼未親政，凡事皆理於師傅。二公居中調護，成王中心雖不能無疑，亦未敢明沮周公之行。兼成王諒闇，國家之事惟冢宰是任，周公固可專其事矣。四國之變，征之少緩，則蔓延莫遏。周公豈顧一己之小嫌，忘宗社之大計哉？迨夫三監伏辜，居東以俟朝命而不欲遽歸，此則公之避遠權勢以待成王之悟。以經證經，不必遷就牽合矣。新安程氏曰：『居東便是屯駐以東征。鴟鴞詩云：「既取我子」，便是武庚既敗我管蔡。三年而歸，便是成王因風雷之變迎公以歸。首尾關涉三年，謂二年、三年皆可耳。』

二家釋金縢『居東』皆宗孔註，後儒釋豳風者往往同之。愚謂不然。豳風之詩，七月、鴟鴞、東山，皆周公作也，故附鴟鴞、東山於七月之後。破斧，歸士答周公也，故附東山之後。伐柯、九罭、狼跋三詩，東人爲周公作也，故又附破斧之後。若書序本不足信，且大誥主於征武庚，而序乃只言三監及淮夷叛，與經意亦不相合。周公位冢宰，正百官事，可專行。然征伐大事，要必不可不稟王命而行。如禹雖總師而征苗，亦由舜命也。如不稟王命而興師，而大誥又稱『王若曰』，則是周公矯詔矣。況三叔之罪，不過流言，經文並未遂加『叛』字。武王方崩，未有瑕釁，三叔亦安得遽叛？周公徒以流言之故，遽而興師，是不主於誅武庚以靖國家，而實主於忿流言以戮其兄弟。周公之聖，固如是乎？而大誥又何以無一言及三叔耶？大概三叔之意，本只疑忌周公，原非有心於叛。三叔未有叛心，武庚亦不敢遽動。及夫周公避位居東，則不利於孺子之言不驗，而朝廷又訪知流言所起，則三叔自知其罪不可逃，又武庚益從旁煽之，三叔內不自安，折而與武庚叛。是則事勢相迫，有以使之然也。然則武庚及三叔之叛，實在成王既感風雷而迎公以歸之後，而不在武王方崩之日。流言與叛，原分二侯，不得合而一之矣。東齋之謂三監伏辜，則居東以俟朝命而不敢遽歸，以待成王之悟。夫公之出師，可以不稟王命而遽出，功成以歸，反欲待王悟而出不敢遽歸，何公之前倨後恭乎？此又以見其說之自相矛盾矣。況討畔而即自鎮其地，其視韓淮陰據全齊而有之者何以異乎？程壽翁云：『金縢曰「我之弗辟」而下，即曰「居東」，則是避而居東。其說是也。至謂屯駐以東征，則是周公屯駐東方二年，並未見是征討，又如何罪人斯得也？』愚按：周公避位居東，非如後世要君者託避以待迎復，亦非如懟君自潔者遠引以絶聞見，不過謝冢宰之重任，歸分陝之舊封，猶之出就藩國，同於閉門待罪耳。故得自舉其職，民被其休，而東人之頌聲作矣。故誤以爲征東之東者，固非；即尚書蔡傳以東爲國之東偏，不知何地而周公得治之？王肅以東爲洛邑，豈周公營之，遂可無王命而往治之乎？愚故曰：居東在東征前，而東即初受命於文之采邑。所謂陝以東，周公主之者是也。

九罭二則

朱子語録『此東人願留之詩』，最爲直捷。説詩者泥序説『刺朝廷不知』之句，委曲附會，可謂詞費。陸奎勳曰：『鱒魴大魚而處九囊小網，喻周公聖人乃留滯於東方。鴻宜高飛，遵渚、遵陸亦喻失所。蓋東人願公之留，而預知其必不能留也。』

爾雅疏：『九罭，謂魚之所入有九囊。』詩緝：『毛以爲小網，諸家或以爲大網。郭璞言有百囊網，則九囊者不得爲大；又有不及九囊者，則九囊亦不甚小。蓋常網也。』

狼跋二則

詩所：『老狼領下有胡，進而躐其胡，則爲所牽；退而跲其尾，則爲所叀，以其性貪故也。周公聖者，無所欲於天下，雖有大美，遜而不居，而況與人争利哉？』按：以狼興公，擬人失倫。上二句特以喻管蔡流言，自取顛躓，而歸美於公之居東爲能身名俱泰也。劉原父七經小傳云：『公孫者，豳公之孫，謂周公也。』毛以公孫爲成王，鄭以公孫爲公遜，後之説詩者皆從鄭作遜。愚謂不如劉義直捷。

禮書鄭氏釋周禮，謂『複下曰舄，禪下曰屨』。凡屨、舄，各象其裳之色。舄有三等，赤舄爲上，冕服之舄；下有白舄、黑舄。王之吉服九而舄三：赤舄配冕服而黑絇繶純；白舄配皮弁服而青絇繶純；黑舄配冠弁服而赤絇繶純。詩云：『赤舄几几。』玄衮赤舄、赤芾金舄，周公及諸侯冕服之舄也。赤舄，謂之金舄者，鄭氏謂金舄黄朱色也。考之於禮，周尚赤，而灌尊黄彝、纁裳赤黄、馬黄朱，而諸侯之芾亦黄朱，則舄用黄朱宜矣。

校記

〔一〕十六則　當作『十四則』。

〔二〕三日　當作『三時』。

〔三〕鳩　當作『鵙』。

〔四〕搏獸　當作『搏獸』。

〔五〕原刻作『東山七則』，但只刻有三則。不過，按本書一則考論一事的體例來看，第三則似可分爲五則：考論『蠋』爲一則，考論『伊威』爲一則，考論『町畽』爲一則，考論『熠燿』爲一則，考論『鸛』爲一則。如此方合七則之數。

詩學女爲卷十六

小　雅

鹿鳴二則

關雎爲風之始，修齊之本也。鹿鳴爲雅之始，治平之本也。漢儒以小雅之首爲文王詩。安溪李氏疑未必盡然，而以此篇斷屬文王。詩所云：『斯時，内有后妃聖德，寤寐求賢，文王之尊賢於外者又如此，是以琴瑟鐘鼓之音朝寢相應，而後聖以爲樂而不淫，其可謂至德也已。』斯言極爲有見。然以關雎爲后妃求賢，非也。請得而更之曰：關雎，文王之親賢於内也；鹿鳴，文王之尊賢於外也。斯爲得之。

爾雅翼：『鹿鳴所食三物：一曰苹，今藾蒿，始生香，可食；二曰蒿，蒿甚香；三曰芩，芩亦香草。蓋草木之臭味相同，有同類食之之義。』

四牡六則

左傳：『四牡，君所以勞使臣也。』國語：『所以章使君之勤也。』毛朱皆祖其説。李氏詩所云：『使臣猶在行而遣勞之辭，似於末章「將母來諗」一語詞義較合。』

或曰，周道倭遲，以匪風、小弁之『周道』例觀詩，當作於武王建號之後。又以文王未稱王而詩言王事，謂此詩作於武王時。先儒亦多疑而未定。按：孔子稱文王服事之德而曰『周之德』，孟子言文王之生而曰『岐周』，史記周本紀：『虞芮如周』，又曰：『吾所事，周人所恥。』孔穎達云：『周易稱「易」〔一〕，取岐陽地名。』且周道即周行也。卷耳云『置彼周行』，豈皆武王建號後語乎？衛風北門之詩，王事、政事並見。顧炎武曰：『凡交於大國，朝聘會盟征伐之事謂之王事，其國之事謂之政事。』或者之説，刻舟之見也。

『四牡』，儀禮疏引作『駟牡』，左傳『鄭公子騑，字子駟』，『四』，疑當作『駟』。

『倭遲』，毛傳：『歷遠之貌。』説文：『倭順貌。』朱傳作回遠解，似與説文義小異。

『駱』，爾雅：『白馬黑鬣。』廣雅：『白馬朱鬣。』埤雅云：『今呼黄馬尾鬣一道通黑如界者爲駱。』蓋馬無分於黄白，皆謂之駱，若今衣脊絡縫故曰駱也。明堂位：『夏后氏駱馬黑鬣。』此以別白馬朱鬣之駱也。月令：『孟秋駕白駱。』此以別黄馬黑鬣之駱也。俗云駱馬善奈勞苦。詩曰：『嘽嘽駱馬。』言駱性善勞，而今喘息不平如此，則以甚勞故也。古者天子之卿純駟，故曰『駕彼四駱』，又曰『乘其四駱』。

『鵻』，爾雅謂之鳺鴀，或謂之祝鳩。埤雅：『鵻與尸鳩，皆壹鳥也。尸鳩性壹而慈，祝鳩性壹而孝。』

皇皇者華二則

皇華，遣使，勸以義；四牡，勞使，恤以情。孔子所謂君使臣以禮者，吾於皇皇者華五章見之矣。

『諏』『謀』『度』『詢』，毛傳皆本左國而微有異同。忠信爲『周』，亦魯語文也。歐陽氏曰：『但叶韻耳，詩家此類甚多。』朱子説疑本此。今録詩所，以備一解。李氏曰：『始而訪問以知之，繼而計議以圖之，終而審處以定之，既詳且慎矣。猶恐衆論有未周盡而復廣其詢問，則庶乎事無過失矣。非常存靡及之心者，未易如此也。或疑既謂之「周」，則有廣詢之意矣。然「周」以事言，所謂每事問者也；「詢」以人言，所謂詢謀僉同也。如濡温柔也，故以興諏；如絲條理也，故以興謀；沃若和洽也，故以興度；既均齊調也，故以興詢。』

常棣四則

序以爲周公閔管蔡失道而作。李氏詩所以詩中『急難』『禦務』二語正與管蔡事相反，疑是周公未誅管蔡以前詩。愚謂，是詩謂召公作者固非，即詩所之説亦非，蓋是詩與鴟鴞相爲表裏。鴟鴞告王事在言中，常棣告兄弟意在言外。因歡觸悲，人情所同，既難恝乎往事，又未忍乎直陳，故其言如此。不然，燕樂之詩而死生急難鬩牆喪亂諸章，何其哀音怨亂，不堪卒讀耶？今味其詞曰：凡今之人，人兄弟也。莫如兄弟，言莫如兄弟之親愛也。若曰今我文考所生之人，當知莫如兄弟之義，毋若昔之兄弟然也。殆不啻呼諸兄弟，垂涕泣而道之矣。昔者二叔，當周初定，受命監殷，所謂喪亂既平，既安且寧也。資禄父之餘孽，恃殷頑之助逆。親私人，殘同氣。所謂雖有兄弟，不如友生也。忘急難之心而發難，昧禦務之義而肆務，逮至難已成、務已極，其所恃之私人，誰能引手援者？所謂雖有良朋，永嘆而無戎也。迄今喪亂威矣、原隰裒矣，求之者獨有兄弟耳，孰謂兄弟而不如友生哉？蓋由目前之悲而推極於始禍之本，此詩言外之旨也。得此旨以讀是詩，雖千載下，猶如見公之心，如聞公之聲，而謂當日之兄弟有不戚然感之者乎？吾故謂常棣非周公不能作，非誅管蔡後亦必無此作。」

『常棣』，韓詩作『夫栘』，左傳、路史並引作『棠棣』，後人遂誤以『常棣』爲『唐棣』。考爾雅：『唐棣，栘。常棣，棣。』埤雅：『常棣如李而小，子如櫻桃，正白華，萼上承下覆，甚相親爾。』唐棣之華先開而後合，與凡花先合而後開者異。故逸詩唐棣以『偏反』興離思〔二〕，而此詩常棣以『鄂不』興親愛也。

『鄂不韡韡』，鄭箋：『承華者曰鄂，「不」當作「柎」。柎，鄂足也。鄂足得華之光明，則鄂鄂然盛。』按：韓詩作『萼不煒煒』，説文作『萼不韡韡』，文選註亦作『萼』，『萼』『鄂』通，華之苞也。左傳：『三周華不註。』『不』，華足也，音敷，『不』即柎鄂之足也。不承鄂，鄂承華，兄弟之一本相連者似之。『不』字音解，宜從鄭箋。

『況也永歎』，毛傳：『況，兹。』按：爾雅訓『此』，猶云當此之時，亦惟有長歎而已。

或曰，『兹』與『滋』通，言滋之永歎也。『烝也無戎』，爾雅：『烝，衆也。戎，相也。』註云：『相佐助，言雖衆而無助也。』

伐木三則

此詩當從毛傳分六章，章六句。首二章領起，而『神之聽之』二句爲全篇主腦，盟心之言也。中三章，一諸父、一諸舅、一兄弟，大概皆期其必來之辭。而『寧適不來』四句，鄭箋則意若委不來之過於賓，而間執其口者；朱傳則意在責己，而賓之不來似無與我事者。『民之失德』二句，箋傳又若沾沾以燕樂爲己免愆之計，則視賓亦太淺。歌以樂賓，毋乃不可乎？夫詩於諸父、諸舅皆言『速』，而兄弟不言『速』者，略於卑者也。『遠』，猶不來也；『無遠』，言慎無不來也。甫速之而曰不來，未知其不來而慮之也。慮其不來而以『不來』逆之，且以『弗顧』『有咎』。要之，若曰寧適有不來者乎不來，無乃以我爲弗顧而有咎乎，蓋引罪以期其必來。其辭婉，爲尊者言也。至兄弟，則直言『無遠』，而即繼之以民之失德。『乾餱以愆』者，亦即弗顧有咎之旨。若曰我應速而不速，汝應來而不來，亦不過飲食細故，一乾餱之愆耳，而失德或自此始。申言無遠之義，以期其必來也。末章是燕樂正文，數『我』字與上『諸父』『諸舅』『兄弟』相映成文。若曰來，則在諸父、諸舅、兄弟來；而湑酤鼓舞之樂，則在我。於是結之曰『迨我暇矣，飲此湑矣』，則更爲後期焉。虞舜欲常常而見之，故源源而來，同此心也。此所謂『神之聽之，終和且平』者也。嗚呼！可以觀古君臣之盛矣。

『民之失德』二句，言外見民且不可，況於君臣之間？勤而寓誡，告兄弟之辭也。

『伐木許許』，說文引作『所所』，古文『許』與『所』通。漢疏廣傳『數問金餘幾所』註云〔三〕：『幾所，猶幾許。』詩文中如『里所』『何許』『他許』，多有之。所者削柹，猶斯者析薪，故斯、所皆從斤。所所，伐木聲也。朱傳據淮南訓『邪許』，誤矣。『邪許』一作『邪軤』，見文子；一作『嘘嚊』，見列子；一作『輿轉』，見呂氏春秋。挽車者呼『邪軤』，牽石拖舟者歌『嘘嚊』，舉大木者呼『輿嘑』，皆勸力之歌，前後呼應，乃舉木，非伐木也。

天保六則

前三章祝君之受福於天，後三章祝君之受福於祖，歸美以報其上，詩之所由作也。次於鹿鳴五詩之後，序詩者所以著義，詩之所由用也。序云：『下報上也。』朱傳：『人君以鹿鳴以下五詩燕其臣，臣受賜者歌此詩以答其君。』一言作，一言用，合而觀之，斯得之矣。

『何福不除』，毛傳：『除，開也。』疏：『如閉藏蓄積，今開出之。』『戩穀』之『穀』，爾雅：『禄也，善也。』毛詩訓『禄』，朱傳訓『善』，皆本爾雅。邢昺釋訓疏：『穀，福禄也。』釋詁疏：『穀者，養生之善也。』義可並存。

第三章乃申明上章末二句意，言天之降福於爾，如山阜岡陵之盛矣。然此特川之方至耳，且將增益之而未有艾也。所謂『降爾遐福，惟日不足』也。或云『以莫不增』統承上三句，或又分應首章，『如山』二句屬『單厚』，『如川』二句屬『多益』，義均可通。

『饎』，爾雅：『酒食也。』按：酒即鬱鬯，食即黍稷。儀禮有『饎爨』，註：『炊黍稷曰饎。』

『百姓』，毛傳：『百官族姓也。』按，左傳：『天子建德，因生以賜姓。』張説云：『古者民無姓，有姓者皆有土、有爵者也。黄帝之子二十五人，得姓者十四而已。其後居諸侯之國者，其民以諸侯之姓爲姓，居大夫之采地者，以大夫之姓爲姓，莫可分辨，故云皆出自帝王是也。』朱傳訓庶民，非。

末章『無不爾或承』，薛君章句：『承，受也。』愚謂，此句乃統上四『如』而言之，猶『以莫不增』統五『如』而言也。

采薇四則

采薇、出車、杕杜，毛傳以爲文王詩，非也。大雅緜之篇曰：『混夷駾矣。』皇甫謐世紀：『文王受命四年，周正月丙子朔，昆夷氏侵周。』尚書：『四年，伐犬夷。』註：『犬夷，昆夷也。』歷考無言玁狁者。漢書匈奴傳：『穆王之孫懿王，王室卑，戎狄交侵，詩人疾而歌之曰：「靡室靡家，玁狁之故。」豈不曰戒，玁狁孔棘。」至懿王曾孫宣王興師命將以征伐之，詩人美大其功曰：「出車彭彭，城彼朔方。」』蔡邕諫伐鮮卑議：『書戒猾夏，易伐鬼方。周宣王命南仲、吉甫攘玁狁，威荆蠻。』應劭風俗通云：『詩美南仲，闞如哮虎。』又考漢書人物表，文王之臣無南仲，宣王時有南中。『中』，古『仲』字也。大雅常武篇『南仲太祖』，傳云：『王命南仲於太祖。』疏云：『以王今命卿士南仲者於太祖之廟，使之爲帥親兵。』是南仲無疑爲宣王臣，采薇、出車、杕杜，無疑爲宣王時詩。即謂毛傳自相矛盾，皆不足據，而詩固可據也。試味『南仲太祖』一語，以命於祖廟爲得解乎？抑亦以南仲爲太祖爲得解乎？此鄭箋穿鑿以就前説，而不自知其支離也。至竹書紀年：『帝乙三年，王命南仲西拒昆夷，城朔方。』然言昆夷而不言玁狁。宣王三年，王命大夫仲伐西戎，正與詩『薄伐西戎』合，而所云大夫仲，安知非即南仲乎？顧氏寧人曰：『竹書紀年自共和以後多可信，蓋亦必有所傳。其前則好事者爲之爾。』然則其後説更爲可據。而況以史證經，且即以詩證詩。文王時無玁狁，宣王時有南仲，而采薇、出車、杕杜之爲宣王時詩無疑矣。

史記：『匈奴，其先祖夏后氏之苗裔也，曰淳維。唐虞以上有山戎。玁狁、葷粥居於折蠻，逐水草移徙，毋城郭常處耕田之業。其俗寬，則隨畜因獵射禽獸爲生業。急則人習攻戰以侵伐，其天性也。』晉灼前漢書註云：『堯時曰葷粥，周曰玁狁，秦曰匈奴。』按：『玁狁』，釋文：『本亦作獫允。』據左傳，戎有允姓者，當是其後。

『啓居』，猶作息也。故四牡篇『不遑啓處』，左傳引詩釋之云：『東西南北，誰敢寧處？』不必泥爾雅以『啓』爲『跪』、『居』爲『坐』也。毛西河云：『書冏命出入起居，謂「出作入止」也。孔子對哀公「儒者雖危起居，竟申其志」，則但指行事。東方未明，詩序云「刺朝夕興居無節」，則未聞晨興可爲跪、夜寢可爲坐也。歐陽修與陳員外書「肩從齒序，跪拜起居」，信如跪坐，則將跪拜、跪坐也。』其説甚辨。

『象弭』，爾雅：『弓有緣者謂之弓，無緣者謂之弭。』孫炎曰：『不以繳矢骨束兩頭者也。』詩緝：『左傳云：「左執鞭弭。」曲禮云：「右手執簫簫。」弭頭即受弦處，以象齒飾之，上下不至齟齬也。』『魚服』，陸疏：『魚獸之皮也。魚獸似豬，東海有之。其皮背上斑文，腹下純青，今以爲可弓鞬步叉者也。其皮雖乾燥，以爲弓鞬矢服，經年海水潮及天將雨，其毛皆起潮，還及天晴，毛復如故。』

出車四則

詩義折中疏首章曰：『言車出在牧，而將尚未來入受命也。自天子所而但謂我來，不言所命，其謀秘也。召僕夫而謂之載，即日啓行也。又言王事之多而且急者，督軍士使速行也。謀秘而行速，用兵之要道也。』二章曰：『憂心悄悄，不敢言也，秘之至也。僕夫況瘁，不敢息也，速之甚也。』三章曰：『言軍士北行，不知所爲，將至朔方，而後知王命南仲往城朔方也，築城而出車建旂者，營衛於外乃版築於内也。朔方既城矣，乃言天子命我止城朔方，其宣城朔方之命者，正所以秘伐西戎之謀也。朔方城而玁允之患除者，據其要害，則形格勢禁不敢輕動也。』四章曰：『城畢而歸可以緩矣，又速行而不遑啓居者，以王事多難，不止朔方。當日自天子所又有所受之簡書在焉，故不敢歸也。城畢言歸，中途乃言不歸，又不明言所以不歸之故，秘之至也。』五章曰：『南仲未歸而先有歸者，何也？數千里而襲，人不可以多，兵故簡精鋭以西行，餘衆皆南還也。室家相見而始知伐西戎者，南還可緩，西伐行速，比至家而捷音已來矣，速之至也。』六章曰：『西戎服而玁狁平者，翦其黨與，則勢孤力弱，永不爲難也。』總論曰：『外夷之爲中國患者，西、北二邊而已。北狄强而不富，西戎富而不强。兩者合則爲害滋大，故欲制玁狁，必伐西戎。然伐之，則恐玁狁之救之也。朔方介戎狄之間，城朔方則西北之路不通。然城之，又恐玁狁之争之也。此其謀不可以不秘，而行不可以不速。故出車之時並不言城朔方，突至其地而城之，玁狁不及争也。既城之後並不言伐西戎，出其不意而伐之，不惟玁狁不及救，西戎不及防也。朔方城，西戎服，則玁狁之患自息，所謂不戰而屈人也。君明而斷，將智而勇。伐交攻心，出奇至勝之道，皆具矣。迨其後也，漢建朔方之郡，唐築受降之城，猶師昔人之遺智焉，詩教豈不大哉？』

臣謹按：説詩而通及兵法，字字如見當日情事，方悟經之有裨實用如此。其中最難解者『草蟲』一章，尤非迂儒不習兵事者所能見及。

水經：『河水又東南，徑朔方縣故城東北。註云：『詩所謂「城彼朔方」也。漢元朔二年，大將軍衛青取河南地，爲朔方郡，使校尉蘇建築朔方城。即此城也。』按：朔方廢縣，唐夏州治，本漢縣，屬朔方郡，晉廢，隋爲夏州治，唐貞觀二年改爲朔方縣，明隸榆林衛，今寧夏府地。

『簡』，爾雅謂之『畢』，説文謂之『牒』。獨斷：『策者，簡也。其制長二尺，短者半之，其次一長一短，兩編下附。』

禮記：『西方曰戎，被髮衣皮，有不粒食者矣。』史記：『自隴以西，有緄戎。』按：『西戎』，一名『犬戎』，一名『犬夷』，一名『昆夷』，一名『串夷』，『犬』或作『畎』，『昆』或作『緄』，亦作『混』。

杕杜二則

『睆』，説文：『本作「皖」，從白。亦作「睆」，從目。』考字書『睆』『皖』二字，皆訓『明貌』，又訓『美貌』。樊氏曰：『杜，甘棠也。赤者曰杜，白者曰棠。』杜既赤色，則其實明且美矣。

鄒泉曰：『杕杜有實，是去年十月秋冬之交，戍畢之期也，故念其當暇；杕杜有葉，是今年二月春之將莫，至家之期也，故念其當歸。』

魚麗四則

詩義折中疏三章『有』字曰：『具難得之物曰有，春秋書「多麋」，傳曰：「魯所有也。」又書「有蜚」，傳曰：「魯所無也。」由是推之，所有之物，詫其多；所無之物，詫其有。有而多之易，無而有之難，故有勝於多也。』臣鳳恭録。

詩獨詳在魚，而餘則以物概之。詩所云：『此必薦魚宗廟之後燕飲之詩，其後遂通之。』最得解。

釋文以『君子有酒旨』絶句，『且多』絶句，三章並同。蓋本鄭箋『酒美而此魚又多』一語。然鄭以此語訓首章，而次章則以『多』訓酒、『旨』訓魚，三章又以『旨』訓酒、『有』訓魚。似牽就。朱子云：『當以「有酒」爲句，「旨且多」爲句。罶、酒、鯊、多，隔句韻。』説無可易。孔疏云：『首章言「旨且多」，四章云「物其多矣」；二章言「多且旨」，五章云「物其旨矣」；三章言「旨且有」，卒章云「物其有矣」。下章皆疊上章句末之字。』其説甚善，特曲從鄭箋以物爲魚，則不必耳。

爾雅：『鱧，鯇。』又云：『鰹，大鮦。小者鮵。』郭註訓『鱧』爲鮦，訓『鯇』爲鯶魚，訓『鮵』爲小鱺。邢疏謂鱺與鱧音義同，即鱧也。本草：『蠡魚一名鮦魚，陶隱居謂今作鱧字。』埤雅亦云：『今元鱧是也。其首戴星，夜則北向。』據諸説，則鱧爲鮦無可疑。名物疏以爾雅云『鱧，鯇』，別二魚名，如云鯉、鱣耳。其説良然。

南有嘉魚二則

序：『樂與賢也。』按：朱傳以此詩爲『亦因所薦之物，而道遠主人樂賓之意』，豈『南有樛木』『翩翩者鵻』亦所薦之物乎？詩所云：『魚麗篇是以魚饗賓也，此言「南有嘉魚」者，以下兩章例之，或是起興。』故説是詩者，惟范氏處義最善。曰『嘉賓』，賢者也。『嘉魚』，魚之美者。『甘瓠』，瓠之甘者。『鵻』，鳥之壹者。三物雖皆以喻賢者，然一章曰『罩罩』，恐其逸，故罩之使入也；二章曰『汕汕』，恐其伏，故汕之使出也，此言人君之善與賢者處也；三章曰『纍之』，乃瓠之自纍；四章曰『來思』，乃鵻之自至，此言賢者之喜仕於王之朝也。四章皆言待賢者以燕禮，始言其樂好，次言其衎樂，次言其綏而安之，次言其又欲燕之，有加無已如此。

水經註：『褒水又東南，得丙水口。上承丙穴，穴出嘉魚，常以三月出，十月入。穴口廣五六尺，去平地七八尺，泉縣註，魚自穴下透入水。穴口丙向，故曰丙穴。下註褒水。故左思稱「嘉魚出於丙穴」。』本草：『此乳穴，小魚常食乳水。』方輿勝覽：『首有黑點，長身，細鱗，肉白如玉，其味自鹹。』按：任豫益州記：『嘉魚似鱒，蜀中謂之拙魚。』雲南記：『雍州丙穴出嘉魚。』嶺表異録：『嘉魚如鱒，出梧州戎城縣江水口。』據此，則蜀與南越多有之。朱傳謂出於沔南之丙穴，本水經註，特其一耳。是嘉魚，魚之美者之通名，故鄭箋訓曰『善魚』。

南山有臺二則

序：『樂得賢也。』朱傳以爲燕饗通用，義亦可通。劉瑾曰：『或疑賓客不得以當萬壽之語。愚謂，此詩上下通用之樂，當時賓客中容有齒德俱尊足當之者。蓋古人簡質，如士冠禮祝辭亦云「眉壽萬年」。又古器物銘「用蘄萬年」「用蘄眉壽」「萬年無疆」之類，皆爲自祝之詞。則此詩以萬壽祝賓，庸何傷乎？』

『枸』，或作苟。爾雅：『枸，檵。』註：『今枸杞也，又音鉤。』宋玉風賦：『枳句來巢。』句，即枸。李善註：『句，曲也，似橘屈曲也，亦書作蒟，蜀以爲醬，謂之蒟醬。』其散見於諸書者，積椒、苦杞、地骨、枳椇、樹蜜、木錫、白石、白實、木石、木實、鷄距，皆其別名。

蓼蕭三則

是詩鄭箋謂諸侯誦天子，朱傳謂天子燕諸侯。愚考左傳昭十二年，『宋華定來聘，享之。爲賦蓼蕭，弗知，又不答賦。昭子曰：「宴語之不懷，寵光之不宣，令德之不知，同福之不受，將何以在？」』據此，則魯嘗用之以享與國之臣矣。緣是詩，天子以之燕諸侯，則諸侯以之燕其臣及與國之臣，以尊燕卑，義可移用。若謂諸侯頌美天子之詩移而頌美其下，則不答賦是也，非弗知也。昔穆叔如晉，晉侯享之。金奏肆夏之三，不拜。工歌文王之三，又不拜。歌鹿鳴之三，三拜。夫三夏惟天子用之，故曰使臣弗敢與聞。文王乃兩君相見之樂，猶曰臣不敢及。今賦蓼蕭，殆有甚焉矣，庸可譏乎？且如鄭箋之解『燕笑語兮』『是以有譽處兮』及『宜兄宜弟』等句，尤爲無當，今從朱傳。

考燕樂之詩，有敘燕飲者，有不敘燕飲者。其敘者甚簡，亦必有一二語，無止見一『燕』字如此詩者。且細繹『孔燕豈弟』四字，文義殊難聯屬，況『燕』本訓安，似不如仍用『安』字義爲長。『龍光』，先儒並解作寵光。按：建侯取象於震，而繫曰「震爲龍」。此則爲龍，諸侯辭也。白虎通謂三公九卿取象於天日月星之三光，則爲光亦諸侯辭也。此西河毛氏之説，義有根據，似無容改經字而從傳説也。或又疑第三章『宜兄宜弟』一語，似與前後不倫。予曰，不倫之疑，率由誤解『龍光』二字礙之耳。蓋首章之燕笑譽處，初見相喜慰之詞。次章美其德之能齊其家，故曰『宜兄宜弟』。末章美其鞗革和鸞，則極寫其德充之符，猶之趨中采齊，行中肆夏者是也。於是以『萬福攸同』祝之，義斯備而辭亦終矣。

『鞗革』，何楷曰：『從絲曰轡，從革曰鞗，鞗即轡之别名，革乃轡首之垂者。』

湛露二則

春秋傳：『甯武子曰：「昔諸侯朝正於王，王宴樂之，於是乎賦湛露。則天子當陽，諸侯用命也。」』或曰：『陽，日也。』天子當日，諸侯當露。

『其桐其椅』，兩『其』字蒙上『在彼』來，不言露而露在其中，猶云其在於桐、其在於椅也，與次句『其』字異。『離離』，有俯而不仰之象，所謂令儀也；有繁而不亂之象，所謂莫不令儀也。上章言德，醉則恐困，故興以不撓之木。此章言儀，醉則恐肆，故興以下垂之實。

彤弓一則

彤弓之賜，見於經傳者二：尚書文侯之命、春秋傳城濮獻俘之役也，皆賜弓矢，然後專征伐。本王制文，然與詩意稍隔。孔叢子：『孔子曰：「於彤弓，見有功之必報也。」』序以爲『天子錫有功諸侯』者，得之。

菁菁者莪四則

詩義折中疏：首章曰：『此天子視學而燕師儒也。「菁菁之莪，在彼中阿」，以比凡民之秀來自田間也。君子教人者也，既見君子，而後知其教人也循循善誘，使樂之而不爲苦，且教之以禮，使日用動静之間皆有威儀，既興起其善心，又有所持，循以進於善，則其德日長而至於成，如莪之菁菁然盛也。』二章曰：『莪在沚中，資其灌溉，以比士在泮宫，受其教澤也。君子之教人也，樂且有儀如此。故天子見而喜之，喜其能爲國家長育人材也。』三章曰：『莪出沚而在陵，以比選造之士進而在位也。君子之善教如此，則國家收得人之效。

故天子喜之，以爲所以錫我者，不啻百朋之多矣。』四章曰：『汎汎無人操之也。舟無人操則浮沉莫定，以比國無人治則安危未可知也。既見君子而收得人之效，則國家可以久安長治，如楊舟之有浮而無沉矣。故天子之心喜而休焉，所謂勞於賢而逸於得人也。』臣鳳恭録。

序：『樂育材也。』按，春秋傳：『晉侯饗公，賦菁菁者莪。莊叔以公降拜曰：「小國受命於大國，敢不慎儀？君貺之以大禮，何樂如之？」』朱子以爲燕飲賓客之詩，想本此。然白鹿洞賦云：『樂菁莪之長育。』則又主序説矣。陳氏鵬飛曰：『小雅二十二詩，皆因其事而歌之也。菁菁者莪之詩則宜何歌？其天子行禮於學校，燕飲而歌之與？』其説良然。

爾雅：『莪，蘿。』註：『今莪蒿也，亦曰廩蒿。』按，草木疏：『莪，蒿也，一名蘿蒿，生澤田漸洳之處，葉似邪蒿而細科，生三月中，莖可生食，又可蒸，香美，味頗似蔞蒿。』本草：『藁蒿生高岡，子黑色，七八月採。』合參諸説，則澤田高岡俱有莪矣。故詩曰『中阿』『中陵』，又曰『中沚』也。

『錫我百朋』，鄭箋：『古者貨貝，五貝爲朋。』疏：『五貝者，漢書食貨志以爲大貝、牡貝、幺貝、小貝、不成貝爲五也。言爲朋者，爲小貝以上四種，各二貝爲一朋；而不成者，爲不朋。』按：箋言五貝謂五等之貝，疏言二貝爲一朋，謂每等中自爲朋。朋，兩貝也。

校記

〔一〕周易稱易　當作『周易稱周』。

〔二〕此則見论语子罕：『唐棣之華，偏其反而。豈不爾思？室是遠爾。』子曰：『未之思也，夫何遠之有？』

〔三〕數問金餘幾所　漢書疏廣傳作『數問其家金餘幾所』。　註　指漢書顏師古註。

詩學女爲卷十七

小雅

六月五則

『鎬』，鎬京也。劉向指爲『千里之鎬』者，止緣詩云『侵鎬及方，至於涇陽』，謂必由鎬而方而涇陽，則鎬必在方與涇陽之外。詩又云『來歸自鎬』，歸者歸於鎬京，則『自鎬』之『鎬』，必北方地之同名者，故爲是臆度之説耳。鄭氏康成又誤以是篇爲宣王燕吉甫之詩，曲就劉説而爲之辭，卒亦鮮有確據。今歷考地志，焦穫去鎬在百里之内，涇陽距鎬且七百餘里，使如諸家之解，詞義難通。

愚謂，詩云『整居焦穫』及『侵鎬』者，著玁狁之本謀耳。蓋玁狁志在整兵，盤據焦穫以侵鎬京，故詩譏其不自量度，所謂『玁狁匪茹』者也。乃未幾而及於方矣，且至于涇陽矣，則駸駸乎有侵鎬之勢，所謂『孔熾』『用急』者也。其曰『來歸自鎬』者，言吉甫既受祉於天子，自鎬京歸其采邑，而燕樂其友朋也。左傳：『王子朝入於尹。』杜註：『尹氏邑，今山西汾州府平遥縣有尹吉甫墓，即其地。』雖未可即此爲據，而吉甫之必有采邑則不煩左證而知，又何疑於『來歸』之説乎？無疑於『來歸』之説，又何疑於『侵鎬』之説乎？如必以『鎬』爲『千里之鎬』，則吉甫何以僅至太原而不至鎬？如云太原在鎬之外，故舉遠以該近，則下當云歸自太原，何以又没其遠略之勞而第曰來歸自鎬？如謂來歸自鎬而天子燕勞之，何得並及吉甫之友而燕之而歌之乎？此皆劉鄭之説之必不可通者也。蓋是詩誠如朱子所云『詩人序其事以美之』云爾。前五章序其薄伐之功，是吉甫武之足以爲憲也。末章序其飲御，盡孝友之友，是吉甫文之足以爲憲也。『來歸』二語，則補敘天子飲至之事，以起下文，而公私燕喜之禮咸具矣。其所以不入正雅者，以非天子之詩而出於僚友所作，故入變雅，非有所貶也。至於天子燕勞之詩，疑即采薇、出車、杕杜三篇。當宣王中興之始，爲南仲北伐而作，其後遺勞即通用之。則采薇諸詩作於宣王之三年，是詩作於宣王之五年，竹書紀年有可考而據也。

『戎車』，周禮：『巾車掌王之五輅，革輅以即戎。車僕掌戎輅之倅、廣輅之倅、闕車之倅、屏車之倅、輕車之倅。』註云：『此五者，皆兵車所設五戎也。戎輅，王在車所乘。廣車，横陣之車。闕車，所用補闕之車也。屏車，所用對敵自隱蔽之車也。輕車，所用馳敵致師之車也。』『常服』，左傳謂之均服。嚴華谷云：『臨戰乃服，未戰在道時載之於車也。』

『焦穫』，爾雅『十藪』之一，在今西安府涇陽縣西北仲山西。史記『犬戎殺幽王，取周之焦穫』，即其地。後謂之瓠口方，即出車篇『往城于方』之方。涇陽在今平涼府西南涇水之北也。

『太原』，日知録：『毛鄭皆不詳其地，其以爲今太原陽曲縣者，始於朱子，而愚未敢信也。古之言『大原』者多矣，若此詩，必先求涇陽所在，而後『大原』可得而明也。漢書地理志〔一〕：「安定郡有涇陽縣。」後漢書註：「涇陽屬安定，在原州。」郡縣志：「原州平涼縣，本漢涇陽縣地，今縣西四十里涇陽故城是也。」然則大原當即今之平涼，而後魏立爲原州，亦取古大原之名爾。計周人之禦玁狁，必在涇原之間。若晉陽之大原，在大河之東，距周京千五百里，豈有寇從西來，兵乃東出者乎？』禹貢錐指：『小爾雅云「高平謂之大原」，則大原當在州界，非平涼縣。縣乃古涇陽，在固原之東。玁狁侵涇陽而薄伐之，以至于大原，蓋自平涼逐之出塞，至固原而止，不窮追也。』按：尚書「既修大原」，晉地也。

見春秋傳者曰大鹵、大夏、夏虚、晉陽，皆其異名，與周地甚遠。顧氏之論詳矣。然其説以大原爲今平涼縣，而胡氏則以平陽爲涇陽，以大原爲在州界，是大原乃涇陽西界，在今涇陽故城之外。玁狁從西來，由大原而抵涇陽，周師追之。盡大原之界而止，毛傳所謂逐而出之也。其云高平、固原，皆指大原，沿革之名異耳。或曰毛傳不詳其地，而穀梁氏以『中國』釋之。長卿上林賦：『布濩閎澤，延蔓大原。』嗣宗東平賦：『長風振厲，蕭條大原。』似不必以地名專屬。果爾，則詩云『至于』果何指乎？故録顧胡二説，以著窮經者之尚考核焉。

『飲御諸友』，『御』當訓迓，吉甫欲燕諸友而迓之也。益知自鎬歸後，非天子燕甫之文。不然，既曰『燕喜』，復曰『飲御』，毋乃重出乎？

采芑四則

此詩疑亦僚友所作。陳鵬飛曰：『六月之辭迫，采芑之辭緩。六月以討而定，采芑以威而服也。』

地里志：『右扶風縣岐山西北中水鄉，周大王所邑。』據此，鄉之以『中』名者，其地美，故箋以中鄉爲美地名。

『鉦』，説文：『鐃也。似鈴，柄中上下通。』又云：『鐲也。』按，周禮：『鼓人以金鐲節鼓，以金鐃止鼓。』註：『鐲，鉦也。形如小鐘，軍行鳴之，以爲鼓節。鐃如鈴，無舌，有秉，執而鳴之，以止擊鼓。』據此，則鐲、鐃皆名鉦也。

荆州之地，本禹貢所分，其建國如漢陽諸姬江、黄、道、柏之屬，非皆蠻也。今云蠻荆，是以蠻概一州矣。故後漢書引詩作『荆蠻來威』，『荆蠻』猶言荆舒。

車攻四則

詩義折中云：『自夷王下堂，諸侯張矣。繼以厲王之亂，玁狁内侵，蠻荆外叛，諸侯之心，向背不一，征之則不可勝征也。故因東都會同，諸侯咸集，而選車徒以行狩，使知天子神武。克詰戎兵，則順者益致其恭，逆者潛移其志，觀兵乃所以止兵也。此蓋吉甫、方叔之流「克壯其猶」，而宣王用之，故不動聲色而國勢以振。可以想見中興之規模矣。』臣鳳恭録。

『駕言徂東』，東，東都也。尚書：『周公初基，作新大邑於東國洛。』逸周書：『周公將致政，乃作大邑成周於土中，城方七百二十丈，郛方七百里，南繫於洛水，北因於郟山，以爲天下之大湊。制郊甸，六百里。國西土，爲方千里。』其地即今河南府禹貢豫州之域也。『東有甫草』，鄭箋訓『甫田』，本爾雅十藪文。郭璞云：『今滎陽中牟縣西圃田澤是也。』中牟，今屬開封府。一統志：『縣西北七里，其澤東西五十里，南北二十六里，西限長城，東極官渡，高者可耕，窪者成匯。今爲澤者八，若東澤、西澤之類，其實一圃田澤耳。』『甫』，韓詩作『圃』，後漢書、水經註引並同。朱傳：『宣王之時，未有鄭圃，圃田在東都畿内，故往田也。』

『敖』，山名。水經：『濟水東徑敖山北。』註：『山上有城，殷仲丁所遷，秦置倉於其中，亦曰敖倉城。』呂伯恭云：『晉師救鄭，在敖鄗之間。士季設七覆於敖前。則敖山之下，平曠可以屯兵，翳薈可以設伏是也。』『搏獸』之『搏』，後漢書、水經註並引作『薄』。文選註云：『徒手曰搏。』今建旐設旄而往，其非徒手可知。疑毛詩本作『薄』字耳。『薄』音『博』，迫也。

『射夫既同』，箋云：『已射，同復將射之位也。』其解於『助我舉柴』句義較相屬。第下章方言射獵正文，而此已言射畢，殊未順； 則『既同』宜云既同於將射之位，非已射同復將射之位也。『助我舉柴』作先事致辭於射者語解，似爲得之。

吉日四則

車攻、吉日，皆美宣王之詩也。宣王所以能成中興之業者，即此可以覘其雄略。然而武功是尚，文德衰焉。卒至佳兵不戢，料民大原，其幾亦已兆矣。

『漆沮』有二，詩凡三見。大雅『自土沮漆』，周頌『猗與漆沮』。在鳳翔府扶風縣，此『漆沮』即禹貢『導渭』所云『東過漆沮』者是也。沮水出北地，直路子午嶺。其地在今鄜州中部縣，西北經宜君及耀州之同官縣，抵富平石川河而入渭。漆水，一源於雲陽之大黑泉。其地即今邠州淳化縣，此酈道元所云『濁水』也。東徑太上陵南，北屈與沮水合。一源於同官縣東北五十里北高山。有大潭水湧出，三面皆青石如壁立，流出東壑，土人謂之漆潭，以其地多漆水而名也。西南流至耀州南，與沮水合。是漆水有二，皆合於沮，同流至富平而入於渭。自秦開鄭白二渠，始由渠而入洛水，非禹貢之故道也。孔氏書傳合漆沮與洛爲一，據漢時見在而言，後人踵之，誤矣。『漆』，本作『桼』，古『桼』字。

『漆沮之從，天子之所從』，即『漆沮既從』之『從』。蓋富平地也，猶云漆沮從渭之處，天子田獵之所耳。其後唐武德五年，猶校獵於其地焉。

『悉率左右』，詩學云：『田獵之法，限作圍場，南開一門。天子六軍分爲左右，屬左者之左門，屬右者之右門，不得越離步伍也。』毛鄭訓禽之左右，非。

鴻雁二則

鴻雁，流民感上之能安集己也。詩中『之子』及『哲人』皆指使臣。朱傳以『之子』爲流民相謂，而『哲人』爲泛言，非也。『肅肅其羽』者，尚未得中澤之集，所云『劬勞于野』也，得之子之徧及矜人，更哀鰥寡，而後劬勞者乃得安宅焉。詩之詞義甚明，毛鄭乃以『劬勞于野』指使臣，以『雖則劬勞』指流民，文義違反矣。前二章敘所感也。末章則猶若有後望焉。蓋居則已安，食或未飽，其哀鳴恐未已也。然此惟哲人乃謂我劬勞耳，若愚人則將謂我宣驕矣。跌宕出之，其情如訴，其聲如聞矣。

『爰及矜人，哀此鰥寡』，『矜人』，可憐之人，『鰥寡』則甚焉者也。孟子：『老而無妻曰鰥，老而無夫曰寡。』『鰥』，韓詩外傳引作『矜』，孝經註云：『男子六十無妻曰鰥。』白虎通：『鰥鰥無所親也，寡則無妻無夫者通謂之。』故毛傳云：『偏喪曰寡。』左傳：『崔杼生成及彊而寡。』小爾雅：『寡夫曰煢；寡婦曰嫠。』

庭燎一則

序：『美宣王也。因以箴之。』按，列女傳：『宣王常早臥晏起。姜后脱簪珥，待罪永巷，使傅母通言於王。王因勤於政事，蚤朝晏罷，卒成中興之名。』此詩之作，其前此者乎？執事者陳列以時，入朝者先時而至。宣王，英主也，足以令之，故美之也，然言夜，則由未英而至及晨〔二〕；言庭燎，則由有光而至有煇；言君子之至，則由始問而至已見，而王猶不聞視朝也。故曰因以箴之。且又安知此詩之非姜后作以貽王者乎？故説是詩者，當以序説爲據。或曰：周正建子，夜半爲朔，朝會必以子時，詩言鄉晨爲箴。愚謂，詩人敘一事，未有不及所敘之事者。如美征伐則敘征伐，美田獵則敘田獵。此詩敘王視朝而不及視朝，婉而多諷，箴君之體也。不然，辨色而入禮則有之，又何疑焉？

沔水二則

沔水，序以爲規宣王也。顧詩明言『我友』，則非規宣王而規其友之詩耳。歷考諸儒之説，於本詩辭義率多牽就不可通。愚謂，善會篇末二語而不泥『朝宗』之解，則其義得矣。其曰『沔彼流水，朝宗于海』，非言諸侯也。禹貢曰：『江漢，朝宗于海』，錯舉江漢，概四瀆也。水惟江、淮、河、漢四水獨流入海，故曰四瀆。『瀆』，獨也。秩視諸侯，故以諸侯之朝宗言之。其諸羣流無能自達於海者，今乃以細流而亦曰『朝宗于海』，抗四瀆之尊矣，喻讒人之得君也。既得於君，其勢益張，故次章即繼之曰『其流湯湯』也。左傳季文子曰：『見無禮於其君，曰如鷹鸇之逐鳥雀也。』則隼亦其類，當以搏擊爲事。今乃『載飛載止』『載飛載揚』，甚且『率彼中陵』，自安棲息而已。是見鳥雀而不逐也，喻友之居高位而不能去讒者也。於是首章則以父母動之，以不知憂君國者或猶知念父母也，然猶合兄弟邦人諸友而統言之。卒章則直呼其人而告之，若曰爾其敬爾職乎？讒言之興，行且及爾矣。不夫不念君國之禍，不顧父母之憂，不敬之大者也。而安於不敬者，亦計圖容身肥家耳。不知讒且及身，身亦卒不可保。是又動以切膚之災，不啻垂涕泣而道之矣。故章末二語爲作詩本旨，一揭出便戛然而止。詩人固已金針度與矣，而惜乎讀者之不能以意逆也。

周本紀『宣王之時，童女謡曰：「檿弧箕服，實亡周國」』，即訛言也。『訛』或作『譌』。

鶴鳴四則

序：『誨宣王也。』鄭箋：『教宣王求賢人之未仕者。』按：是詩朱傳説理極精，然篇次沔水之後。沔水志在去讒，此詩志在用賢，其義實相表裏。故從舊説。

鳴皋、聞野，身隱而名著也。在淵、在渚，喻賢者世亂則隱，治平則出也。樹檀下籜，喻朝廷之上賢而下小人也。他山，喻異國。『他山之石，可以爲錯』，舉賢用滯，則可以治國也。此毛鄭之説也。予謂，易稱『同聲相應，同氣相求』，彼園樹檀而下籜，則賢者樂之，故潛淵者而或在渚，所謂有道則見也。次章云『魚潛在渚，或在于淵』，則所謂無道則隱也。出處之際，間不容髮，求賢者不可不謹也。

『九皋』，毛傳：『澤也。』韓詩説云：『九折之澤。』楚辭註：『澤曲曰皋。』文選註：『水田爲皋。』蓋謂水涯地也。或曰，即禹貢九澤。大概舉多澤言之，如九川、九淵之類。或曰，『皋』本作『臯』，即古『澤』字。説文：『大白澤也。』蓋傳寫之誤。

『穀』，從木，非從禾。説文謂之楮，毛傳謂之惡本，或謂之穀桑，亦謂之班穀，易生，實赤，如楊梅，無核，其皮可爲布。又擣爲紙，謂之穀皮紙。

祈父一則

序：『刺宣王也。』王伯厚云：『按，通鑑外紀：宣王三十二年，伐太原戎，不克；三十八年，王伐條戎、奔戎，王師敗績；三十九年，戰於千畝，王師敗績於姜氏之戎；四十一年，王征申戎，破之。「轉予于恤」，蓋謂此四役也。』戴氏震曰：『「轉」之爲言，有遷轉不已之意。凡軍士皆王之爪牙也，不宜使爪牙困敝，何使之轉于憂恤中，無復安居之望乎？詩作於役久困敝，非謂不應從征也。』其説得之。

白駒三則

白駒，送歸隱之詩也。首、次二章敘其欲友之來，别而暫留之，所謂伊人未來而憶之之詞也。三章曰『賁然來思』，敘其來也。來而壯其歸隱之樂，則反言以盡其義、堅其欲去之志，則深勖之，以圖其終言别之正文也。末章豫道其去後之辭。賢者既去，白駒亦與之俱在空谷矣。乃觸目增感，即事懷人，覩秣馬之生芻，念其人之如玉，悵會面之無期，幸故人之存問也。安溪李氏以此詩爲賢者將隱，别於其友，而其友贈之之辭，説固允矣。舊説指爲諷刺，其意亦於言外見之。

『爾公爾侯，逸豫無期。慎爾優游，勉爾遁思』四語，諸解多未當。四詩表傳云：『以爾爲公，則夙夜在公；以爾爲侯，則謹爾侯度。勞于王事，逸無期矣；職思其居，豫無期矣。何以怡然處順？慎哉！爾之優游，確乎不拔。勉哉！爾之遁思乎。蓋爲國家計，則深惜賢者之去；爲賢者計，則又深體其情之不容不去也。』詩所云：『相與壯其行也。言不必以下位爲恨，設或以爾爲公、爲侯，則所苦有大焉者，而逸豫不可期矣。故有勸爾以優游遲留者，不可不慎，而勉決以遁去可也。』二説得之。

『藿』，儀禮：『鉶芼牛藿。』註：『豆葉也。』説文：『尗之少也。』

黄鳥三則

此詩或以爲與前篇皆共伯歸國而作，然無可考。今據篇次推之，當在宣王之末。沔水刺用讒，觀祈父則讒不能去也；鶴鳴誨求賢，觀白駒則賢且遠引也，甚至民不自存，來者思歸，而宣王之詩終矣。序以祈父三詩皆刺宣之作，其説固未可廢。

每章首三句皆述邦人之言。『黄鳥』，詩人自喻。『我者』，此邦之人自謂。『無集』『無啄』云者，所謂不我肯穀也。『穀』，善也。言不與我相善也。『明』，爾雅亦訓『成』。不可與明言，不足與有成也。

說文：『粟，穀實也。粟之爲言續也。』爾雅翼：『古不以粟爲穀之名，但米之有孚殼者皆稱粟，今人以穀之最細而圓者爲粟。』則粱是其類。

我行其野三則

詩義折中：『我行其野，申侯怨幽王也。周與申世爲昏姻，宣王后，申伯之女也，有令德，嘗諫王之晏起。申侯者，申伯之子也，其女爲幽王后。幽王初立，申侯以申后之故留京師，以翼王室。所謂「昏姻之故，言就爾居」也。幽王三年，見褒氏而嬖之，生伯服，遂欲廢申后及太子宜臼，所謂「不思舊姻，求爾新特」也。「爾不我畜」，王令申侯歸也，爲廢后計也。「言歸思復」，申侯自欲歸也，爲救宜臼計也。幽王五年，廢申后而立褒氏，宜臼奔申。十年，求宜臼於申，欲殺之，申侯不與。此言歸思，復之本謀也。犬戎因是入寇，而西周亡矣。溯亂所自起，始於舍舊而圖新；原亂所從生，由於重色而輕德。關雎好德，周以之興；行野漁色，周以之滅。衽席之上，好惡一辟，而禍遂至於不救，可不慎哉！」臣鳳恭録。

『樗』，莊子所謂『大枝擁腫不中繩木，小枝卷曲不中規矩』者，惡木也。惡木而蔽芾然成陰，喻新特也。『蓫』，爾雅無文，鄭訓『牛蘈』而釋草云『藬，牛蘈』，則『蓫』即『蘈』也。考諸説之訓『牛蘈』者，莊子則謂之羊奚，陸璣、張揖則謂之羊蹄。『羊蹄』者，一名秃菜。陶隱居引詩作『蓄』，而以『秃』爲『蓄』，音之譌也。圖經云：『生下濕地，春生，苗頗似萵苣而色深，莖節間紫赤，花青白，成穗子，三稜，若茺蔚，夏中即枯，根似牛蒡而堅實是也。』『葍』，爾雅謂之葍，亦謂之藑茅。花葉有兩種：葉大而花白者爲葍，葉細而花赤者爲藑茅。蓫、葍皆惡菜，采蓫、葍喻求新特，所謂亦祇以異也。不我蓄以不思舊姻之故，不思舊姻以求新特之故，求新特以異之故。夫豈果異？亦厭故喜新者見爲然耳。

首章云『居』，久居也。次章云『宿』，暫宿也。至宿且不可，其恩彌薄矣。

斯干三則

斯干，刺幽王嬖褒氏、寵伯服也。考室以喻祖宗創業之盛，而妖夢則寓龍漦化黿之事，皆爲寓言，故首章特揭兄弟式好無尤一語，蓋已知伯服、宜臼之不能並立矣。淮南子云：『熊羆之動以攫搏。』晉語云：『爲虺弗摧，爲蛇將若何？』此皆至猛且毒之物，非驅而放之，必將盡殺乃止者，而顧真以爲祥乎？男謂伯服而曰宜君、宜王，逆知之也。女謂褒姒而曰『無非無儀』，反言之也。褒姒雖非王所生，而實此宫中童妾之所生；則考此室而乃生男子、女子於此室者如此，室其不可保矣！嗚呼！面河負山，丕基永固。姒續妣祖，先靈式憑。約椓勞矣，經營密矣。風雨除而外患不興，鳥鼠去而内難不作。庶幾後之君子，其毋忘此攸芋之義而不以自小乎？毋忘此攸躋之義而不以自蔽乎？毋忘此攸寧之義而不以自危乎？顧乃溺情莞簟，胎禍寢興，猶憒憒如夢，不知熊羆虺蛇之能殺人而且以爲祥也！何異夢中占夢者，顛倒沉迷而卒莫之醒也，豈不哀哉！

『如跂斯翼』，毛傳云：『如人之跂竦翼爾。』按：『如跂』，狀其上聳之勢；『斯翼』，又狀其如跂之勢。若以翼爲鳥翼，則與下『革』字複；以翼爲敬語，亦不倫。『如鳥斯革』，毛傳云：『革翼也。』

『莞』，爾雅謂之苻離，或謂之白蒲，或謂之莞蒲。『簟』，説文：『竹席也。』方言：『宋魏謂之笙，或謂之籧曲。關西謂之簟，或謂之菥。其麤者謂之籧除，關東謂之篕掞。』

無羊三則

無羊疑亦刺幽王詩。左傳：『隨季良云：「聖主先成民而後致力於神。故奉牲以告曰『博碩肥腯』，謂民力之普存也，謂其畜之碩大蕃滋也，謂其不疾瘯蠡也，謂其備腯咸有也。於是民和而神降之福。」』幽王則二年增賦，五年作宮，民生凋敝而畜牧蕃盛，異於季良所云矣。故詩人疾而歌之，若曰，爾則無民矣，誰謂爾無羊，誰謂爾無牛也？於是，極寫牛羊之各得其所而繼之以夢，且繼之以占夢，所謂『實維豐年』『室家溱溱』者，虛境幻想耳。民曾牛羊之不若矣，長歌之悲甚於痛哭者，此也。舊説皮相，或恐未然。

爾雅：『黑脣犉。』又云：『牛七尺爲犉。』按：爾雅釋『犉』有二義，註皆引此詩，今兩存之。『七尺爲犉』，郭云：『亦見尸子。』

『以薪以蒸，以雌以雄』，言芻牧孕字之得其時也。禽言牝牡，獸言雌雄，古多互稱。『麾之以肱，畢來既升』，兼牛羊言之。上文專言羊者，新經義云：『羊喜耗敗故也。言羊不耗敗，牛可知矣。』

校記

〔一〕地里志　當作『地理志』。下同。

〔二〕未英　當作『未央』。

詩學女爲卷十八

小雅

節南山三則

序以爲刺幽王，朱子以後多疑之。而安溪詩所遂以『國既卒斬』爲東遷以後語，非也。史記載幽二年，三川震竭，岐山崩。唐書志載幽六年，十月辛卯朔日食；而正月之詩亦云『赫赫宗周，褒氏滅之』：豈二書均不足信乎？戴氏震曰：『節南山、正月、十月之交、雨無正，序皆以爲刺幽，據日食爲幽六年，而其辭有似西周已亡者，蓋猶祖伊之言「天既訖我殷命，殷之即喪」云爾。』其說可以翌序而正諸說之誤。

孔疏：『春秋桓十五年：「天王使家父來求車」，上距幽王之卒七十五年。古人以

『父』爲字，或累世同之。宋有孔父，其父正考父，其子木金父是也。雲漢序云：「仍叔。桓五年，仍叔之子來聘。」春秋時，趙氏世稱孟，智氏世稱伯，仍氏或以世字叔也。』按：孔說甚明，朱子云不知其人之同異，殊不可解。

『有實其猗』，詩所：『「猗」，倚也。「實」，或恐「石」字之誤。「巖巖」，興其位之尊，「倚」，興其心之偏也。』

正月二則

『謂山蓋卑，爲岡爲陵』，喻訛言雖小而爲害至大也。故老者民之望也，召而用之，則訛言可息。乃所訊者不過占夢而已，深慨之也。

『今茲之正，胡然厲矣。』鄭箋訓『正』爲長，非是，當從朱傳。錢氏澄曰：『正，正月也。厲，謂繁霜也。』存參。

十月之交六則

鄭譜以十月以下四詩屬厲王，先儒已詳辨之。或又疑爲東遷以後詩。愚謂，詩不可據，而日食固可據也。厲平之世無十月辛卯朔日食之事，事在幽王六年。而國語、史記、竹書紀年載山崩川竭，天時之變及皇父作都，俱與詩詞相合，其爲幽王詩無疑。且此時尚未東遷，皇父早見及此，將避位而營私窟。故詩一則曰：『不慭遺一老，俾守我王』，再則曰『我不敢傚我友自逸』，如已東遷，則都向又焉足責乎？

『十月』，鄭箋：『周之十月，夏之八月。』其説甚明，朱傳以爲夏正，非也。以步算之法上推，幽王六年乙丑建酉之月，辛卯朔，辰時日食。而竹書紀年載幽王四年夏六月隕霜，六年冬十月辛卯朔，日有食之，皆謂周正。朱子於正月之詩，既據周正爲正陽之月，而此獨以爲夏正，豈二詩紀時各異乎？

日食之説，古註詳矣。近戴氏震特多所發明，足補前人所未發，兹備録之。其言曰：『交者，月道交於黄道也。月以黄道爲中，其南至，則在黄道南不滿六度；其北至，則在黄道北不滿六度。其自北而南、自南而北，斜穿黄道而過，是爲交。交乃有食。凡日食，月揜日也。日左旋一周而成晝夜，當準之爲中數。月左旋遲於日，一晝夜平行，不及日十二度有奇。漸差至十四日，不啻四分日之三，是爲望。距半周天，望之，半爲弦。上弦月在日東，下弦月在日西，皆相距天周四之一，二十九日半有奇，於天適不及一周。恒星左旋速於日，一晝夜幾過一度，則月不及恒星十三度有奇，二十七日三時，不啻四分時之三，而於恒星一周，蓋恒星過而月不及。其不及日，即爲晝夜不及周天之數。若併恒星之過爲不及天周，不幾一晝夜而增天周一度乎？太白、辰星之平行不及亦然。辨於其理，然後立法不惑。月在日之下，人又在月之下，三者相準，則有日食。故日食恒在朔日。月正相對而地在中央，三者相準，則有月食。故月食恒在望。月食由於地影，其理前人未知也。日食則主於人目。蓋月卑日高，相去尚遠，人自地視之，其食分之淺深及虧復之時刻，隨南北東西而移，故視會與實會不同。前人之爲術疏，有當食不食、不當食而食之説，占家之妄也。然則日月之行有常度，終古不變，而聖人以爲天變而畏，何也？曰：日月之主乎明者，常也；其有所掩之者，則爲變也。君道比於日，故以日引喻尤切。宜常明，而不宜有蔽者也。聖人恐懼修省無時。不然，所謂日食修德、月食修刑，又其次矣。古人鑑白圭之玷而慎言，豈以玉之玷爲災異乎？此詩借日食以警王，欲王自知其掩蔽耳。知其爲一時所掩蔽而醜之，則修德而復乎常明之體矣。』

詩以日月並言，當時日食或適與月食相近。歷法：『日食前後兩望，月必當食。』詩云『彼月』，其在九月望乎？

竹書紀年：『幽王二年，涇、渭、洛竭，岐山崩。三年冬，大震雷。』史記『三川震竭，岐山崩』，亦在二年。此皆已事，詩人合天地之災異而類及之耳，以下則專言人事。

『向』有三：一在山東莒州南七十二里。寰宇記以爲即春秋時故向城，此莒人入向之向也。一在河南開封府尉氏縣西南五十里。左傳：『襄十一年，諸侯伐鄭，會於北林，師於向。』杜預曰：『向城在長社東北。』又十四年，『晉及諸侯會吴於向』，即此。一在東都畿内。左傳桓王與鄭十二邑，向在其中。竹書紀年：『魏襄王四年，鄭使韓辰歸晉陽及向。二月，城陽向，更名陽爲河雍、向爲高平。』括地志：『高平故城在河陽縣西北四十里，今河南懷慶府濟源縣西南有向城，即此。』詩所云：『向也，路史以爲在沛國龍亢，誤。』

雨無正一則

『王都』，鎬京也。遷於王都，望去國者歸鎬京也。昔者厲王之民，有盡室以去者，宣王勞來還定安集之，鴻雁之詩所由作也。民之去幽，猶之去厲矣。皇父作都，三有事之，有藏者去矣，庶民之有車馬者去矣。内而正大夫，外而邦君、諸侯，無肯念亂而留守者，詩人猶冀其復還，故一再言之。予未有室家者，西都故居皆已殘滅，故援此以自謝也。『昔爾出居』云者，責以反國之不如去國也。能如去國時之自爲營宅，則亦何室家之未有乎！讀詩之卒章，文義自明。而宋儒有疑爲東遷後詩者。西河毛氏以『遷』爲遷易，無還歸之義，遂主其說。夫謂爲遷洛，則其初固未嘗遷也；未嘗遷而又何以云『昔爾出居』乎？繹『出居』之語，則知遷之義矣；知遷之義，則知詩之非東周矣。

小旻一則

此詩似答前篇之意。前居者責去者，此則去者之辭也。前四章言上聽謀之不明，後二章有危邦不入、亂邦不居之意。其言『國雖靡止，或聖或否』者，言國未嘗無人，即民之中亦有『哲』『謀』『肅』『艾』者，所謂『聖』也。使不知全身遠害而『淪胥以敗』，其何以異於『暴虎』『馮河』者乎？朱傳據洪範五事，似不如詩所之說爲長。曰：『此兩章懼善類之及於害也。政之亂、國之無人既若此矣，然猶有聖賢之徒在焉，異日有用之者，則政興矣。當此讒賊之世，懼其如涉亂流而胥淪以盡也。君子處此，有憂世之心而不敢輕爲犯患之事。人知其避禍以全身耳，不知其爲國家計者遠也。後世如東漢之末，其君子可謂暴虎馮河、死而無悔者矣，身之既燼而國從之，故郭泰有殄瘁之傷，董卓、曹操無顧忌之意。易曰「碩果不食」，又曰「拔茅茹以其彙，貞、吉、亨」。而夫子贊之曰：「民所載也，志在君也。」嗚呼！知此義者，則知小旻、小宛「戰戰兢兢」之心；大雅「既明且哲，以保其身」之道矣。』

小宛四則

此詩或以爲文王詩，或以爲刺厲王，或以爲刺幽王，皆不能必其然否。朱子不主風刺，以爲兄弟相戒免禍之詩。按：詩辭如『天命不又』等語，似非大夫泛然之作。列女傳云：『幽王惑於褒姒，出入同輦；飲酒沉湎，倡優在前，以夜繼晝。』此詩似於刺幽爲近。史記：『幽王竟廢申后及太子，以褒姒爲后，伯服爲太子。』詩言『題彼脊令』，爲伯服言之。亦可以下篇小弁例觀。或亦太子之傳作與？小宛一名鳴鳩，見子貢詩傳；一名鳩飛，見國語。

『壹醉日富』，酒誥所謂『彝酒』，彝酒者，常酒也。常酒則天子失天下，匹夫失其身。序言刺幽，與賓筵刺時同意。飲之禮不脱屨，而即序者謂之禮；跣而上堂者謂之宴；能飲者飲、不能飲者已謂之謳；齊顔色、均衆寡謂之沉；閉門不出客謂之湎。故君子可以宴、可以謳，不可以沉、不可以湎。此之謂温克。

『無忝爾所生』與『念昔先人』『有懷二人』同義。毛傳：『先人，文武也。』『握粟出卜』，朱傳『言握粟，以見貧窶之甚』，非是。日知録：『古時用錢未廣，詩書皆無泉貨之文。而問卜亦用粟，漢初猶然。史記日者傳：「卜而有不靈，不見奪糈。」』

小弁五則

趙岐註孟子：『伯奇仁人而父虐之，故作小弁之詩。』王充論衡：『伯奇放流，首髮早白。』予謂吉甫即惑於後妻，視衛七子之母，其過當有差焉。而孟子乃以爲親之過大，曾不得以凱風例，何也？且篇中明云『周道』『茂草』，其爲太子詩無疑。朱傳：『宜臼作此自怨。序以爲太子之傅作，不知何據。』嚴虞惇曰：『朱子註孟子亦云「宜臼之傅作此詩」，何以註詩獨不主序説？蓋惡序之過而忘其説之自相矛盾也。』

『弁』，據集韻，音盤，與『般』同，樂也。當從毛訓『樂』。朱傳『飛拊翼貌』，此據前漢書『吏皆股弁』註云『撫手』之義也。毛西河云『急疾』，此據禮記『弁行』之義也。然此詩篇題本名小弁，音盤，而如二説，則俱音『卞』矣，且與下句『歸飛提提』亦相左。

爾雅：『鸒斯鵯鶋。』註：『鵯，烏也，小而多羣，腹下白。』揚子法言、鄭氏通志及他書引者皆作『鸒斯』，孔氏以『斯』爲語詞，朱子因之，誤矣。

『鳴呞嘒嘒』，喻讒言多也。『萑葦淠淠』，喻小人衆也。

鹿愛其類，欲食則鳴相召，故伎伎然如有所待也。雉雊求雌，見匹配之重也。五章蓋謂廢后及太子事。

巧言二則

『奕奕寢廟，君子作之。秩秩大猷，聖人莫之』，言惟君子、聖人乃能之耳。今既非其人，則亦何足算哉？即末章『無拳無勇』之意也。『他人有心，予忖度之。躍躍毚兔，遇犬獲之』，言其中之淺陋，肺肝如見。欲去其人，如犬之獲兔，又甚易易，即『君子如怒』『君子如祉』之意也。

朱傳以『柔木』爲可用，以『碩言』爲善言，非是。詩所：『荏苒柔木，以興善柔便佞者也。君子惡强梗正直者，而惟柔木之樹，故心數其所出入告君者，亦能蛇蛇而爲大言，且言之巧而甚可聽，出諸口而不作，厚其顔而不知，所謂「盜言孔甘」者與？」

何人斯二則

春秋：『文八年，公子遂會雒戎，盟於暴。』杜註：『鄭地。』路史：『暴，新公采，鄭邑也，一曰隧。』按：暴，東都畿内采地，東遷後始屬鄭。

爾雅註：『塤，燒土爲之，大如鵝子，鋭上平底，形如稱錘，六孔，小者如鷄子。篪，以竹爲之，長尺二寸，圍三寸，一孔上出，寸三分，名翹，横吹之。小者尺二寸。世本云：「暴辛公作塤，蘇成公作篪。」』按，樂書：『包犧氏灼土爲塤。』吕氏春秋：『倕作塤篪。』周禮：『小師掌教塤，瞽矇掌播塤，笙師掌教吹塤吹篪。』則塤篪之來舊矣。古史考曰：『暴辛公善塤，蘇成公善篪。』乃云『善』非『作』也，據此可訂世本之誤。廣雅以篪爲八孔，鄭司農註周禮用之，而見於他書者更有六孔、七孔、十孔之異，今亦未能知其孰是也。

巷伯三則

記曰：『惡惡如巷伯。』班固贊史遷云：『迹其所以自傷悼，小雅巷伯之論〔一〕。』此詩巷伯即寺人，非寺人爲巷伯作也。巷，舍間道也。伯，長也。守巷者皆寺人，而此爲之長，人稱之曰巷伯，其自稱則曰寺人也。凡詩篇題多采詩者所命，故書傳引詩亦多不同者。毛傳：『讒人譖寺人，寺人又傷其將及巷伯。』此衍説也，當從朱。

『誰適與謀』，鄭箋：『適，往也。誰往就女謀乎？怪其多且巧。』朱傳：『適，主也。言其謀之闕也。』鄭説爲長。

王子年拾遺記：『黄帝去蚩尤之兇，遷其民惡者於有北之鄉。』蓋地之最劣者也，故毛傳云『北方寒涼而不毛』。

谷風二則

『無草不死，無木不萎』，喻大德小怨也。詩所：『崔嵬者，喻其勢位。山之絶峻而風高者，草木遇之皆萎死；人之志滿而勢盛者，親黨交厚不復存矣。草死猶可也，木萎則甚矣；小德可忘也〔二〕，大德其可忘乎？』

子思語穆公曰『今之君子，進人若將加諸膝，退人若將隊諸淵』，『寘予于懷，棄予如遺』之義也。尚書文侯之命曰『罔或耆舊俊乂在厥後』〔三〕，『無草不死，無木不萎』之義也。

蓼莪三則

瓶小罍大，瓶以喻子，罍以喻父母，猶云瓶罄則貽罍以恥耳。傳曰『爲善思貽親令名，爲不善思貽親惡名』，此之謂也。朱傳誤。

『欲報之德』，箋云：『之，猶是也。』嚴氏云『德即指上六句』，深得詩旨。朱傳以爲『欲報之以德』，未妥。

『出則銜恤』二語，曹粹中曰：『孝子出必告，反必面。今出而無所告，故銜恤。上堂入室而不見，故靡至也。』

大東二則

此詩前四章所謂困於役而傷於財也，五、六兩章刺無實有名。朱傳皆失之。戴氏震曰：『以酒而曾非漿；佩璲在官而曾非才之長；天漢雖視之有光如漢，非實漢也；織女日更七次，非實織也。』箋云：『織女，有織名爾。駕則有西無東，不如人織，反相報，成文章。啓明、長庚，皆有助日之明而無實光也。祭器有畢者，所以助載鼎實。今天畢則施於行列而已。』又曰：『天象比王官，言其居上而無實利。末更終之以不但無利且欲取於下，令人見之生畏也。』數説深得詩旨。

『匕』之用有三：以别出牲體，以湆湆，以取黍稷，皆以棘爲之，惟喪匕用桑。『捄』，説文：『盛土於梩中，一曰捊，捊音裒。』禮記疏謂『以手捊聚』，詩與簋飧並言，蓋黍稷之匕也。

四月三則

此憂亂之詩，蓋周世臣之後放廢而作也。『先祖匪人』，鄭氏云：『出悖慢之言，明怨恨之甚。』其説謬矣。果爾，是大逆也。聖人當必删之，豈尚登之於雅，爲後世訓？歐陽氏辨之韙矣。然以爲『先祖以來，任用已非人，當時安然忍予之禄位』，亦穿鑿不可通。愚謂，『匪人』猶云獨非昔時宣猷效力之人乎？人如『邦之直』『邦之彦』之類。陸堂詩學『「江漢之滸，王命召虎。式辟四方，徹我疆土」，此乃所云「南國之紀」也。詩作於召、穆公後人，故首章以王忍於棄舊而曰「先祖匪人，胡寧忍予」。第六章追述前功，又曰「盡瘁以仕，寧莫我有」也』。其說似有據。

屈原賦：『蘭芷變而不芳兮，荃蕙化而爲茅。何昔日之芳草兮，今直爲此蕭艾也？豈其有他故兮，莫好修之害也。』王伯厚困學紀聞：『文王之詩曰「文王孫子，本支百世」。凡周之士，不顯亦世」，此周所以興也。宣王之後爲幽王大師，皇父之後爲皇父卿士，尹吉甫之後爲尹氏大師，蹶父之後爲蹶維趣馬，申伯之後爲申侯，則與犬戎共滅周矣。君臣皆弗克紹，周焉得不替乎？詩云：「山有嘉卉，侯栗侯梅，廢爲殘賊，莫知其尤。」』之二說者可爲左證。

鶉、鳶宜飛，非鶉、鳶而戾天者，喻小人之在高位也。鱣、鮪宜潛，非鱣、鮪而潛淵者，喻君子之放廢也。蕨、薇，小草也而生於山；杞、桋，良材也而棄於隰。國家用舍之道，蓋有不可問者。故維作歌告哀而已，他無可爲也。

北山二則

此行役者之作，通篇皆怨不均。其曰『我從事獨賢』，亦怨辭也。猶曰，此大夫之不均也，寧我獨賢乎？前三章其詞婉，後三章其詞激。然形容不均之狀戛然便止，不更著一語，可謂怨而不怒，詩格亦奇。

戴氏震曰：『賢，多也，猶「某賢於某若干純」之「賢」，孟子「我獨賢勞」，即所謂勞事獨多也。』

無將大車一則

荀子：『無將大車，言無與小人處也。』序以爲『大夫悔將小人』。疑衛宏輩竊荀語僞撰，不足據。朱傳以『將大車』爲興，云『行役勞苦之作』。朱公遷遂以爲『因行役所見而用語相呼爲興』，亦淺之乎其言詩也。愚謂，此詩三章皆比，非興體。大車，平地任載之車。君子之任國事，任重道遠，如將大車，故君子之治國亦曰『如朽索之馭六馬』也。塵埃昏蔽，有亂世之象焉。戴岷隱曰：『世既亂矣，力微而挽重，無益於事，與「無田甫田」之意同。』斯説得之。『疷』本作『痕』字，唐人避太宗諱，省『民』爲『氏』。今考説文無『疷』字，當改正。

小明一則

二月乃周正建丑之月，非夏正。周以十一月爲歲首，改月不改時。『除』，除陳生新，謂冬除而春也。『奥』『隩』通，與尚書『厥民隩』之『隩』同。鄭箋：『四月爲除。』考爾雅作余，餘、舒二音，非除也。除，直慮切。凡詩言除皆同，無平音者。朱傳既用夏正而訓『除』爲『二月』，不知其所除者何指？此二説皆誤也。又，毛朱並訓『奥』爲『煖』，則由夏而冬，爲時僅止半歲，亦未必遂怨久役。愚謂，此詩蓋戍役過期之作。冬而征，及冬而反。其初計如此，今久留艽野，感時賦事。其曰『二月初吉』『日月方除』『日月方奥』者，追念行期也。『明明上天』，紀時也。爾雅：『冬曰上天，載離寒暑，歲已周也。』『歲聿云莫』，嗟歸期之莫必也。於是，既自傷悼，復念其友之在位者而勖之。杜詩『已去漢月遠，何時築城還』，即此詩前三章之意。李陵與蘇武詩『努力崇明德，隨時愛景光』，即此詩後二章之意也。

鼓鐘三則

序以爲刺幽王，申韓皆以爲刺昭王。詩揆曰：『昭王巡狩，没於漢濱；穆王車轍馬迹遍天下；共王遊於涇上。疑此三王事，非幽王也。』歐陽氏云：『考詩、書、史記，無幽王東巡之事，無由遠至淮上而作樂，當闕其所未詳。』

愚按，竹書紀年：『幽王十年春，王及諸侯盟於太室。秋，王師伐申。』左傳『楚靈會於申，椒舉曰：「幽王爲太室之盟，戎狄畔之。」』太室即嵩山之東，别名申，在今南陽縣北三十里。淮水出南陽胎簪山，至桐柏而大。太室也，申也，桐柏也，皆豫州地。而胎簪與申則皆隸南陽府，地爲尤近。宣王時改封申伯於謝，而曰『崧高維嶽，維嶽降神』，嶽指嵩山，舉其近者言也。蓋是時，幽王有事於東方，自太室而申而淮，自春而秋而冬，從流忘返。始則『淮水湯湯』，既而『湝湝』，終而水落洲見。詩人因鼓鐘之聲，思淑人之德，爲婉言以諷之，冀其早自修省，而王卒不悟也。明年，犬戎難作而西周果亡矣。

地里今釋：『淮水發源河南南陽府桐柏縣山，山下有淮井，泉源所出。水經云出胎簪山者，即桐柏之支峯也。東流至光州，東北會汝水。又東由固始縣入江南鳳陽府潁州界。又東流至潁上縣東南，淠水入之。又東北至懷遠縣合渦河。又東徑長懷衛，至五河縣合澮河。又東徑泗州城南、盱眙城北，漫衍入洪澤湖，東北出淮安府清河縣之清口與黄河會。東則刷黄河以入海，南則入運河以濟漕。歷揚州府寶應縣高郵州，抵江都縣，入揚子江。』

熊朋來經説：『古者，堂上樂皆受笙均，堂下樂皆受磬均。琴、瑟，堂上樂也。小雅言鼓瑟則曰「吹笙」，即瑟受均於笙之證。鞉、鼓、管、笛，堂下樂也。商頌言「鞉鼓淵淵」「嘒嘒管聲」，則曰「依磬聲」，即鼓、笛受均於磬之證。不然，鼓鐘欽欽，雅南合奏，豈無他樂器同音？而特舉笙磬言之，正以見堂上下之樂皆和也。』按：熊氏之説甚明。或有指儀禮『笙磬』『頌磬』爲石磬之名，合兩物爲一者，謬也。毛傳以『南』爲南夷之樂，則與不僭之義乖。鄭箋以『雅』爲萬舞，謂『雅、南、籥，三舞不僭』，義亦未安。唯朱傳訓『雅』爲二雅，『南』爲二南，『籥』爲籥舞，掃除舊説，斯爲得之。

校　記

〔一〕論　當作『倫』。

〔二〕本句詩所四庫本作『小德不可忘也』。

〔三〕本句四庫本、十三經註疏本皆作『罔或耆寿俊在厥服，予則罔克』。

詩學女爲卷十九

小雅

楚茨三則

朱子云：『楚茨精深宏博，如何做得變雅？』又云：『自此篇至車舝，辭氣和平，稱述詳雅，無風刺之意。序以其在變雅中，故皆以爲傷今思古之作。詩固有如此者，然不應十篇相屬，絶無一言以見其爲衰世之意也。竊恐正雅之篇錯脱在此耳。』戴氏震曰：『楚茨以下四詩，皆言農事與祭祀。然翫其詞意，非用於祭祀之樂章也，亦猶豳詩之爲陳王業耳。周以農事開國，故言之也特詳：風有七月；雅有楚茨、信南山、甫田、大田；頌有思文、臣工、噫嘻、豐年、載芟、良耜。周禮籥章：「中春，擊土鼓，吹豳詩，以逆暑。中秋夜迎寒，亦如之。凡國祈年於田祖，吹豳雅以樂田畯；國祭蜡，則吹豳頌以息老物。」先儒但以七月一詩當之，則於祈年祭蜡，詩辭中固不能該之矣。七月備言寒暑之事，用之逆暑、迎寒可也。豳雅、豳頌宜列於雅頌。雅惟甫田可用之祈年，頌惟豐年可用之祭蜡。或豳雅四篇、豳頌五篇，而祈年祭蜡可用，則此二篇與？周家言農事，推本於豳，故於風詩、雅詩、頌詩皆有述作焉。周禮明列之爲三，不得合指爲一也。』

按：自此以下篇次，如舊説，則皆不可考。愚謂，豳風列十五國之後，而以周公居東所得之詩附之，豳雅、豳頌亦列雅頌之後，而以周公留洛後詩並凡爲東都所得者而附之，其例正同。安溪李氏嘗主此論，具載豳風、豳頌中。朱子錯簡之説不足據。戴氏以楚茨四詩爲如豳之陳王業，可訂朱傳公卿之説之誤，故録之。

詩所：『執爨而燔炙在俎，有司之職也。豆實旅百，主婦之供也。獻酬而禮儀不失，賓客之盛也。笑語者，祖考之笑語。記云：「祭之日，思其居處，思其笑語。」笑語得則神之來格可知矣。』按：李氏最得詩之句讀，毛鄭割裂牽就，遂不可通。『笑語卒獲』句，尤爲善解。

爾雅：『熯，敬。』『式禮莫愆』，敬之至也。毛氏本爾雅而朱子更之，似未安。『徂賚孝孫』，朱傳失解。輔氏云：『所以重釋致告之義，如言以其所致告者，往而予孝孫也。』

信南山三則

詩所：『公劉爲后稷之曾孫，自此以下言曾孫者，大抵皆斥公劉。而子孫之世修其業者，以此概之也。大雅「篤公劉」之篇言度其隰原，徹田爲糧，此章正指其事。是時當夏之世，故推本於禹功。南山所謂「乃陟南岡」者，非終南山也。』首章闢地之利也；次章得天之和也；三章言田蓺黍稷者也；四章言田中之廬植蔬果者也；五章言田廬中鷄豚狗彘之畜可以爲牲者也；六章乃終言祀事。

漢書食貨志：『井方一里，是爲九夫八家共之，各受私田百畝、公田十畝，是爲八百八十畝，餘二十畝以爲廬舍。在野曰廬，在邑曰里。』按：此即孟子『五畝之宅』。集註云：『二畝半在田，二畝半在邑。』蓋周制也。商人七十而助，其制大約相同。詩追述公劉之事在夏時，夏以貢治田之廬不可考。然古者宅在都邑，田在外野。説文：『廬者，寄也。春夏居，秋冬去。』則田中之廬三代同之，特夏制無存耳，以理推之，亦略相似也。

『從以騂牡』，詩述公劉時事，似不應尚赤。按：豳風用夏正而紀時，則以建子之月爲一之日，又以十月爲改歲。夏書云『怠棄三正』，是子丑之正，夏時已通於民俗。豳公用子，周興，遂頒爲正朔，猶之徹田爲糧不自武周始也。又彼詩云『載玄載黄，我朱孔陽』，則周之尚赤爾時已然。大田云『以其騂黑』，是以方宜色而用之，非必用黑也。合數端觀之，不必疑曾孫爲有天下以後之稱矣。

甫田六則

朱子詩序辨：『序專以「自古有年」一句生説，而不察「今適畝」以下亦未嘗不有年也〔一〕。』最爲得解。集傳亦詳盡，可正舊説之妄。詩所載芟註云：『振古如兹，言自后稷以來如此也，即爾雅「自昔何爲，自古有年」之意。』更足與朱子相發明。『歲取十千』，朱傳泥。孫毓云：『猶頌云「萬億及秭」，舉大數，且以協句。言所在皆有大田，皆有十千之收，推而廣之，以見天下皆豐。』戴氏震曰：『即所謂有年也。』

周禮：『甸師：掌帥其屬而耕耨王籍，以時入之，以供粢盛。』註：『粢，稷也，爲穀長，是以名在器曰盛。』禮記：『稷曰明粢。』左傳：『奉盛以告曰潔粢豐盛，謂其三時不害而民和年豐也。』此詩云『以我齊明』，『齊』同粢，稷爲五穀之長，故年豐報功必首及之。月令『孟春行冬令，首種不入』〔二〕，即爲咎徵也。

『以介我稷黍，以穀我士女』，介，大也。穀，善也。王氏肅曰：『言倉廩實而知禮節也。』

『攘其左右』，六書故：『攘，援袂出臂也。』戴氏震曰：『左右手也，出手而取以嘗之。』

『茨』，屋蓋。『梁』，屋梁，即前所云『我倉既盈』。『坻』〔三〕，水中高地。『京』，高邱，即前所云『我庾維億』。言室中既盈，露積復多，故當多爲倉箱以處之。『箱』與廂同，廩也。正寢之東西室皆曰箱。

朱傳以『報以介福，萬壽無疆』爲歸美於下。愚謂，農夫豈足當萬壽之語？即古人簡質，如士冠禮祝辭，古器物銘亦有『萬年』『眉壽』之詞，然此皆自祝云爾。南山有臺，誦賓客之詩也，猶或有疑之者矣，況君之於民乎？范氏處義曰：『黍稷稻粱既無所不有，農夫相慶於下，謂此皆君賜也，何以報之？神能助君以福，至萬年之永，乃所以爲報也。』詩所云：『曾孫公田之獲既多，又爲民間求倉箱盈溢於神，以爲農夫之慶。上下一體如此，故神報以介福而萬壽無疆。』二説皆可通。

大田一則

『螟螣蟊賊』，爾雅分四種，朱傳據此釋詩而未詳。犍爲文學曰『此四蟲皆蝗』，非也。螟，似蚮蚄而頭不赤，即小青蟲，無足，既食苗葉，又以絲裹衆葉，使穗不得展。此陸氏、羅氏之説，可從。月令：『仲春行夏令，蟲螟爲害，蓋温奥而生也。』螣，或以爲即蝗。月令：『仲夏行春令，百螣時起。』明與蝗別言之，不得指爲一物。或又以爲即螟者，皆誤。蟊，長而細，一云螻蛄。螻蛄一名碩鼠，詩所云『無食我黍』者是也。賊，陸疏：『似桃李中蠹蟲，赤頭，身長而細。』大約此四蟲皆蝗之屬，能害苗，竟以蝗當之，謬矣。李巡註爾雅，以字義釋之，亦未當。

瞻彼洛矣二則

洛水出今陝西西安府商州西熊耳山。熊耳有二，一在河南之盧氏縣，伊水所出，非禹貢導洛之熊耳也。洛水東北徑州東，及洛南縣而入河南境。又徑盧氏、永寧、宜陽諸縣至河南故城，南會瀍澗二水。又東北徑洛陽縣東南。又東至洛陽故城，會伊水。又東徑鞏縣故城南，東北至路口而入河。金吉甫曰：『北方諸水，雖大河亦冰，唯洛水不冰，所以謂之温洛。一是大地之中，二是其北連山以障北風，三則前人謂其中有礐石。』

戴氏震曰：『釋名：刀，「其室曰削，室口之飾曰琫，下末之飾曰鞞」。蓋鞞、琫皆佩刀削之飾，珌則玉飾之貌也。天子玉琫而珧鞞，諸侯璗琫而璆鞞，大夫鐐琫而璆鞞，士珕琫而珕鞞。「鞞」，毛詩、説文諸書皆作「珌」，其譌久矣。鞞琫有珌，亦猶韎韐有奭爾。』

裳裳者華三則

詩所：『朝會畢而見諸侯之詩。首章聽其言，二章觀其行，三章乃至於車馬馳驅之節，亦無不中度者，故四章合而美之。』

『芸其黄矣』，興衣之色。易曰：『黄裳无咎。』五采之中黄爲正，故特舉言之。『或黄或白』，興馬之色。『四駱』解見前。

『左之左之，君子宜之。右之右之，君子有之。』荀卿子曰：『此言君子能以義屈信變化也。』劉向曰：『君子無所不宜也，故仁足以安百姓，勇足以安危國，信足以結諸侯，强足以拒患難，威足以率三軍，故曰左亦宜，右亦宜。』『惟其有之，是以似之。』毛傳：『似，嗣也。』按：古字『似』『嗣』通。『似續妣祖』『式穀似之』，均嗣續之義。蓋美諸侯子孫能世嗣祖德也。左傳引詩曰『維其有故，能舉其類』，則又推廣言之，如秦誓美蹇叔之能容，而曰『以能保我子孫黎民』之意。朱子云：『維其有之於内，是以形之於外者，無不似其所有。』説理極精，然非詩人本指。

桑扈一則

鄒氏泉曰：『首章願其德足以得天；二章言其德有以衛人；三章言其在國功大而能敬，足以獲福也；四章言其在燕，情通而能敬，足以獲福也。』詩所云：『朝會既畢而燕諸侯之詩。蓋必元侯受方伯之任者，其在東都，〔四〕則周公君陳、畢公之倫是也。』

鴛鴦一則

鴛鴦匹鳥，所以喻君臣一德。首章言君子網羅賢才，引爲匹偶；二章言安不忘危，故雖在梁，必斂左翼以相依隱，然有捍禦外侮之意；三、四兩章則諸侯將去而告於天子之辭也。舊説均泥。

頍弁四則

鄒氏泉曰：『此詩見篤親親之意，與角弓相反。』陳氏際泰曰：『猶常棣之志也。』

『頍』，説文：『舉首貌。』許氏曰：『即古「規」字。規爲圓者，弁之貌也。』據集韻『頍，五委切，音桅，弁貌』，許氏之説爲長。曹氏粹中曰：『士之爵弁服之以祭，皮弁服之以朝。其在王者，常朝則服皮弁，而燕同姓亦服之。所謂皮弁者，以白鹿皮爲冠，其衣十五升布，其裳積素。』

『蔦』，寄生也。圖經云：『是烏鳥食物，子落枝節間，感氣而生。葉似橘而厚軟，莖似槐枝而肥脆。三四月開花，黄白色；六七月結實，黄色，如小豆。本草以爲生桑樹上。』陶隱居嘗辨之云：『桑上者，名桑上寄生。詩云「施于松上」，方家亦用楊楓上者，各隨其樹名之。其别名則有寓木、宛童、寄屑、寄屏，皆一物也。女蘿非兔絲，博雅、廣雅、本草俱云是松蘿。松蘿，爾雅無文，而以女蘿、兔絲合爲一物，彼自釋菟絲名女蘿，非詩所云施于松柏者。』按，陸疏：『菟絲蔓連草上，黄如赤金，今合葯菟絲子是也。松蘿自蔓松上，生枝正青，與菟絲殊異。』又按，古樂府：『南山冪冪菟絲華，北林青青女蘿樹。由來華葉同一

『二者異草』，毛公根，今日枝條分兩處。』古詩云：『與君爲新婚，菟絲附女蘿。』李善云：『二者異草，毛公誤合爲一。』據此，則爲兩物無疑。釋文：『在草曰菟絲，在木曰松蘿。』然菟絲亦有蔓延於木者，不足據。愚謂，寄生各隨其樹，一物而異名，菟絲、松蘿皆名女蘿。異物而同名，以其施松柏，故當指爲松上寄生與松蘿也。孔疏：『蔦與女蘿之依松柏，松柏存而茂，松柏隕而亡。是存亡在松柏，以興同姓九族附於王也。』

『霰』，雨雪雜下也。爾雅謂之霄雪，月令謂之雨汁，說文謂之稷雪，宋書謂之花雪，埤雅謂之米雪，亦名濇雪，又名濕雪。釋名：『霰，星也。冰雪相摶如星而散。』徐鍇云：『雪初作，未成花，圓如稷粒。』朱傳：『霰集則將雪之候，以比老至則將死之徵也。』

車舝二則

舊說皆以爲求女之詩。愚按，末章云：『高山仰止，景行行止』，即聖如后妃，關雎之詩語不至此。此曹之候人曰：『婉兮孌兮，季女斯飢』，『季女』指賢者，此亦其例也。禮記引詩而孔子以爲好仁，固已明揭詩旨。章演圖書編、安溪詩所皆主此說。

『雖無好友』，孔疏、朱傳以新昏言，遂不可通。詩所：『言我雖德美不足相配，非汝之好友，然亦願汝之聊且燕喜也。』愚按：前四章皆爲自謙之辭，冀賢者之來。末章則既見而喜慰也。『鷮』，雉，士之贄也以雉。『依彼平林』，言未遇之時。『鮮我覯爾』，戴氏震曰：『猶言「鮮矣，我之得見爾」，以其賢爲世所罕也。』

青蠅二則

孔疏：『青蠅當止于樊，無令在宫室之内。讒人當棄之荒野，無令在朝廷之上。』呂氏云：『「止于樊」，行且止於几席盤杅之間矣，蓋憂之也。』陳氏云：『讒言多由持心傾險而入，故君子當持心樂易。』數説均得詩旨。後二章大指略同。其曰『交亂四國』，推其極而言之。『搆我二人』，則舉其事以實之也。此必元侯被讒之作，非微者之言也。

陸疏：『青蠅首赤如火，背若負金。』劉執中云：『蛆蟲變蠅，其止於物則穢敗之，又從而生蛆，蛆復變爲蠅，穢敗於物，無有紀極。』愚按，此正與『罔極』『交亂』之義相似。

賓之初筵三則

毛氏以爲刺時，韓氏以爲飲酒悔過。然細繹詩旨，似非自悔之語，當從毛。讀詩質疑：

『首章賓之初筵，陳古也；三章賓之初筵，刺今也。上下各分二章，法戒顯然。次章「籥舞笙鼓」，猶四章「賓既醉止」之即承上文，非各自爲義也。卒章「凡此飲酒」，總承上四章而申戒之，言飲酒之善如此，飲酒之失如彼，所謂「或醉或否」也。「立之監」「佐之史」，防其醉也。醉而失禮則不臧，醉者不自知，而不醉者反代爲之恥，甚言醉之可惡也。』

『射』義，詩云：『發彼有的，以祈爾爵。』『祈』，求也，求中以辭爵也。酒者所以養老也，所以養病也，求中以辭爵者辭養也。

『各奏爾能，賓載手仇，室人入又。酌彼康爵，以奏爾時。』鄭箋：『子孫各奏爾能者，各酌獻尸，尸酢而卒爵也。室人有室中之事者，謂佐食也。又，復也，室人復酌，爲加爵。康，虛也，時謂心所尊者也。』疏云：『酌彼空虛之爵，以進汝此時中心所尊敬者。』戴氏震曰：『手，執也。如「手劍」「手弓」之「手」。凡物相耦曰仇。特牲饋食之禮，篚「實二爵、二觚、四觶」，故因謂爵之相耦匹爲仇也。賓執其一以獻尸，爵止，其一則主人致爵於主婦。「康」「空」一聲之轉。既旅而二觶皆空，賓弟子、兄弟之子乃各舉觶於其長〔五〕，行無算爵，惟其所欲，進不以序也。此爵，謂觶也，爵者通名。』按：前章言射，此章言燕飲旅酬之禮。毛傳以『賓載』『手仇』二語爲又射以耦，賓以『以奏爾時』之『時』爲中者，皆誤。『仇』當讀如字，鄭改作斞，非。戴氏從毛傳而申之，甚爲有據。朱傳訓『康』『時』二字，似未安。

魚藻二則

序云『刺幽』，是也；惟以爲思古之武王，此衍説。詩輯直主刺幽，而以『魚在在藻』爲淺涸窘迫之狀，『有那其居』爲不知危亡之憂，極爲有見。愚謂，此詩東人所作，與小東之言西人相似。彼斥在位者，故不嫌盡言；此斥王，故以風刺出之。『鎬』，京師也。自京師之人而言，則云王可矣，不必指在鎬也。『頒』，衆也。當從韓詩説。『莘』，亦衆多貌。班固西都賦『俎豆莘莘』是也。魚之生也以水，在藻而首尾見，喻民之病而王則崇飲爲樂。依于其蒲則更甚於在藻，有旱涸之憂而王則自那其居。其不恤民瘼之象，言外顯著矣。故劉知幾曰『覩魚藻之刺而知周之將隕』。

『鎬』以水得名，水經註：『渭水與豐水會於短陰山，又東北與鎬水合。水上承鎬池於昆明池北，周武王之所都也。又北流與彪池合，又北徑靈臺西，又徑阿房宫前合於渭。』按：鎬京自秦始皇時其故址已毀；漢武穿昆明而鎬都爲池；唐貞觀中並鎬池入昆明池，又涸爲民田，故址益不可問。今西安府長安縣西北十八里即其地，去豐二十五里。灞、滻、涇、渭、豐、鎬、澇、潏，是爲八川。

采菽二則

毛傳：『菽所以爲藿，太牢而待君子也。羊則苦，豕則薇。』箋云：『菽，大豆也。采之者，采其葉以爲藿。三牲，牛羊豕，芼以藿。王饗賓客有生俎，乃用鉶羹，芹菜也，可以爲菹，亦所用待君子也。』周禮：『芹菹雁醢。』按：舊説本禮經，甚爲有據。朱傳惟以『采之』義爲興，而不及菽芹之用，恐凡詩之興非泛然無所取義也。今從毛鄭。毛傳：『白與黑謂之黼。』朱傳：『如斧形刺之於裳也。』當合二説，義乃備。賈氏曰：『黼爲白黑，爲形則斧文是也。』『平平左右，亦是率從』，箋云：『率，循也。諸侯有賢才之德，能辯治其連屬之國，使得其所。則連屬之國亦率循之。』朱傳：『左右諸侯之臣。』按：二説義可兼該。

『優哉游哉，亦是戾矣』，舊説以『戾』爲『至』，殊不可通。詩學曰：『三章云「彼交匪紓，天子所予」，則以優游者爲罪戾，蓋警戒之辭也。』

校記

〔一〕今適畝　四庫本詩序辨作『今適南畝』。

〔二〕本句四庫本禮記正義月令作『行冬令，則水潦爲敗，雪霜大摯，首種不入』。

〔三〕坻　當作『坁』。

〔四〕東都　四庫本詩所作『東郊』。

〔五〕兄弟之子　戴震全書毛詩補傳作『兄弟弟子』。

詩學女爲卷二十

小雅

角弓三則

幽王十年，求宜臼於申，欲殺之。申侯不與，故诗人作此以刺王。前四章皆追述己事，廢宜臼而立伯服，此兄弟相遠也。申侯歸國，此昏姻相遠也。廢立事大，故下專言兄弟：宜臼居申，申侯黨之；伯服居内，王之左右黨之：此不令兄弟也。不令故各不相讓，不相讓則怨，怨而不已，终亦必亡，必然之勢也。五、六兩章乃指本事。老馬爲駒，喻已竄。廢不必更極之也。小人之心貪，勿可縱也；小人之性殘，勿可長也。縱之長之，如食宜饇而酌孔取，教柔升木而以塗塗附〔一〕，容有極乎？雖然，小人向背视王，王有徽猷則亦與屬矣，反言以見猷之不善。末二章乃申明此意，而並憂及西戎之祸焉。嗚呼，詩人之旨深矣！

戴氏震曰：『饇，厭满也。小人之食宜厭满而已，不知禮義也。小人之酌甚取之而已，不節度也。』

鄭箋：『髦，西夷別名。』孔疏：『牧誓「及庸、蜀、羌、髳、微、盧、彭、濮人。」『髦』『髳』，音義同。按：山海經有髦民國，近積石，依姓，蓋西夷之國也。

菀柳一則

詩義折中疏：『首章曰，此幽王徵諸侯伐申而诸侯不至也。王求宜臼於申，申侯不與，故欲伐之。諸侯之意，以爲菀柳多陰，人尚思息，況天子乎？然而幽王不可近也。上帝甚動，天步難測。此時使我謀申，後將使我窮極太子之事也。二章曰，言雖欲久息，不可自取瘵病。此時使我謀申，後將使我往害太子之身也。三章言，有鳥高飛，上至於天，亦可以止矣，以比有女入宫，至於爲后，亦可以止矣。而彼人之心不止也。觀褒姒爲后之後，尚欲伐申以殺宜臼，舉烽以戲諸侯，是不至於亡周不止也。然則予何以謀之哉？褒姒不可附，亦不能去也；宜臼不可害，亦不能捄也。徒然視褒姒之逞凶，憫宜臼之可矜而已。總論曰，史伯謂鄭伯友曰，王欲殺太子以成伯服，必求之申。申人不與，必伐之。若伐申，而繒與西戎會以伐周，周不守矣。是周之將亡，人皆知之。乃避之而不與其謀者，深知其謀之不可與也。』臣鳳恭録。

都人士一則

朱傳：『亂離之後，人不復見都邑之盛、人物儀容之美，而作此詩。』按：詩言彼都，其爲東遷後作無疑。朱子訓都爲王都，非是，當指鎬京。周，忠信也。左傳引詩，釋周爲忠，魯語亦曰忠信爲周，當從毛説。愚謂，詩人先美衣服之正，所謂黄裳无咎者也；次及容貌辭氣而推本忠信，由外及内，足爲民望。首章思古之賢士大夫也；下乃通言士女臺笠緇撮，昭其儉也；充耳垂帶，昭其度也。儉而有度，所以美士者如此。至稱女則止於髮美，蓋後世殊形詭制，如盤龍、墮馬、步摇、倭墮，雖當時所無，而冶容相尚，亦且變而愈下。故詩人以尹吉美都人之女，言順其本然，則如髮之綢直而已；少加盤屈，則如蠆之卷曲而已，不爲時世粧也。末章更取其近於修飾觀美者而爲之詞，曰帶則有餘，髮則有旟，所以深疾時俗之奢淫無度也。至鄭箋以『言從之邁』爲欲自殺求從古人，語嫌過激。然既不可得見矣，而欲從之偕往，亦尚寐無訛之心耳。『云何盱矣』，爾雅：『盱，憂也。』故鄭亦以爲病。

采綠一則

詩所：『舊爲婦人念君子之作，然其味則已淺矣。反復辭意，蓋刺人之欲有爲而不敏於事者。故言終朝所采無幾，而或借言歸沐而不繼矣；或期以五日采盡而至於六日，猶不見其來矣。狩則弢其弓而不張，釣則緄其繩而不下。問所欲釣者，則魴、鱮也。然薄然觀之而已，未嘗一投竿施餌焉，則亦所謂臨淵羡魚者耳。雖未知所諷，然其取譬則警人者至深切也。』

黍苗二則

從朱傳，舊説非是。何氏楷曰：『謝爲荆徐要衝之地，封申伯於此，則足以镇撫南國，宣王之心則安也。觀嵩高之詩，一則曰「南土是保」，再則曰「戎有良翰」，則王心之所以寧，可知不獨謂其足以篤厚元舅、克副親親賢賢之念已也。』

謝城，在今河南南陽府唐縣。方輿紀要：『故湖陽城北，相傳周申伯徙封於此。詩所謂「肅肅謝功，召伯營之」，又曰「申伯番番，既入于謝」者也。』國語：『鄭桓公問於史伯曰：「謝西之九河，何如？」』蓋即古申伯地矣。荆州紀：『棘陽東北百里有謝城。』按：水經註：『泚水又西南流，謝水註之，出謝城北。詩云：「泉流既清。」或謝本因水得名也。』

隰桑一則

讀詩質疑：『「遐不謂矣」，即所謂德音也。我心誠愛君子，君子豈以遠而不我告乎？我思念君子之心，藏之於中，無日而忘之也。』春秋傳：『鄭伯享趙孟，子産賦隰桑。趙孟曰：「武請受其卒章。」』註：欲子産之見規誨。按：嚴説是。惟以『遐』爲遠，猶襲鄭箋之謬。『遐』『胡』，一聲之轉，猶云『胡不我告』也。

白華三則

或云：『周人刺幽王廢申后而作。』或云：『申后自作也。』

水經註：『鄗水又北流，西北註與滮池合，水出鄗池西，而北流入於鄗。』毛傳：『滮，流浪也。』而世傳以爲水名矣。按：滮池或謂之□池〔二〕，或謂之聖女泉，今陝西西安府西北二十里即其地。

『有扁斯石』，乘石也。毛云：『王乘車履石。』鄭云：『王后出入之禮，與王同其行，登車亦得履石。申后始時亦然，今也黜而卑賤。』斯説得之。詩意含蓄温厚，而朱子乃以喻王之寵妾而曰『有扁然而卑之石，則履之者亦卑矣』，似稍迂曲。

緜蠻一則

序：『微臣刺亂也。』鄭箋：『微臣，士也。古者卿大夫出行，士爲末。介士之禄薄，或困於資財，則當賙贍之。』按：此詩以黄鳥之止得其所興己之遠行，詩義自明。而朱傳云：『爲鳥言以自比。』豈教誨與後車之載亦可施之鳥邪？鄒氏泉曰：『飲之、食之，欲其周恤乎己也。教之、誨之，欲其指示乎己也。後車載之，欲其振拔乎己也。』張氏彩曰：『行百里者半九十，言末路之難也。故曰畏不能極。』斯二説者，得之矣。

瓠葉二則

鄭箋：『亨，熟也。熟瓠葉以爲飲酒之菹也。君子、庶人之賢者，農功畢，爲酒以合朋友，習禮講道。藝酒既成，先與父兄室人，亨瓠葉而飲之，所以急和親親也。飲食而曰嘗者，以其爲之主於賓客，賓客則加之以羞。炰之、燔之，將以爲飲酒之羞也。飲酒之禮，既奏酒於賓，乃薦羞。賓既卒爵，洗而酌主人。主人既卒酢爵，又酌自飲卒爵，復進爵賓，猶今俗之勸酒。按：鄭氏本鄉飲酒、燕禮而爲是説，又引易兑卦之象曰『君子以朋友講習』，極爲有據。其分截首章爲室家之飲，尤深得詩義。又云：『斯，白也。』今俗語『斯，白』之字作鮮，齊魯之間聲近。『斯有兔』，白首兔之小者也。録之以備一解。

徐常吉曰：『豐以燕賓者，魚麗是也。易鼎之象傳曰：「大亨以養聖賢。」薄以燕賓者，瓠葉是也。易損之象曰〔三〕：「二簋可用亨。」知易之意，則知詩之意矣。』

漸漸之石一則

序：『將率東征，役久病在外，故作是詩。』『朝』當從鄭箋讀如字，惟以爲『不能正荆舒，使朝於王』爲衍説。歐陽氏曰：『不皇朝者，謂久處於外，不得朝見天子也。不皇出者，謂深入險阻之地，將不得出也。豕涉波而月離畢，雨之驗也。征役者在險阻之中，惟雨是憂，不皇及他也。履險遇雨，征行所苦，故以爲言。』按：本義釋末章，尚未盡善。劉氏曰：『此記征夫遠行之所見也。深入蠻夷之域，爲山川之所困，雨水之所淫，戰敵未捷，病疫相仍，救生命之不暇，何暇及他事哉！』斯爲得之。『皇』，今本作遑，非是。當依石經及註疏本改正。

苕之華二則

詩所：『困於飢饉者之作。』

『苕陵苕陵』，『苕』，陵霄也，或謂之紫葳，黃華謂之藁，白華謂之茇。陸疏：『一名鼠尾，華紫。』誤以葝爲苕也。牝白曰牂。吳中牝羊三歲曰牂。鄭樵云：『牝羊首小，今也羸瘰，反首大而身小。』『三星在罶』，朱傳：『無魚而水静，但見三星之光而已。』按：末章有艱食、鮮食，一時俱盡之意。

何草不黄二則

顧氏起元曰：『此反復傷己征役之不息也。首章言役之重困；二章言失其室家之樂；三章傷其同於物；四章傷其物之不如也。』

春官巾車：『士乘棧車，庶人乘役車。』註：『棧車不革鞔而漆之，役車方箱，可載任器以共役。』考工記：『飾車欲侈，棧車欲弇。』明以棧車、役車爲二，毛氏合爲一。疏因以

『有棧爲車狀』，誤矣。朱子亦襲毛説而誤。

校記

〔一〕柔　當作『猱』。

〔二〕□　疑當作『冰』。

〔三〕易　當作『易傳』。

詩學女爲卷二十一

大雅

文王三則

序『文王受命作周』，不過依詩衍説，鄭箋遂以受命爲天命而王天下。歐陽氏據『孔子三分有二』一語掃除舊説，其論允矣。予謂文王不稱王而受命，改元則有之。春秋列國各自稱年，出國入國亦必改元以紀之，如鄭厲公、衛獻公可証，則改元本不足異。又考大戴禮，文王十五而生武王，是武王少文王十四歲，文王世子：文王九十七而終，武王九十三而終，是文王終，武王已八十三，即位僅十年，不得以十三年伐紂。故泰誓『十有三年』，孔傳謂是文王之年。帝王世紀云：『文王即位四十一年，歲在鶉火，更爲受命之元年。』又九年而崩，武成稱『惟九年大統未集』，與此正合。蓋文王改元後越九年而卒，武王三年服畢，觀兵孟津，又一年伐紂，正合十三年之數。此改元之可據者也。伏生大傳謂『文王受命，一年斷虞芮之訟，二年伐邗，三年伐密須，四年伐犬夷，五年伐耆，六年伐崇，七年而崩』，此受命之可據者也。惟以九年爲七年，爲小異耳。

朱傳以『哉』爲語詞，又以爲『上帝敷錫於周』。按：古字『哉』『栽』『載』並借用，此詩當訓『栽，栽植也』，國語所謂『載周以至於今也』。『上天之載』『文王初載』，禮記註並引作『栽』，可爲左證。『本支百世』，左傳、晉書並引作『枝』，與『栽』之義正相屬。

『於緝熙敬止』，歐陽氏曰：『熙，廣也。緝，續也。緝續而增廣之也。』黄氏曰：『敬止者，敬於其所當止，所謂敬厥止也。』

大明六則

詩所：『文王、大明、緜，朱傳皆以爲周公戒成王之詩，然爲文王戒義獨顯。此及後篇則陳王業之所以成，推王迹之所自基，蓋使不忘先世而思所守之重。中間又及乎列王之德配，以至尚父之功、四臣之助。凡皆至德感致受命之符也。』

『挾』『浹』，古字通。正義：『挾者，周匝之義。周禮所謂浹日，浹即今之匝，義同。』按：使不挾四方，天奪之鑑，使之恩澤不得浹於四方也。

國語『摯疇之國由太任』註：摯疇二國，奚仲、仲虺之後，太任之家。唐世系表：『祖己七世孫曰成，徙國於摯。』後漢郡國志：『汝南平輿有摯亭。』按：平輿故城在今河南汝寧府城東南，然亦未有以知其即古摯國也。朱傳：『周，周京也。曰嬪于京，疊言之以釋上句之意，猶曰釐降二女於溈汭，嬪於虞也。』可埽舊説之鑿。

『洽陽』，即今陝西西安府同州郃陽縣，縣在州城東北百二十里，以在郃水之陽，故名，古莘國地也。莘城在縣南二十里，戰國時魏文侯所築合陽城是也。水經註：『郃陽城南有瀵水，東註於河水。南猶有文母廟，前有碑，去城一十五里水即郃水。』按：『洽』，説文及他書均作郃，音合。周時未有邑名，故從水言邑，則從邑非因流絶也。縣東四十里有太姒墓。『渭水』見前。

『初載』，猶言初生。言天生文王，又生太似〔一〕，將作之合。『嘉止』，則禮成而納幣也。『俔』，説文：『譬也。』易泰之六五及歸妹之六五，皆云『帝乙歸妹』，與詩義略同。『文』，卜之文也。『俔天之妹』，疑是古繇詞，以卜之繇定其爲祥也。『俟』，當從鄭，訓諸侯。『予』，周人自予，言維予以侯服興也。前篇『侯于周服』『侯服于周』之『侯』並同，朱傳訓維，均非是。

牧野或作坶野，在朝歌南七十里，今河南衛輝府汲縣即其地。水經註：『自朝歌以南，暨清水，土地平衍，據皋跨澤，悉坶野之地，故詩稱「坶野洋洋」。』尚書疏：『牧是郊上之地。戰在平野，故言野耳。』『會朝清明』，鄭箋：『會，合也。合兵以清明。』曹粹中曰：『武成「陳於商郊，俟天休命」，孔安國云：「休命，謂雨止畢陳也。」六韜云：「武王東伐至河上，雨甚雷疾大，公率衆先涉，然則至畢陳乃雨止而清明。』按：朱子從毛氏，以爲『不崇朝而天下清明』，義甚宏遠。然鄭、曹之説亦確有依據，故録之。『鷹』，鷙鳥。少皡以爽鳩氏爲司寇。尚父先涉，故以『鷹揚』美之。『肆』，遂也。

緜十一則

『民之初生』，前漢書引作『人之初生』，疑詩本作『人』，後因避唐諱而易之。『生』之言興也。蘇氏曰：『太王始猶處於復穴，未有室家之盛，及遷岐周而後大興焉。』

『自土沮漆』，『土』當作『杜』。漢地里志：『右扶風杜陽縣杜水南入渭。詩曰「自杜」。』師古曰：『齊詩作「自杜沮漆」，言公劉避狄而來居杜與漆沮之地是也。』杜水出鳳翔府東北二十五里之杜陽山，又東北經麟遊縣，其流始盛，又東流會於漆。漆水源出岐山，至麟遊縣南而爲漆溪，會雍水，又東流至扶風縣東而爲漆河，有漆水橋跨其上，下流入乾州武功縣，合漳水入渭。沮水未詳。考武功縣有浴水，自乾州梁山流入境。康海曰：『關西人讀「浴」若「于」，「于」「沮」相近，爲沮水之譌。漆水蓋北受沮水，南受漳水而入渭。按：杜、漆、沮三水皆在涇西，與禹貢之漆沮中隔涇水。彼漆沮，詳見小雅吉日篇。

岐山，在今鳳翔府岐山縣東北十里。山有兩岐，故名。亦曰天柱山。其峯高峻，狀若柱然。禹導汧及岐，太王邑於岐山之下，皆此也。文王時，鸑鷟鳴於岐山，故俗呼鳳皇堆。水經註：『岐山經周城南，城在岐山之陽而近西。所謂居岐之陽也，非直因山致名，亦指水所稱矣。又歷周原下，北則中水鄉成周聚，故曰有周，水北即岐山。

戴氏震曰：『豳值岐北而少東。孟子言：「去豳，踰梁山，邑於岐山之下，居焉。」此梁山與詩、書、春秋、爾雅之梁山異，在涇西岐東，正當豳之南。然則「率西水滸」，爲自東向西循水厓而上。「水滸」，渭水北厓也。程大昌雍録謂：「渭水即在梁山下之南，循渭而上，可以達岐。」閻若璩曰：「自豳抵岐，二百五十餘里，山適界乎一百三十里之間，後秦始皇幸梁山宮，從山上見丞相車騎衆，弗善，亦此梁山也。」二説考覈至精，前人所未及。』

岐山之南，周原在焉。即太王所居，詩所稱也。雍録：『大王都岐，在鳳翔府西五十里，是爲岐周。岐水之南，今有周原。南五十里，又有周城，相傳是周公采邑。志云：「原東西横亘，肥美寬平，在今岐山縣東北四十里。」』

堇有二種：其一爲堇菜，音『謹』，根如薺，葉如細柳，花紫，子如米，野生，蒸食之甘。此爾雅所謂齧也。亦謂之苦堇，或謂子堇葵。乾者可爲滑，充豆實。其一爲堇草，音『靳』，葉厚，莖方，中空，花紫碧色，實小，黑如桑葚。此爾雅所謂芨也。或謂之烏頭，見國語註及後魏書。或謂之烏喙，見國策。或謂之奚毒，見淮南子。皆云能殺人。烏頭别名又有莨千秋、毒公果、負耿子、即子之異，其實即附子也。詩所詠堇，乃堇菜。毛傳訓菜，是也。孔疏、朱傳所引乃堇草，堇、荼皆苦菜。然堇烝食則甘，荼霜後則甜脆，且如鄭箋所云『周原之地肥美，其所生菜，雖有性苦者，甘如飴也』。至堇草與酖並毒不可食，何由知其如飴而與荼並舉乎？陸氏釋文又引廣雅云：『堇，翟也，今三輔之言猶然。』此則爾雅所謂『拜商翟』，非此堇也。

戴氏震曰：『「左、右」繼「慰、止」而言，皆奠居事也。「宣、畝」繼「疆、理」而言，皆授田事也。「宣」者，宣布之義。「畝」如「南東其畝」之「畝」，謂分布其田而使畝之。「自西徂東，周爰執事」又繼「宣、畝」而言，則巡行國中，視其所當爲者，無不使民爲之以興利也。張横渠言：「太王辟國已甚大，或亦謂此。」』

天子六卿、諸侯三卿，此定制也。三卿者，司徒、司馬、司空也。尚書梓材：『我有司徒、司馬、司空。』春秋傳『昭四年，季孫爲司徒，叔孫爲司馬，孟孫爲司空』，此其證矣。古公侯國，亦當有三卿。今止有司徒、司空者，二官皆主土功，以板築之事及之，非言官制，故不及司馬。六卿已見於夏書，知六卿不始於周，則三卿亦必不始於周，其有司馬無疑也。獨是考春秋傳，魯三卿而外，公子羽父求太宰，夏父弗忌爲宗伯，臧孫紇爲司寇，孔子亦爲司寇，合三家之三卿，則六官備矣。豈其僭耶？禮註崔氏說：『禮云三卿。周制：凡立司徒兼冢宰之事，立司馬兼宗伯之事，立司空兼司寇之事。似冢宰、宗伯、司寇，皆兼官而不設官，然而夏父弗忌、臧孫紇並非兼官也。』西河毛氏爲之説：『諸侯之有三卿，猶天子之有三公。三公皆以六卿爲之而分爲三等：一冢宰、司徒，二宗伯、司馬，三司寇、司空。而三等之中，又每等之最下者以爲名，故曰司徒公、司馬公、司空公。則六卿皆公也。由此推之，諸國三卿，必仿其制，雖六卿皆備，而衹以三官名耳。』其説甚辨，故附録之。至殷制，尤不可考，不得以此例太王時也。

戴氏震曰：『天子五門：皋、庫、雉、應、路。諸侯三門：雉、庫、路。皋、郭，語之轉。郭門，外門也。諸侯之外門謂之庫門；中門謂之雉門，亦謂之闕門，有兩闕。周禮所謂「象魏」，春秋所謂「兩觀」是也。路寢之門謂之路門，亦謂之虎門，亦謂之畢門。路寢之朝謂之燕朝，路門之外謂之正朝，亦謂之治朝。又名内朝。外門之内謂之外朝。此所稱皆追美之辭。蓋以後日天子之制，名其前所立者爾，亦猶言王季、文王之時而稱京也。』

冢上〔二〕，大社也。禮書：『土五色而冒以黄。』其位則中門之右，社主陰故也。其壝北面，社向陰故也。其飾則不屋，記所謂『大社必受霜露風雨』也。其表則木，傳所謂『夏以松，商以柏，周以栗』是也。其方廣則五丈，其主則石爲之。

今山西平陽府解州平陸縣東北四十五里爲故虞城，又東北五里有虞山。史記：『武王封周章弟虞仲於周之北故夏虚。』司馬貞曰：『夏都安邑，虞在其南，故曰夏虚。』芮城縣亦屬解州，縣西三十里爲古芮城，商時芮伯封此，與虞爲鄰國，今名鄭村。虞芮質成之所爲間原，界兩縣之間。東距平陸，西距芮城，各六十里，俗呼讓畔城。其田東西七里，南北十三里，至今民無耕者。

棫樸二則

舊説以爲美文王。愚謂亦如前篇，述祖德以訓嗣王也。作詩本旨，末章已明示之。首、二兩章當從序『文王能官人』之説。玉半圭曰璋。王肅云：『羣臣從王行禮之所奉，顧命「太保奉璋以酢」是也。圭璋皆以繅藉玉，不用束帛，故曰特達，亦有作人之義焉。』鄭箋泥祭時所用之璋，曲解棫樸爲『聚積』，非是。三、四章蓋美武王。文王時未有六師，且詩書無稱『文』爲『周王』者。武成曰『紹我周王』，此武王稱『周王』之始。『淠彼涇舟』，紀代殷之始事也。『壽考』『作人』，即有聲之『鎬京辟雍』『豐水有芑』是也。末章『勉勉我王』，對君之詞，非追頌文武也。有金玉之質而後可施追琢之文，故欲綱紀四方者，當勉之在己而已。

天漢，在箕斗之間，無數小星，望之若雲氣，故又謂之雲漢。

旱麓二則

陝西漢中府南鄭縣附郭府城西南六十五里有旱山，在梁山之境，與漢廣相近。嚴氏以爲『詩人托興皆在境内，不應遠取漢中旱山』，其説非是。地理志：『旱山，沱水所出，東北入漢周。』地圖云：『山上有雲即雨。』

詩所解末章云：『葛藟蔓生者，未必皆直也。然附于條枚，則皆直矣。福之在人，未必皆正也，惟君子以豈弟之德求之，則正而無邪。』較勝鄭箋。

思齊二則

是詩朱傳均勝於鄭箋。惟『思齊』『思媚』之『思』，朱訓『語詞』，鄭訓『如字』，鄭爲得之。毛氏以寡妻爲適妻。疏云：『適妻惟一，故言寡妻。』亦可從。

末章即周頌『前王不忘』之意。『成人』『小子』，指文王時言。『斯士』，指見在言。『譽髦』，即有德有造。言至今秉文之教，斯士亦皆譽髦古人之澤，其流遠及後世，故曰『無斁』也。

皇矣八則〔三〕

『二國』，毛朱皆以爲夏商，鄭以爲殷紂及崇侯。言夏則已遠，紂與崇侯對舉亦不倫。且此詩後四章專序文王伐密、伐崇之事，故首章特書二國，其較然者矣。四國即四方，鄭以爲密、阮、徂、共者，謬。本義辨之甚詳。朱子從毛是也。『上帝耆之』，『耆』，音指，猶示也。

『作、屏、修、平、啓、辟、攘、剔』，皆刊除之義。言遷岐之後，伐木定居也。『串』，習；『夷』，平也。木拔道通，歸者日衆，則繹絡不絶，載達於路也。『天立厥配』，戴氏震曰：『德可配天而天立之，是天自立其配也。』箋以『串夷』爲『混夷』，以『厥配』爲『太姒』，辭理不倫。

毛傳以『栵』爲『栭』，本爾雅。然與『灌』並稱，灌是叢生，則『栵』亦當訓行生。『檉』，或謂之朱楊，或謂之雨師。一年三秀，亦謂之三春柳。木中有脂，名檉乳。其材可卷爲盤，合其枝可爲鞭。『椐』，今靈壽木。漢書孔光傳『賜靈壽杖』，即此也。

按：『畔』，去之也。『援』，助之也。『歆羡』，貪之也。文王之伐密崇，疑於畔；救阮，疑於援；克二國而作程豐，疑於歆羡。文王之心無之，若凜上帝之所教戒，不敢出此。然先知先覺之人，如先登于岸者，坐視天下之淪胥而不救，不忍也。此四句揭明文王之心，總領伐二國事，本此心以行之，所謂順帝之則也。故可以篤周祜，對天下，爲萬邦天下王，帝亦懷其明德，而四方於以無侮無拂矣。

密須之國，子爵，姞姓，其地在今陝西平涼府涇州靈臺縣西五十里。左傳：『密須之鼓與其大路，文所以大蒐也。』國語：『周共王游涇上，密康公從。』蓋即密國之後。秦始名陰密，漢爲陰密縣，屬安定郡。朱子以爲在寧州，史索以爲河南之密，九域志以爲鄆之致密城，皆非。『侵阮徂共』，孔疏：毛以徂爲往，阮共爲周地，密須所侵。張氏曰：阮，國名。共，阮國之地名。皆在涇州，今有共池。氏族略云：『阮，諸侯國，在岐渭之間，今亦未有以考其詳也。』惟鄭箋及魯詩説均以阮、徂、共爲三國，此不可從。

戴氏震曰：『「依其在京」亦猶「于京斯依」。「侵」「寢」，古字通，息也。言兵之寢，蓋自阮疆一舉，於是升高以審地勢，相其陵阿泉池，必無敢陳師飲水於我地者，此承上兵寢而言。』詩學云：『「不長夏以革」，皆誤讀「夏」字之音，故強解而終失其旨。』按：學記夏、楚二物，『夏』音假，即書所云『朴作教刑』也。因思革之爲義，本末垂革，即所謂『鞭作宫刑』也。『長』，尚也，謂文不尚刑威耳。與上句立文同而訓詁亦類。

『鈎援』一物，墨子稱『公輸班作雲梯以攻宋』，即此。『臨』『衝』皆車名。楚子使解揚登樓車以告宋人，蓋臨車也。墨子有備衝之篇，荀子『渠衝入穴而求利』，楊子『衝不薺』，孫武子攻城之法『修其櫓轒轀轀四輪』，蓋衝車也。三者各以其用得名，朱傳詳矣。

『是類是禡』，疏：『釋天云：「師祭也。」王制：「天子將出，類乎上帝，禡於所征之地。」言類乎上帝，則類祭祭天也。祭天而謂之類者，尚氏、夏侯、歐陽説以事類祭之，在南方就南郊祭之也。禡之所祭，其神不明。肆師註云：「祭造軍法者。」蓋蚩尤，或曰黄帝。』

『崇』，古有扈地，殷時爲崇侯虎封國，文王伐之作豐邑，有聲云『既伐于崇，作邑于豐』是也。今陝西西安府鄠東五里有酆城，即其地。『仇方』，指崇也。

靈臺三則

毛傳本作五章，章四句，朱子改作四章，前二章章六句，今以韻求之，毛氏之説亦得。

三輔黄圖：『靈囿在長安縣西四十里；靈沼在長安西三十里；靈臺在長安西北四十里，高二丈，周四百二十步；辟廱亦在長安西北四十里。』按：文囿七十里，在郊之外；臺、沼、辟廱皆在囿中。漢儒以辟廱爲太學，太學則在國。孔疏又曲爲之説云：『太學在國而辟廱乃在郊，虞庠在國之西郊，是爲辟廱。然周立三代之學，在有天下以後，非文王時事。左氏説天子靈臺在太廟之中，壅之靈沼謂之璧廱，則又據豐水有文王别廟而言。』而盧植註禮記，遂以爲太廟上可以望風，故謂之靈臺。圓之以水，似璧，故謂之璧廱。夫辟廱及三靈不能易地，指爲國中而太廟亦必無在郊之理，則又視孔氏之説而更甚也。

戴氏震曰：『辟廱義未聞。周鼎銘有云：「王之辟宫，獻工錫章。」史記云：「豐鎬有天子辟池。」譙周云：「成王作辟上宫。」此單言辟者也。周頌云：「于彼西廱。」古銘識有云：「王在廱上宫。」此單言廱者也。具曰辟上、廱上，則以名池名澤，而作宫其上，宫因水爲名也。漢初説禮者，規放故事，始援大雅、魯頌立説，謂天子曰辟廱，諸侯曰泮宫。如誠學校重典，不應周禮不一及之，而但言成均、瞽宗，他國且不聞有所謂泮宫者。趙岐註孟子云：「雪宫，離宫之名也。宫中有苑囿臺池之飾、禽獸之饒。」此詩靈臺、靈沼、靈囿與辟廱連稱，抑亦文王之離宫乎？閒燕則講法論樂於此，不必主以爲太學，於詩前後尤協矣。

『簴業』，以木爲之，所以縣鐘磬。立於兩端者曰簴。上横曰栒。栒上加大板，側著於栒，曰業。業上刻爲崇牙，畫以采色，牙上加翣，翣上載璧。栒旁出者刻爲鱗蟲，下縣五采之羽。鐘簴之跗刻羸虎類，磬簴刻羽鳥屬。

下武二則

『下』，猶後也。『武』，繼也。言後人能繼先祖者，維周爲世有哲王。此毛鄭説也，似甚明確，不知朱子何以云『下，義未詳』，而反引『或説云：「下，當作文，言文王、武王實造周也。」』則是詩當並美文武矣。乃又云：『此章美武王能纘太王、王季、文王之緒而有天下也。』則『或説』仍未據爲定論，不如從毛鄭矣。且子若孫自稱於父祖之前曰『下流』，見於六朝人文者甚多，以『下』爲後人，亦何疑焉？『哲王』不專指三后，凡能武其先世者皆是，則武王亦哲王也。

詩學：『此康王即位而諸侯朝會之作。「下武維周」猶長發之「濬哲維商」也。「王配于京」，美武也。「成王之孚」，美成也。周公之戒成王者曰「永言配命，自求多福」，故詩人繼言之曰「永言配命，成王之孚」也。「永言孝思，孝思維則」，此美康王之辭。「昭哉嗣服」，即顧命所云「命汝嗣訓，臨君周邦」也。「繩其祖武」即所云「荅揚文武之光訓」也。「四方來賀」，即康王之誥所云「諸侯皆布乘黄朱奉圭兼幣」也。「不遐有佐」，即所云「太保率西方諸侯入應門左，畢公率東方諸侯入應門右」也。』按：朱傳亦引『或説』，疑此詩有成王字，當爲康王以後之詩，得陸氏申之，更屬可據。

文王有聲二則

詩義折衷疏：『首章曰：烝，盛也。言文王修德，原自有聲；專征之後，乃大有聲。然而非自爲也，將以求天下之民自此安寧耳，將以求安民之功自此有成耳，初無圖商之念也。二章曰：文王本不敢用武，乃天命文王宜有武功。於是文王受天之命，興師伐崇，作邑于豐而徙都焉，仍不改事商心也。三章曰：淢水，急流也。匹，偶也。自此以下，言武王營鎬之事。鎬城臨鎬水之急流，故曰「築城伊淢」。鎬城既成，與豐爲偶，故曰「作豐伊匹」。何楷曰「周公營洛，與周匹休；武王營鎬，與豐對峙」是也。武王雖匹豐作鎬，實非另闢疆宇，急欲圖商，不過追前人從來之孝思耳。蓋文王作豐，所以繼王季之志；武王作鎬，所以述文王之事：非有他也。言王后者，未有天下之稱也。四章曰：公，功也。濯，新也。武王營鎬，當其城工新作之時，固以遹追來孝，爲豐邑之藩籬；曁乎四方同歸之日，仍欲恪守侯度，爲商室之屏翰。蓋與文王服事之心無有二也。五章曰：皇王，有天下之稱。豐在豐水之西，鎬在其東，故居鎬則見豐水之東注也。豐水東注於鎬，乃山川自然之勢。禹因而導之以爲功，四方西歸於鎬，乃百姓同然之心。武王因而順之以爲君，則其自王后而爲皇王者，乃天命人心勢不容已，而非有利天下之私也。六章曰：武王既有天下，而以鎬爲京師，乃復修文王之辟廱以教育人材。則是文王有文德而兼有武功，武王有武功而復修文德。是以東西南北之人慕其德化，無思不服。無不服者，其身服也。無思不服者，其心服也。其作人之化，果與文王同矣。七章曰：武王當謀宅鎬之初，嘗稽之於龜卜，而龜乃決之言當宅也。武王遂宅之，成龜兆也。而其後遂有天下，則是爲王居鎬，乃昊天之成命而非人之所能爲也。八章曰：芑，苦菜也，田肥乃生。仕，事也，言豐水之旁有芑生焉。其田肥美，原屬樂土〔四〕。凡文王所作城郭宫室、靈臺、辟廱之類，武王豈不有事於修葺？所以遷者，爲地廣人衆，欲遺子孫萬世之謀。是以大城鎬以安定輔翼之耳。子孫安，則百姓安。蓋猶是遹求厥寧之心，至是而觀其成也。屢歎「烝哉」，以爲文武之德皆極盛而無以加也。』臣鳳恭録。

『豐』，即崇地。崇，見皇矣篇。孔穎達云『在岐山東南三百餘里』是也。豐水出鄠縣南山酆谷，東北流經長安城西，又北至咸陽縣境入渭。酆谷在鄠縣東三十五里，蓋近豐水之源也，去鎬二十五里。豐一作澧，又作酆，言水則從水言，言邑則從邑也。

生民八則

序：『尊祖也。后稷生於姜源〔五〕，文武之功起於后稷，故推以配天焉。』吴氏澂曰：『頌有「思文后稷」矣，生民乃祭之後飲酒受釐時所歌。施於人而非施於鬼神者，自當爲雅。蓋祭祀之時，歌之於鬼神者，頌詩也；受釐之時，歌之於生人者，雅詩也。』

周禮享先妣在享先祖之前，即享姜嫄也。是詩爲享先妣之詩，而魯頌閟宫亦首言姜嫄，以經證經，姜嫄之無夫明矣。若云帝嚳元妃，何以舍帝嚳而不祀？如謂諸侯不祖天子，周雖爲天子，后稷且不敢追王，不敢奸大禮以變后稷之舊，故不祀啻嚳。不知不祖之説，不敢以爲太祖，列九廟之首耳。若立專廟以祀，則諸侯有出王廟，未嘗不得祀天子；大夫有出公廟，未嘗不得祀諸侯。今姜嫄廟，專廟也。何嫌、何疑而不祀帝嚳？且以帝嚳爲天子而不當祀，則天子之妃亦不當祀，祀則卑先妣，而令不得與帝同廟食，不祀以尊先祖，而令不得與妃同血食：此何禮也？其誤由大戴禮以摯、堯、稷、契皆帝嚳子，毛傳、史記遵之。

其後，劉歆、班固、賈逵、馬融、服虔、王肅、皇甫謐皆以爲然。按：稷契雖幼弟，其生當必在摯未立前。迄乎堯崩，其年已百餘歲，何至以上智老壽之親弟而堯竟不能知而舉之？且堯當摯時，已爲唐侯，何至稷契當堯時竟不得尺土之封？此皆理之必無者也。鄭氏亦知其誤，變爲高辛世妃之説，則不封、不舉之疑可解，而終無解於舍父祀母之謬。且如毛鄭以禋祀爲郊禖，以弗無子爲祓去無子，求有子而棄其子，非人情。又如鄭箋以夙爲肅，戒不復御，則當履武敏歆、載震之後不以爲怪，並不求去此未生之子，且肅戒以爲生子之地，或者當祭，固有履武之歆。既祭，何必無人道之感？其不以爲怪，宜也；顧何以忽怪於既生之後而必棄之乎？豈反以不坼不副、無菑無害之極祥者爲不祥而棄之乎？反復求之，無一可通者。則直斷之曰：其棄也，以無人道之感；其無人道之感者，以無夫禋祀，非郊禖也。許氏謙曰：『其性好祀鬼神，能精意享祀，正猶陳大姬好巫覡、祈鬼神之類。』『弗』，如字。弗無子，非求有子，言以其克禋克祀，故雖無夫而弗至於無子也。帝非帝嚳。武敏之迹不知由來，歸之於帝，神之也。揚子方言：『介，特也。物無耦曰特，獸無耦曰介，一夫亦曰介。』左傳襄八年：『亦不使一介行李，辱於寡君。』是『攸介攸止』，正明言其無耦止處也。言無耦，獨止也。『載震』，有身也。『載夙』，生之朝也。『載生』，初生也。『載育』，長養也。首章文義，細心求之，姜嫄無夫亦甚明白易曉。乃舍經從傳，生諸葛藤，致聖王廟亭大禮下同於知母而不知有父者，不其惑乎？

『牛羊腓字之』，毛訓『腓』爲辟，『字』爲愛。孔疏：『嬰兒未有所知，當爲牛羊所踐，今乃避而愛之。』朱傳訓芘、愛。胡一桂曰：『以足肚遮蔽之，如有愛之之意。』名物鈔：『嬰兒不能跂乳，牛羊俯傴而乳字之，在其腓間。』按：諸説朱胡爲長。凡獸之乳其子，大抵臥而以腓撫護之，若人抱持之者然，故曰『腓字之』，特不必定以『字』爲乳耳。

『實覃實訏，厥聲載路』，蓋人聞其呱，視之，則已實覃實訏矣。其呱之聲，則載路矣。二句寫其形聲於鳥去聞呱之時，極狀其神異，非收取後語也。

『邰』，今乾州武功縣，地在岐之東南。史記：『周之先后稷封於邰。』左傳作『駘』。杜預曰：『駘在始平。』武功縣所治斄城，徐廣曰：『今斄鄉在扶風。』蓋『駘』與『邰』之字同，『斄』與『漦』之字同也。古斄城在縣西南二十二里。

毛傳：『秬，黑黍也。秠，一稃二米也。穈，赤苗也。芑，白苗也。』按：黍有赤、白、黑數種，苗色亦同。毛氏既訓『秬』爲黑黍，故於秠、穈、芑各區其類，不復更言黍。朱傳以穈、芑爲赤粱粟、白粱粟，蓋踵爾雅郭註之誤。

肇祀后稷，受封始得郊祀，非圜邱之郊，孟春祈穀於上帝也。蓋以祀之切於農事者言之。朱子指爲尊祖配天之祭，恐后稷時爲諸侯，不得行配天禮。且詩止言『上帝居歆』，無一字及於祖者，何所見而云然耶？

『取蕭祭脂，取羝以軷，載燔載烈』，軷，祭也。將郊之，先軷祭行神。考之禮經，爲壇廟門之外，與祀行之壇同，厚三寸，廣五尺。作神主，以菩芻棘柏爲之。天子、諸侯用尸，大夫無尸。伏牲：天子犬，諸侯羝，以車轢之而去。康成周禮註曰：『喻無險難也。』賈疏：『祭天在近郊，雖無險難，審慎故也。』

行葦二則

此燕同姓之樂歌。前二章燕飲正文；三章既燕而射；四章誦禱終之。朱傳確矣。惟以爲祭畢而燕，此固『曾孫』一語而誤。戴氏震曰：『古者適孫則曰「曾孫」，書曰「有道曾孫」，考工記曰「曾孫諸侯」，是也。此燕族人，故稱曾孫，明祖之適孫以與同祖之人燕於此也。』章句從朱傳，毛鄭均失之。

三章，輔氏曰：『前四句言射而中，又以中多爲賢。後四句言射而貫革，又以不侮爲德。』

既醉一則

朱傳：『此父兄所以答行葦之詩。』觀章首『既醉』二語，其義自見。後儒泥孔疏『五福』之説爲受釐陳戒之辭，或以『公尸嘉告』爲與下篇相屬，皆非也。古之誦君者必本之天、祖，言祖則本之祭祀，所謂祭則受福也。『高朗令終』『景命有僕』，即『永錫祚胤』之意，不必指考終命。『天被爾禄』所包者廣，不僅指富。『壼』，内也。『室家之壼』猶『室家之内』耳，不必指康寧。孔氏之鑿也。『公尸』，先公之尸，自祖紺以上之稱也。王與族人燕，則非特太王以來之同姓矣。

鳧鷖三則

此繹祭之樂歌。何休曰：『天子、諸侯曰繹，大夫曰賓尸。』孔疏：『賓尸即用其祭之日，今有司徹是也。繹以祭之明日。』春秋宣八年，言辛巳有事於太廟，壬午猶繹，是謂在明日也。朱傳合而言之，以爲祭之明日繹而賓尸，誤矣。

『涇』『沙』『渚』『潨』『亹』皆泛指水言，不必指『涇』爲水名。且沙水見水經，渚水見説文，既據『涇』爲『涇水』之『涇』，何以二水又不作是解，豈取興必在境内乎？按：莊子秋水篇云：『涇流之大。』註：涇，通也。謂通流也。蓋此詩『涇』之義矣。爾雅註：『沙，大水溢出，别爲小水之名。』由通流而及别出之水，所以興繹祭也。爾雅：『小洲曰渚。』説文：『小水入大水曰潀。』孔疏：『亹，謂山當水路，令水勢絶也。』亦與每章取興之義自合。至鄭箋，以『在涇』喻燕祭宗廟之尸，『在沙』喻燕祭四方萬物之尸，『在渚』喻燕祭天地之尸，『在潀』喻燕祭社稷山川之尸，『在亹』喻燕祭七祀之尸。支離罕當，歐陽氏辨之前矣。

『公尸來止熏熏』，説文引作『來燕醺醺』。按：此詩五章皆言『來燕』，惟末章云『來止』。毛傳無訓，鄭箋謂『不敢當王之燕，故變文言止』。果爾，則初燕之時即宜退讓，何至是始稱不敢耶？蓋『止』字係『燕』字之誤，當以説文正之。

假樂二則

朱傳：『疑公尸所以答鳧鷖。』然篇中無答前篇之意，且亦未有以見其爲公尸作也。序云『嘉成王也』，亦無可證實。蓋下美上之辭，頌而寓戒，可以見古君臣之盛焉。

或疑二、三兩章有錯簡，此不得其解者之説也。按：首章已包舉下三章在内。『宜民宜人』，著其令德受命之本，而三、四章之脉已伏於此。『自天申之』，雖就本身受禄言之，實與次章蟬聯而下，言其『申之』，非特其身之『干禄百福』也，『子孫』且『千億』矣。非特千億之盛也，且皆『宜君宜王』而能『率由舊章』矣。然非天私之也，其令德之章於身，則『威儀抑抑』；令德之發於言，則『德音秩秩』。用能無『怨』『惡』，而率由羣匹同受『無疆』之『福』，以爲『四方之綱』矣。綱紀以明法，燕享以示恩，分略君臣，情同『朋友』。『百辟卿士』，自無不『媚於天子』者，然無非道之媚；亦各『不解于位』，以答君心，而民乃『攸塈』矣。後二章詳其『宜民、人』之實，而民僅一見於章末。『宜人』正所以『宜民』，非詳『人』而略『民』也。舉全篇而疏之，不知所謂錯簡者何在，説詩而第求之於韻，末矣。

公劉六則

首章啓行，二、三章定居，四章遷廟之禮，五章兵賦之制，六章乃統言之。

王肅曰：『公，號；劉，名也。』王基曰：『公劉，字也。尚書傳曰：『公，爵；劉，名也。』按，子孫不名其祖，宜以字之説爲長。『公』，即古公、公季之『公』。

史記：『后稷卒，子不窋立。末年，夏后氏政衰，去稷不務，不窋以失其官，犇戎狄之間。不窋卒，子鞠立。鞠卒，子公劉立。』是據太康失國時言。國語：『昔我先王世后稷，以服事虞夏。及夏之衰也，棄稷不務，我先王不窋用失其官，而自竄於戎狄之間。』今本無『王』字，據宋本。是據孔甲淫亂，諸侯畔之時言。韋註亦以夏衰爲太康時，蓋襲史記之誤。漢婁敬對高帝曰：『周之先，自后稷堯封之邰，積德累善十餘世，公劉避桀居豳。』其説與國語差合。

愚按：不窋以上，世爲后稷之官，中間世次失考。不窋非即棄子。公劉則乘桀亂時遷豳，並非避桀。避則宜遠，不當轉内徙也。邰，今武功縣，豳即邠州，皆隸西安府。不窋所竄，在今慶陽府安化縣，漢郁郅也，亦曰北豳府。東有郁郅城，當白馬嶺西川交口。通典曰：『即古不窋城。』續通典：『不窋城在郡城東南三里，郡城今名尉李，亦曰不窋城。城周七里有奇。』按：邠州在武功縣北，慶陽府又在邠州之北，相距三百餘里。不窋當孔甲時失官遠竄，公劉乘桀之亂，漸據其故土。末章涉渭爲亂，則已復得邰地，特建都則於豳耳。後太王遷岐，去邰尤近。岐在邰北而少西，相去不及百里。

西河寫官記釋四章云：『此舉遷廟禮也。』或曰：『乃造其曹，爲落成禮。』非也。嘗以大戴禮質之：如云『蹌蹌濟濟』者，則大夫士之容儀也。『俾筵俾几』者，則奉衣服者至於新廟、筵之户牖間也。『既登乃依』者，則有司先入，如朝位祝導，奉衣者乃入，升堂奠衣服於席上也。『乃造其曹』者，則宗祝有司各適其類也。『執豕于牢，酌之用匏』者，則贊者盥薦脯醢，君盥酌奠於薦西也。『食之飲之，君之宗之』者，則薦之酌之畢，祝之曰『孝嗣侯某告於皇考某侯』，蓋言先君仍可以至新廟爲廟主也。

『百泉』，衆水之所聚。『溥原』，地之寬博而平正者。漢安定郡有朝那縣，隋改爲百泉縣，屬平涼郡。魏於其地置原州，唐因之。或以爲百泉、溥原即其處。杜氏佑曰：『當是其地，因詩而得名耳。』

芮水出今鳳翔府隴州西四十里，東過長武縣南邠州北，入涇水。『芮』亦作汭。職方：『雍州，其川涇汭是也。』皇澗、過澗，皆芮北小水。

洞酌二則

舊説以爲召康公戒成王，而所釋詩義皆未允。詩所謂：『盛世無棄物，王道存乎器，使一行潦之水，上者可以沃酒食，次者可以濯罍尊，下者可以滌器物。人材亦猶是也，在乎豈弟君子兼收而並用之，故其上者教養成就，是真父母之道矣。次者因材拂拭，亦人材之所歸也。下者備用代匱，亦人類之所依也。』其説甚合，則詩是比體而非興矣。

『挹彼注茲』，如朱傳義，與『酌彼』句覆。孔疏：『彼器挹之，而注於此器。蓋以潦水之濁，置之大器以澄之，挹小器而用之，所以轉經二器也。』

卷阿二則

是詩朱傳爲得其義。惟『鳳皇』三章，鄭箋以爲指實事，歐陽氏謂成王時未嘗有鳳皇至，而朱子亦以兩章爲比，一章爲興，似未徵信。按，竹書紀年：『成王十八年，鳳皇見。』『三十三年，王遊卷阿。』其説未盡無因。而尚書君奭篇云：『耇造德不降，我則鳴鳥不聞』，則前此有至焉者矣。古今樂録載神鳳操，其辭曰：『鳳皇翔於紫庭，子何德以感靈？賴先人恩澤，臻于胥，樂民以寧。』此可爲朱傳『因王之歌而作』之證。

岐山縣志：『卷阿在縣西北二十里。岐山之麓，今有姜嫄祠、周公廟、潤德泉。』

校記

〔一〕太似　當作『太姒』。

〔二〕冢上　當作『冢土』。

〔三〕皇矣八則　當作『皇矣九則』。

〔四〕樂士　當作『樂土』。

〔五〕姜源　當作『姜嫄』。

詩學女爲卷二十二

大雅

民勞三則

序：『召穆公刺厲王。』朱傳以爲戒同列。顧炎武曰：『託爲王意，以戒公卿、百執事之人。』愚謂詩戒同列，詞若託王，而意則主於刺厲，三説可參用也。

疏引左傳服虔註云：『穆公虎，召康公十六世孫。』按：康公與成王同時，成王至厲王凡九世，康公至穆公不應多至十六世。史記但云召公以下九世，至惠侯而不著其年，謚謂惠侯，當奔彘之時。下至十五世，則爲繆侯。繆侯七年，爲魯隱公元年。二説互異若是，今亦未考其信。惟周語召公諫王，韋註以爲召穆公虎，知必在厲王時耳。

竹書紀年：『厲王八年初，監謗。十三年，王亡奔彘。』國語載監謗後三年流彘，與竹書符。惟史記載在三十四年爲異，而餘事頗合。此詩之作，大約當榮夷任政、衛巫弭謗之際。大紀云：『時荆蠻寇於南，獵蠻寇於西，玁狁寇於北，淮夷寇於東。命虢公征之，不克。徵斂屢起，虐用其民，民不堪命。』則篇中所云『民亦勞止』『以綏四方』『式遏寇虐』『柔遠能邇』者，俱非泛指。墨子、荀子皆云『厲王染於虢公長夫〔一〕、榮夷公終』，此其驗也。

板三則

前篇以『是用大諫』終，此篇以『是用大諫』始。二詩若相首尾，前則託王而作勸勉之詞以相戒，冀聞之者悟也。此則斥王而作危迫之詞以相責，冀聞之者悔而懼也。詩主諷刺，義兼君臣，泥者失之。序以爲凡伯作。考史籍，厲王時未見有凡伯事，不知何據。

首二章刺王。三章、四章、五章刺臣。極言喪亂以警之，而次章之『辭輯』『辭懌』，即『出話不然』之反也。如是，而卒癉之民已無不洽、無不莫矣，『牖民孔易』之意，即伏於刺王。兩章之末，以權在王，不在臣也。六章安庶民。七章重藩輔。八章歸本於敬天，備言挽回之道以勸之，即首所謂『遠猶』也。其專責之王者，不第在辭矣。蓋王之病在不亶，其不亶在不敬，其不敬在不知天之可畏，故臨之以天而曰『方難』『方蹶』『方虐』『方懠』，即所謂天之怒、天之渝也。『憲憲』『泄泄』『囂囂』『蹻蹻』，即所謂戲豫馳驅也。『無然』『無爲』云云者，禁其敢心，使其無敢於不敬也；敬則不立辟而能牖民，不懷城而能多助。多助則夸毗不進，善人不尸而靡聖無嗟矣；牖民則惠師有資，殿屎不聞而洽、莫可期矣。蓋敬以革其板板之習，而心亶於内，猶遠於外。轉移之間，所謂易於取攜也。然而君臣憂謔，灌灌罔聞，卒至於莫可捄藥而不悟，流彘之禍，詩人其知之矣。

『攜無曰益』，鄭云：『無曰是何益爲，蓋起下「牖民孔易」也。』『价』，大也。『价人』，大臣也。『師』，衆也。『大師』，羣臣也。『大邦』，諸侯也。『大宗』，王族也。是皆國之藩、垣、屏、翰，所當懷之以德，以求厥寧。至於適子，非特藩、垣、屏、翰而已，如城焉，所憑以自固者，尤不可使壞也。太子静之事，詩已早言之矣。

蕩五則

序：『召穆公傷周室大壞也。』夫不曰『訓』、曰『諫』、曰『戒』、曰『刺』，而曰『傷』，則國事已不可爲矣。序説首句得之，『厲王無道』以下，經師所益也。

『曾是彊禦，曾是掊克』，『禦』如『禦人於國門之外』之『禦』。『克』，能也。言以彊暴禦衆，以聚斂爲能。何楷曰：『「彊禦」是妬賢疾能者，下章言「彊禦多懟」是也。「掊克」是聚斂巧取者，下章言「寇攘式内」是也。』

漢書五行志：『不明其德，不知善否，以美爲惡，以惡爲美，究至於無有善，亦無有惡。』顔註：『不別善惡，則雖有背逆傾昃者，有堪爲卿大夫者，皆不知之也。詩云：「不明爾德，時無背無側〔二〕。爾德不明，以無陪無卿。」』二説詮解最善。

第五章似已包舉抑全篇之意，故序連類推之，亦以抑爲刺厲王。不知湎酒之弊，千古同之，不必厲幽之有異辭也。説見後。

『鬼方』，傳註以爲遠方，不詳其地。唐書以爲突厥之先。文選註及世註均以爲漢先零戎〔三〕。按：唐書云：『夏曰熏鬻，商曰鬼方，周曰玁狁。』而太王避狄，仍云熏鬻，知不足據。北宋時先零羌有鬼章，疑是鬼方之後。似後説差爲近是。楊用修云：『貴州，古之鬼方。』按：黔中俗尚鬼巫，本西南夷羅施鬼國。易：『高宗伐鬼方，三年乃克之。』蓋荆楚之與國也。

抑一則

序說：『衛武公刺厲王，亦以自警。』按，史記年表：武公即位於宣王十四年丁亥，卒於平王十三年癸未，在位五十五年。而倚相稱，武公年九十五作懿戒自儆。蓋即位時已中身矣。厲王之時，年尚幼稚，未必有所刺譏。且武公當幽王時始入爲卿士，王方迷亂于政，荒湛于酒，故曰『其在于今』也。序既以賓筵刺幽，乃復以此詩刺厲，考之時代，其誤自見。而孔氏以爲事後追刺，此附會序說，不足據也。其以爲刺幽者，始於李迂仲，而力主之者錢氏澄之。錢氏曰：『篇中「於乎小子」等語，應是老成耆舊之言。』計幽王距厲王，所幾百年矣。武公爲幽王卿士，已在耄年。幽王初政，昏亂已著。武公追維往事，以明鑑戒，故曰『告爾舊止』，曰『言示之事』，曰『曰喪厥國』。取譬不遠，舉厲王之事以爲幽王戒。故序詩者以爲刺厲王，其實此詩之作在幽王時也。以賓筵之序例之，刺幽之說爲可從。朱傳據國語，專主自儆。又以本詩『亦聿即耄』『謹爾侯度』『曰喪厥國』三句爲武公自謂無疑。顧詩之刺厲者，曰『上帝』。王與帝，其尊同也。詩之刺幽者，曰『侯度』。王與侯，其君同也。義既同，則言亦借詩主刺而不主諫，其詞故不可得而顯斥也。侯國曰國，天子畿内亦可曰國。日闢國百里，日蹙國百里，言天子也。至於『既耄』之詞，似非武公不足以當之。然而許氏以『且將因循忽而既耄』解之，即作刺王之語，亦可視呼既耄之人爲小子，其義較安也。味詩詞義，有合於刺王者，亦有合於自儆者。序謂刺王，亦以自儆。愚則謂托於自儆以刺王耳。義須兼備，説可互參。惟序以爲刺厲王，則有不能曲爲之解者矣。

桑柔八則

左傳秦穆公引『大風有隧』一章，謂周芮良夫作。周語載芮良夫諫厲王事，故序云：『芮伯刺厲。』箋云：『芮伯，字良夫也。』鄭又以爲『畿内諸侯王卿士者』。疏云：『書序：「巢伯來朝，芮伯作旅巢命。」武王時也。顧命同召六卿，芮伯在焉，成王時也。桓九年王使虢仲、芮伯伐曲沃，桓王時也。此又厲王之時，世在王朝，常爲卿士，故知是畿内諸侯。書序註云：『芮伯，周同姓國，在畿内。』則芮伯，姬姓也。按：『芮』，即『虞芮質成』之『芮』，見緜之篇。春秋自桓十年『秦伯納芮伯萬於芮』以後，不復見經。竹書紀年以爲秦穆二年滅芮也。括地志：『芮鄉在朝邑縣南三十里。又有北芮鄉，皆古芮國。今同州之境，所謂廢華陰城者是也。』

朱子云：『此詩之作不知的在何時，其言「滅我立王」，則疑在共和之後。』按：厲王奔彘，共和行政，其間年數，史記與竹書紀年不符，而竹書載流彘後二十二年至二十六年皆大旱。今詩云『民靡有黎』，又曰『降此蟊賊，稼穡卒痒』，疑即其時。

『倉兄填兮』，傳箋皆訓久，以『填』爲古『塵』字，『塵』有『久』之義也。朱子云『未詳』，又引或説『疑與「瘨」同』。或曰：『如「哀我填寡」之「填」。』胡一桂曰：『滿也，積也。言悲憫滿積於中。』愚謂胡説爲得，江文通恨賦『悲來填膺』，『填』字本此。

『國步蔑資』，箋訓『蔑』爲輕。朱傳訓『資』爲咨。愚謂，即板詩『喪亂蔑資』義，言無財也。『靡所止疑，云徂何往』，即下所云『進退維谷』也。『疑』，齊詩作凝，韻會引同。疑、凝，語之轉，定也。『君子實維，秉心無競』，箋云：『君子，謂諸侯、卿大夫也。其秉心不彊於善。』朱傳云：『非君子之有争心也。』予曰：『維』，思也。『競』與第十五章『職競用力』『競』字同義，言君子實能思亂之所由生，秉心不與之競，誰生此厲階，至今爲梗乎？故後復應之曰：『民之回遹，職競用力』之故耳。蓋厲之亡，亡於暴，暴者必競，真探本之論也。

『告爾憂恤，誨爾序爵』，墨子作『告女憂恤，誨女予爵』。『予爵』二字義同『憂恤』，形類『序爵』，兩者未知孰誤。

『大風有隧，有空大谷』，鄭箋：『西風謂之大風。然則以之成物者此風，以之凋物者亦此風，所謂君子之德風也。風之來也，有其道，亦有其自，其自則有空大谷也。大風喻臣，大谷喻君。其來而爲成物之風，所謂「維此良人」也。其來而爲凋物之風，所謂「維彼不順」也。乃今之大風有隧，則皆凋物之風，貪人用而善類敗矣。聽貪言則對，誦善言如醉。不用其良，而反以狂悖。「使我覆」「俾我悖」，猶下章「反予來赫」之意，專責其君之詞。先儒解此兩章，均未允也。上章設喻，泛陳兩端，下乃緊入時事。兩章横設於是篇之中，有横雲斷山、奇波忽涌之妙。且「維此」「維彼」，有就君言者，有就臣言者。重岡疊嶺而來，至此歸重於君，乃得山住水住，寓之喻言，萬古長夜，一發其覆，可謂溙炬白曉矣。』

『時亦弋獲』，鄭云：『時爲弋者所獲，危之也。此所以嗟爾友朋也。與下「陰女」詞意亦合，言吾之告女，正以使女安棲得覆蔭，柰何「反予來赫」乎？』朱傳以『己之言，或亦有中』訓之，上下文義不相屬矣。

『職涼善背』，傳訓『涼』爲薄；箋讀作『諒』，訓信。當從毛。下章『涼曰不可』之『涼』當作『諒』。唐石經二字異，今本俱譌作『涼』。

校記

〔一〕長夫　當作『長父』。

〔二〕時無　當作『不無』。

〔三〕世註　當爲『世本註』。

詩學女爲卷二十三

大雅

雲漢四則

詩所：『舊説美宣王之詩。今尋其文意，似王所自作。雖有「王曰」之語，正如漢武所謂「皇謂河公」者，不嫌於自稱也。』按：此詩敬天憂民，恤災修行，中興之業，實基於此，非宣王自言，人不能言。夫鋪揚德業，褒贊成功，臣子之職也。罪己之詔，非臣子事也。是詩之作，本以祈旱，朱子以爲即雩祀。後世用爲雩祭之樂章，自晉至隋皆然。

世紀：『宣王二年不雨，至六年乃雨。』此襲竹書紀年厲王時事移掇之以就詩者，不足據。竹書又載『二十五年大旱，禱於郊廟，遂雨』，亦與詩辭不合。此詩當作於宣王初年，金氏前編但書『六年大旱』，理或然矣。

『耗斁下土，寧丁我躬』，朱傳：『何以當我之身而有是菑。』蘇氏謂：『與其耗斁下土，寧使菑害當我身也。』蘇説爲得。如朱傳，則前此固未嘗菑也。考之史籍，厲王之末大旱，宣王初年復繼之，故桑柔云『民靡有黎』，而此詩直云『周餘黎民，靡有孑遺』。其間，旱之年數不盡足據，而詩固可據也。且責躬罪己，明主類然。宋仁宗時大旱，語曰：『朕不敏於德，不明於政，降兹災眚，下逮黎庶。與其降疾於人，孰若移災於朕？』此其證也。又蘇氏釋『寧俾我遁』，謂：『苟我之不善不當天心，則寧使我遁去以避賢者，無以我故苦民。』釋『黽勉畏去』，云：『始以旱故欲遁去，既又以爲棄位以避憂患，非人主之義。故黽勉不去以求濟斯難，畏不敢也。』義皆勝朱傳。

神異經：『南方有人，長二三尺，袒身而目在頂上，行走如風，名曰魃。所見之國大旱，赤地千里。一名旱母。遇者得之，投溷中，即死，旱災消。』魏書：『咸平五年，晉陽得死魃，長二尺，面頂各二目。』通考：『永隆元年，長安獲女魃，長尺有二寸。』

崧高五則

疏：『言甫、申、齊、許皆伯夷後。伯夷掌四岳，故史記齊世家云：「四岳佐禹，平水土有功。」虞夏之際，封於吕，或封於申，姓姜氏。吕或作甫。有甫侯者，顯於周穆王時。』周書『吕刑』亦曰『甫刑』。至厲王、幽王，皆娶於申。二族受封最遠，當世爲王朝卿士，故詩首章推本嶽降，以著得姓受氏之由。詩美申伯而首及甫者，以其同姓，且甫先申顯，故以甫例申，著其族之貴也。申甫皆指先世言之。次章乃入申伯，其曰王纘之事，言能繼其先世之事。語意承首章來，文義甚明。諸儒或以『甫』爲仲山甫，以首章即指申伯。皆誤。

五嶽不數嵩高，此據虞書四岳四巡，周官考制度於四岳而誤。蓋四方諸侯分屬之四岳，以四岳紀諸侯，而中嶽在畿内，無巡狩述職於此者，故止言四岳，而非無中嶽也。大司樂：『四鎮五嶽，崩，令去樂。』大宗伯以血祭祭社稷，五祀五嶽。嶽之有五，此其證矣。然大司樂之註，五嶽有嶽山而無嵩高。大宗伯之註，五嶽有嵩高而無嶽山。孔疏以大宗伯註爲定解，是矣。後人又疑爾雅釋山『河南華，河西嶽，河東岱，河北恒，江南衡』，後一條云：『泰山爲東嶽，華山爲西嶽，霍山爲南嶽，恒山爲北嶽，嵩高爲中嶽』，以兩條互異爲疑。不知前一條並無嶽名，第紀江河東西南北之名山，後一條方紀五嶽，無可疑也。或又謂，唐虞以來，以冀州霍太山爲中嶽，引禹貢至於岳陽爲據，而謂爾雅出於漢時，未可信。致鄭註亦緣此而誤。愚謂，左傳鄭莊稱許爲太岳之亂，則周之前以霍太山爲中鎮，不爲無據。如謂周亦仍之，則謬矣。按：周初以霍太山爲冀州鎮，使霍叔主其祀，則已夷於四岳，隸之諸侯。而營建洛邑，測日景以定土中，必以嵩高爲準。則改嵩高爲中岳，必在是時。雖無沿革明文可考，此可推而知也。況名在爾雅，經不足信，復何書足信者？周禮大宗伯疏云：『爾雅五嶽不定者，周國在雍州時，權立吴嶽爲西嶽，非常法，爾雅不載。以東都爲定，故爾雅載之也。』其説可爲定案矣。至泰山，一名岱。衡山，一名霍。漢武移岳祀於天柱，亦爲霍。故衡霍別。此則後儒皆能辨之者。至是，詩所云『維嶽』指四岳，不指嵩高。俗有以『崧』爲『嵩』者，誤。

『謝城』，在今河南南陽府唐縣故湖陽城北，相傳申伯徙封於此。國語：『鄭桓公問於史伯曰：「謝西之九州，何如？」』蓋即古申伯地。荆州記：『棘陽東北百里有謝城，光武封樊仲少子丹爲謝城侯，即此城云。』

『以作爾庸』，傳訓『城』，箋訓『功』，當從鄭。『往近王舅』，説文『迈』字註云『古之遒人，以木鐸記詩』，言從『迈』讀與記同。徐鍇曰：遒人行而求之，故從辵丌。薦而進之於上也。居吏切。鄭據此釋詩，讀如『彼記之子』之『記』，云『近，辭也』。而王風『彼其之子』，箋云：『其或作「記」，或作「己」，讀聲相似。』今考説文『記』字從『己』旁，故亦得專言己。此朱子所本也。此一義也。毛傳云：『近，已也。』孔釋傳云：『歎而送之，往去已，此王之舅也。』此又一義也。蓋毛公作傳時本無異義，故但謂爲『已』，後因『已』字之形類『己』，『己』字之聲近『記』，展轉相誤。今取其説之最先而義尤直捷者，當從毛。『文武是憲』，猶曰『文武吉甫，萬邦爲憲』云爾。孔疏云：『由申伯有文有武，故得與文武之人爲表式。』朱子後説非也。

水經註：『渭水徑郿縣故城南，今鳳翔府郿縣東北十五里有故郿城，在岐周之東，鎬京之西北。』又春秋：『莊二十八年冬，築郿。』杜註：『魯下邑。』公穀皆作『微』，在壽張縣西北三十里，微子所封國，非此郿也。

烝民二則

詩義折中疏：『五六章曰：此二章言仲山甫不宜徂齊也。七章曰：言今日者仲山甫忽出祖矣，然而王命則城彼東方也。城朔方爲玁狁城，南方爲荆徐城，東方者何爲乎？是無故而出重臣於外也。八章曰：「遄」，速也。「式遄其歸」，不欲其久於外也。「穆」，淡遠也。言仲山甫之所以當遄歸者，其故不能盡言，不過微發其端，如清風之穆然而已。蓋以仲山甫者，天生之以保天子，王命之以保王躬。一旦去君遠行，自不能如永長之思。而我作詩以慰之者，以秉彝懿德，原有同然，但使不懈其柔嘉之則，曲盡其補衮之才，則懿德彌邵而王自好之，不必以徂齊介意也。總論曰：烝民，尹吉甫諷宣王也。宣王初年，吉甫伐玁狁，南仲城朔方，方叔伐荆蠻，召虎伐淮徐兼城謝，赫然勵精矣。後怠於政而勤遠略，城彼東方，非事也。觀其欲立魯戲也，仲山甫諫之而王不聽也。及其料民太原也，仲山甫又諫之而王又不聽也。一旦輟其補衮之職而使之徂齊，吉甫能不惓惓哉？「衮職有闕」「式遄其歸」，情見乎辭矣。』臣鳳恭録。

孔疏：『周語稱樊仲山甫，韋昭云：「食采於樊。」左傳：「晉文公納定襄王，王賜之樊。」邑則在東都畿内也。』按：今濟原縣西南十五里曲陽城，或云是古陽樊。晉語：『陽有樊仲之官守焉。』蓋仲山甫采邑，後徙於河南。權德輿以爲魯獻公仲子曰山甫，入輔於周，食采於樊。路史以爲虞仲支孫，卿於周，封樊，爲樊氏、樊仲氏。按：篇中言『纘戎祖考』，其爲同姓，無可疑者。漢杜欽云：『異姓之臣，無親於宣，就封於齊。』此衍説也。

韓奕二則

舊説韓在同州，此以晉地之吕梁爲梁山，春秋時韓武子所封之韓爲韓城也。按：此皆在西周畿内，詩不當云『韓侯入覲』，前人亦有辨其譌者。王符潛夫論云：『昔周宣王時，有韓侯。其國近燕，故詩云：「普彼韓城，燕師所完。」』王肅、孫毓並以梁山爲在方城縣。燕爲北燕國，與詩『其追其貊，奄受北國』者，語正合。『方城』，前漢屬廣陽，後漢屬涿，晉屬范陽。魏書地形志：『范陽郡方城縣有韓侯城。』水經註：『聖水徑方城縣北，又東南徑韓城東。詩所云「溥彼韓城」是也。今順天府固安縣有方城村，即其地。』水經註又云：『濕水徑良鄉縣之北界，歷梁山南，高梁水出焉。鮑邱水過潞縣西，高梁水注之，水東徑梁山南潞縣，今之通州，與良鄉縣並隸北直順天府，即詩之梁山矣。』鄭箋引國語史伯對鄭桓公：『武王之子應韓不在。』竊意鄭桓爲司徒在幽八年，史伯之對在九年，則宣王時其國已滅入晉，爲韓氏封邑。此之韓侯，詩明云『以先祖受命，因時百蠻，王錫韓侯，因以其伯。』則與晉地之韓受封自別，鄭不得援彼釋此也。竹書紀年：『成王十二年，王命燕師城韓。』朱傳似本此爲言而惑於舊説。因云：『韓初封時，召公爲司空，王命以其衆爲築此城。』以晉地之韓而用燕師，則勞師遠涉，知不然矣。

『出宿于屠』，毛傳：『不詳其地。』朱傳引『或説』，云『即杜』。按：『杜』字，古有作『屠』者。左傳『膳宰屠蒯』，檀弓作『杜蕢』可證。今西安府長安縣有杜陵城，在府東南十五里，周杜伯國也。諸侯相送不出境，故顯父餞之於此。或引説文『左馮翊鄜陽亭』當之。鄜陽在同州，晉地也，於晉則遠矣。

江漢三則

序：『召穆公平淮夷也。』按：後漢書東夷傳：『殷武乙衰，東夷遂盛，分遷淮岱，漸居中土。』此淮之所以有夷也。周興，西北去淮夷最遠，故難服。成王初年，淮夷同三監叛。旋同奄、又同徐戎以叛。至厲王時，入寇。王命虢仲征之，不克；宣王復命召公伐而平之。

『無曰予小予，召公是似』，宜從鄭。『肇敏戎功』，宜從朱。言女無自減損曰我小子耳，女之所爲，乃嗣女召康公，能開敏女功，我當錫女以嘉祉也。

『秬鬯一卣』，此九錫之典。韓詩外傳曰：『諸侯之有德者，天子錫之。一錫車馬，再錫衣服，三錫虎賁，四錫樂器，五錫納陛，六錫朱户，七錫弓矢，八錫鈇鉞，九錫秬鬯是也。』『告于文人』，據書文侯之命『追孝於前文人』疏云：『令繼唐叔之業。』此箋亦云：『王賜召虎以鬯酒，使以祭其宗廟，告其先祖諸有德美見記者。』蓋指召康公言，故下文云『于周受命，自召祖命』。朱傳以文人爲文王，誤矣。『錫山土田』，皆以爲錫山川土田。禮：『名山大川不以封。』釋文云：『「山」，本亦作「之」。』

常武六則

崧高以下四篇，序皆云尹吉甫美宣王，而常武則以爲召穆公詩。按：韓奕、江漢，作者無可考。常武詩云：『王謂尹氏，命程伯休父』，毛傳：『尹氏掌命卿士。』疏云：『當是尹吉甫也。命臣者，内史之事。吉甫卿士而掌命臣者，蓋爲卿而兼内史也。』愚謂，史掌策命，此詩知尹氏爲内史，而崧高以下五詩類，敘見吉甫姓氏者三篇，似可援例以定，乃獨指常武爲召穆作，此不可解。

朱傳於江漢則云：『宣王命召穆公平淮南之夷。』於常武則云：『宣王自將，以伐淮北之夷。』予不謂然。江漢，召公平淮夷也。常武，宣王平徐戎也。江漢之詩曰：『淮夷來求』『淮夷來鋪』，總淮以南北之夷言之，未嘗專指淮南也。常武之詩曰『徐方繹騷』『徐方震驚』『濯征徐國』『徐方既同』『徐方既來』，皆指徐戎，無言淮夷者。徐戎，伯翳後，其地在泗州、臨淮之間。其曰『率彼淮浦，省此徐土』，言循淮而往也。『鋪敦淮濆，仍執醜虜』，『敦』，頓也；『仍』，就也。軍行頓宿於淮之濆，而志在即戎也。『濆』，文選註作『墳』，云：『汝墳、河墳、淮墳，謂之三墳。』『截彼淮浦，王師之所』，言截淮而渡也。皆敘途中經歷，詩辭顯然，而朱子必强分之，嚴粲、陳鵬飛輩更爲之曲說，多不可通矣。

竹書紀年召穆公帥師伐淮夷，王帥師伐徐戎，皇父、休父從王伐徐戎，次於淮。王歸，自伐徐。錫召公命，皆在宣王六年。蓋徐戎之叛，自三監流言時已然。周處西陲，相距最遠，且又中隔淮浦。黨惡肆逆，其勢未可動摇也。故欲平徐戎，須先平淮夷。然伐淮而徐救之矣，勢在分兵。並出召公受平淮之命，而王師繼之，次淮，觀兵，助此兵威。截淮濟師，出彼不意。詩云『不留不處』『不測不克』『如雷如霆』『如飛如翰』，蓋威武神速，用兵之要道也。

楚語云：『重黎氏世序天地。其在周，程伯休父其後也。當宣王時，失其官守而爲司馬氏。』郡國志：『河南雒陽縣有上程聚，古程國，伯休父之國也。』

『三事就緒』，『三事』即三卿，與十月篇之『三有事』、雨無正之『三事大夫』義同。蓋南仲爲上將，皇父爲監，休父爲司馬也。南仲見出車篇。

五章云『如飛如翰』，言其整；『如江如漢』，言其盛；『如山之苞』，言其靜也固；『如川之流』，言其動也疾。孔疏云：『兵法有動有靜。靜則不可驚動，故以山喻；動則不可禦止，故以川喻。』

瞻印五則

序與下篇皆云：『凡伯刺幽王大壞。』按：凡伯無可考。箋引春秋隱七年『天王使凡伯來聘』，蓋證周之世卿有凡國伯爵者，非即其人也。板序亦云『凡伯刺厲』，故或以爲厲王時人。考幽王三年嬖褒姒，上距厲之監謗六七十年，而板詩已云『老夫灌灌』，豈能至此時尚存耶？予於板詩不敢信序，而此與召旻，朱子均不指作詩之人。今從之。『瞻印』，釋文：『本亦作仰。』

詩學云：『按：左傳凡、蔣、邢、茅、胙、祭，皆周公之後。杜預云：「共縣東南有凡城。」袁山松云：「在共縣西南。」郡縣志：「共有汎亭。」即雅詩凡伯之國。因悟周定公歸老於凡，而莊子及魯連子所云「共伯復歸於宗，逍遥得意共山之首」者，即共和之周定公也。小序故以板詩爲凡伯作，而作此二詩者又爲凡伯之繼世與？』按：陸氏之説頗見考覈，存參。

朱子以褒姒、奄人並言，蓋據詩『時爲婦寺』一語。然詳繹詩詞，刺褒氏之意多，婦、寺以文相屬耳。朱子於召旻『昏椓靡共』既不指奄人，何於此獨反之，豈必欲盡易舊説耶？

『梟』，爾雅謂之『鶹鷅』。説文云：『不孝鳥。日至，捕梟磔之。從鳥頭，在木上，亦曰留離。』邶風云『留離』是也。鴟，鳶屬，其性貪殘。禽經云『鴟以貪顧，以愁嘯』是也。梟、鴟本二物，故詩曰『爲梟爲鴟』。唐光啓二年，慈州梟與鴟鬥相殺，其非一物可知。爾雅有『茅鴟、怪鴟、梟鴟』之名，以別鴟類，釋爾雅者遂以鴞、梟、鴟合而爲一，蓋考之未詳。

『懿厥哲婦』，顔師古云：『幽王以哲婦爲美。』『匪教匪誨，時爲婦寺』，朱傳：『其言雖多，而非有教誨之益者，是惟婦人與奄人耳。』以不能教誨責婦寺，語似贅。當從蘇氏『王不用教誨之言，惟婦寺是聽』之説，且與顔説尤合。

召旻三則

蘇氏曰：『因詩首章稱旻天，卒章稱召公，故謂之「召旻」，以别於「小旻」而已。』

『我位孔貶』，朱傳作『詩人自謂』。毛傳：『貶，隊也。』鄭箋：『我王之位，又甚隊矣。』蓋言不寧如此，則天位亦將隊矣，所謂『四海困窮，天禄永終』也。箋義爲勝。旱草故枯槁而無潤澤，棲苴水中。浮草喻流亡無所止耳，不必云棲於木上也。『維昔之富不如時』，毛傳：『昔者富仁賢，今則富讒佞。』箋云：『富，福也。時，今時也。』『維今之疚不如茲』，毛傳：『今則病賢也。』箋云：『茲，此也。此者，此古昔明王。』兩句互文見意，勝朱傳。『職況斯宏，不裁我躬』〔一〕，朱傳亦作『詩人自謂』。箋云：『今時偏有此内外之害矣。乃茲復主大此爲亂之事，是不裁王之身乎〔二〕？』語意上承「池」「泉」，下起「蹙國」。』極得詩旨也。

『昔先王受命，有如召公。日辟國百里，今也日蹙國百里。於乎哀哉！惟今之人，不尚有舊』，先王，謂宣王。受命，謂中興。召公，謂穆公虎。『日辟國百里』，如江漢所稱『式辟四方，徹我疆土。我疆我理，至于南海』之類。瞻卬之詩曰『哲夫成城』『哲婦傾城』，可與此相爲證。蓋以宣王及諸臣經營數十年而不足者，一旦隳於婦人之手，爲可惜也。前篇之末責王以法祖，此責王以任用舊臣。二詩次江漢、常武之後，可以見今昔之感矣。

校記

〔一〕職況斯宏，不裁我躬　毛詩正義作『職兄斯弘，不烖我躬』。

〔二〕不裁　毛詩正義作『不烖』。

詩學女爲卷二十四

周頌

清廟二則

序：『祀文王也。周公既成洛邑，朝諸侯，率以祀文王焉。』按，洛誥云：『王在新邑烝祭歲，文王騂牛一，武王騂牛一。』其爲文武並祀可知。説詩者誤『秉文之德』爲文王之德，又不解『不顯不承』之義，遂以此爲專祀文王。按：『文』，猶言『追配於前文人』。江漢『告于文人』之『文』，言前人有此文德，而『多士』能秉持之。『不』古通『丕』。鐘鼎釋文曰：『猶言「丕顯丕承」。』是『不顯』頌文王，『不承』頌武王。詩中已有明證，不必舍經從傳矣。

周頌之詩多不用韻。顧炎武曰：『多若韻若不韻者，意古人之歌，必自有音節，而今不可考。』予謂：工歌四人，每誦一句，則三人從而和之，倡和之聲自相爲韻。朱子所謂疊字曼聲以歎發其趣者也。樂記：『清廟之瑟，朱弦而疏越，一倡而三歎，有遺音者矣。』義正如此。

維天之命三則

清廟始祭而升歌也，維天之命祭而受嘏也。二詩皆文武並祀，而此專稱文王，祭告者申其志，祝嘏者統所尊也。言『不顯』而不及『不承』者，前統言秉持文德，此專言文王之德，義各不同。

此詩述周受天命而推本文王，以著所自命即『其命維新』之『命』。『不』，通『丕』，大也。言天之所以命周者不已，實由文王有此丕顯之純德。『假』，大。『收』，受也。大哉文王之德，有以流溢于我，則我當受之；且非特我也，駿惠於我之文王德可遠及後世，因勉其篤厚以培之焉。書云：『萬年厭於乃德。』文王之德，蓋如是矣。

左傳『何以恤我，我其收之』，杜註以爲逸詩，且引詩者時有不同，本詩可通，不必援彼易此。朱子曰：『「何」之爲「假」，聲之轉也。「恤」之爲「溢」，字之譌也。』按：『何』『遐』爲聲之轉，如『遐不眉壽』『遐不作人』之類可證。『何』之轉『假』，未聞。

維清二則

左傳季札觀樂，見舞象箾、南籥者，杜預、服虔皆云『文王之樂』，賈氏謂『詩爲樂章，與舞人爲節。故歌維清，則舞象舞矣』。序曰：『維清，奏象舞也。』按：『象』者，所以象其事。文武之舞，皆得爲象。而此云文王者，詩中言文王之典，且大武詩存而象箾缺不可考，故漢人以此當之，今亦未知其是否也。李氏詩所以清廟爲方祭，維天之命爲祭而受福，維清爲祭畢送神，義亦可通。

詩所：『典者，祀典也。虞書曰：「直哉惟清。」大雅曰：「於緝熙。」敬止故清而緝熙者，文王之祀典如是。今祀文王者，能自始祭以迄有成事，則勿替其典，實受其福矣。』按：『肇禋』『迄用有成』二語，或以周公宗祀文王於明堂爲始祀，則『有成』之義無所指。或云文王始受命祭天，其後王業有成，至今以禋祀祀昊天上帝，義亦迂曲。李氏得之。

烈文三則

序說：『成王即政，諸侯助祭也。』服虔左傳註亦云：『成王初即洛邑，諸侯助祭之樂歌。』朱傳以爲『祭於宗廟，而獻助祭諸侯』。考儀禮賓三獻尸之後，主人酌酒獻賓，歌烈文，本經立言，更足補序所未及。

『錫茲祉福』，毛以爲『文王錫之』，鄭以爲『天錫』，朱子以爲『諸侯助祭，使我獲福』，是諸侯錫此祉福。『惟王其崇之』，鄭朱皆以爲王之崇諸侯。『念茲戎功』，朱傳又以『助祭錫福』當之。皆未善。嚴華谷云：『助祭諸侯，往往身佐文武定天下者。錫祉，謂其夾輔以興周祚也。』又云：『爾於爾之國，無封殖，無侈靡，惟當王室是崇。』均勝舊說。『戎功』，武功也。言諸侯之繼序者，當念其父祖平定天下之功而益張大之。『繼序』以上，勸戒諸侯之辭；下乃推本前王能得人以彊國，又明辟公所以爲之用者，以前王實有此不顯之德，故念辟公，尤不能忘前王。詩獻助祭諸侯，而終於頌美先王，故别於雅矣。

蘇氏曰：『古之儒者皆言武王崩，成王幼，不能踐祚，周公攝天子位以爲政，七年而後反。予考於詩書，無之。古者，君薨，世子即位，諒闇而聽於冢宰三年。蓋免喪而復，成王之終喪也。以幼不能聽政而聽於周公，七年而復，故書稱「武王崩，三監及淮夷畔。周公相成王以黜商，有大政令，未嘗不稱王命也」。然則成王既已即位矣，成王雖即位而不能治王事，故未嘗即政，是以周公當國而治事，非攝其位，蓋行其事也。其後七年退而復辟，則成王於是即政，亦非復其位，蓋復其事也。故此詩之序曰「成王即政」，即政非即位也。苟成王有即位有即政，則周公之未嘗攝位明矣。』

天作二則

詩義折中曰：『天作，祀岐山也。易曰「王用享於岐山」，是也。周之王業，起於西岐。「修平啓闢，疆理宣畝」，所謂「太王荒之」也。「徽柔懿恭，惠鮮懷保」，所謂「文王康之」也。「棫拔遒兑，夷喙民歸」，所謂「岐有夷行」也。荒之者順天，康之者安民。順天、安民而後有夷行，難之也。孟子曰：「昔者文王之治岐也，耕者九一，仕者世禄，關市譏而不征，澤梁無禁，罪人不孥，發政施仁，必先鰥寡孤獨。」此文王之康功也。荒之功在一時，康之功在萬世。子孫保之，法文王之「康之」，足矣。蓋順天之本，在於安民也。其旨遠矣。』

臣鳳恭録。

『彼徂矣』絶句，『岐』字連下『有夷之行』讀，文義顯然。且與『彼作矣』句相應，不必改『徂』爲『岨』，改『矣』爲『者』也。説苑尹文對齊宣王引詩『岐有夷之行』，韓詩句讀亦然。蘇潁濱、嚴華谷皆本此。詩義折中從之，今以此爲定。沈括曰：『後漢書西南夷傳作「彼岨者岐」。』今按：彼書『岨』仍作『徂』，而引薛君章句訓爲『往』，惟『矣』字作『者』字，『岐』字連上讀爲異。或曰韓詩作『彼岨』者，又作『彼徂』者，故昌黎詩亦云『彼岐有岨』。蓋諸本不同耳。朱子句讀從漢書，『岨』字參用他本，『矣』字則仍本詩之舊。今就詩説詩，不更改字。

昊天有成命一則

序：『郊祀天地也。』按：周語叔向聘周，單靖公與之語，説昊天有成命。單之老送叔向，叔向告之，全引此篇文。其言曰：『是道成王之德也。成王能明文昭、定武烈者也。夫道成命者而稱昊天，翼其上也。二后受之，讓於德也。成王不敢康，敬百姓也。夙夜，恭也。基，始也。命，信也。宥，寬也。密，寧也。緝，明也。熙，廣也。單，厚也。肆，固也。靖，龢也。其始也，翼上德讓，而敬百姓；其中也，恭儉信寬，帥歸於寧；其終也，廣厚其心，以固龢之。始於德讓，中於信寬，終於固龢，故曰成。』朱子據國語，以此詩爲祀成王，謂康王以後詩。詩序辨復詳及之，立論甚允。前此鄭衆、賈逵、唐固之徒皆主是説，而韋昭以『成王之德』爲『文武能成其王德』，以『明文昭、定武烈』爲『明其文使之昭、定其武使之威』。蓋亦爲箋説所誤。至潁濱謂『成王非基命之君』，則更不然。洛誥：『周公曰：「王如弗敢，基命定命。」』王晦叔云：『承天命以作新邑，是謂基命。都邑既成，久安長治，是謂定命。』可爲左證。伊尹誥太甲亦云：『嗣王新服厥命。』豈皆異姓受命之謂乎？且詩明言『昊天有成命，二后受之』，是受命者文武，而基命者成王也，又何疑焉？愚考竹書紀年，康王三年定樂歌，吉禘於先王，則此詩當爲康王吉祫升祔成王於武王之詩。安溪李氏亦主祔祭之説。然以爲祔文王，則非。升祔之禮，詳見執競篇。

我將四則

序：『祀文王於明堂也。』孝經：『郊祀后稷以配天，宗祀文王於明堂以配上帝。』程子以爲『萬物本乎天，人本乎祖。冬至氣之始，故祭天而以祖配之。萬物成形於帝，人成形於父。季秋成物之時，故享帝而以父配之是也』。按：周正建子，以十一月爲歲首。故先郊而後明堂，先祖而後父。歲時之序，尊卑之義也。宗祀配位，皆有天下之王當之。故夏宗禹，商宗湯。則周當宗武，今宗文者，周家言受命皆本之文王。故禮記曰：『武王克殷，祀於明堂而民知孝。』蓋宗祀在武王時已定。周公成文武之德，追王太王、王季，不言文者，亦以太王爲受命之君故耳。孝經云：『孝莫大於嚴父，嚴父莫大於配天，則周公其人。』蓋本制作禮樂而言，謂此則周公之爲之也，非周公敢以子道自居，舍武而宗文也。陳祥道禮書謂『是時，成王未畢喪，武王未立廟，故宗祀文王而已』，是以『周公其人』一語，誤解此詩爲作於武王既殁之後。後世又誤『嚴父配天』之義，謂王者必以父配天而後爲孝，如漢孝武之以景帝配、唐孝和之以高宗配〔一〕、明皇之以睿宗配之類。朱子語類謂『只以有功德之祖配之』，一言可破千古之惑矣。

孔疏謂『明堂總祭五帝之禮』，引曲禮『大饗不問卜』註云『大饗五帝於明堂，莫適卜』，月令『季秋大享帝』註云『言大享者，徧祭五帝』爲證。按：周禮言祀天，又言祀昊天上帝。此統言天者也，該五帝之祀而言也。言五帝又言上帝，此分言天者也，不該全體之天而言也。天者，總名也。昊天上帝，謂天爲帝也。五帝者，青赤黄白黑，五方之天也。五帝者，謂五方之天亦爲帝也。言天則遠矣，言帝所以引而近之，於以見天人感通之理。朱子曰『爲壇而祭謂之天，祭於屋下而以神祇事之謂之帝』，是也。天與五帝，均得稱上帝。故言天者，加昊天以别之。五帝與昊天同稱帝，不與昊天同稱天者，禮書曰：『猶諸侯與天子同稱君，不與天子同稱王也。』此詩言天不言帝，而孔疏以爲祀五帝者，以明堂之禮知之，帝、天之稱，對文則别，散則義通。如『會同』爲時見殷頫，而論語及小雅車攻所稱皆散言者是也。天有統言、分言之異，地亦有之。周禮大宰祀大神示，大宗伯祀大神、享大鬼、祭大示，大司樂奏黄鐘、歌大吕、舞雲門以祀天神。凡樂，圜鐘爲宮，黄鐘爲角，太簇爲徵，姑洗爲羽。若樂六變，則天神皆降，可得而禮矣。奏太簇、歌應鐘、舞咸池以祭地示。凡樂五變而致介物及土示。凡樂，函鐘爲宮，若樂八變，則地示皆出，可得而禮矣。大神示，猶言天地。土示，謂五土之示。天神則凡天之神與焉，地示則凡地之示與焉。故曰『皆降』『皆出』也。大祝祀天又旅上帝，祀地又旅四望。古人之於天地，既統事之，復分事之。蓋亦如宗廟之事，有禘祫，又有四時之祭。以事人者事神必如是，而其道始盡焉爾。

明堂自古有之。淮南子曰：『神農之世，祀以明堂。』新論曰：『神農氏祀明堂，有蓋而無四方。』通典：『黄帝拜祀上帝於明堂。』蓋稱名不昉自周矣，然亦代各異名。古有蒿宮、明庭，黄帝時亦名合宮，堯時名衢室，舜名總章，夏后氏名世室，殷名重屋，皆明堂也。言明堂者，不外五室九室兩家。而康成檢校舊本，改明堂月令篇『九堂十二室』爲『九室十二堂』。歷考諸書，『九室』是矣，而『五室十二堂』亦非有異制也。西河毛氏作明堂問，辨之極詳。今約其文於此，其言曰：『據大戴禮盛德篇，明堂凡九室。縱三横三。一室而有四户八牖。三十六户七十二牖。以九室乘之，四九三十六，八九七十二。以茅蓋屋，上圜下方，外水曰辟雝。堂外環水。明堂月令篇：「赤綴户也。白綴牖也。言户牖色。堂高三丈，其地高三十丈。東西九仞，八尺曰仞，横七十二尺。南北七筵。九尺曰筵，縱六十三尺。九室十二堂以四維分作八个，爲十二堂。四户八牖，宫三百步，合墉門爲宫，六尺曰步，共一百八十丈。在近郊三十里。孝經緯：『明堂在國之陽。』」月令：「青陽左个，東北室與元堂右个分作兩堂，此正九室中二堂也。中一室名太室，不用。青陽太廟。正東。青陽右个，東南。明堂左个。南東即青陽右个也。明堂太廟。正南。明堂右个，南西。總章左个，西南即明堂右个也。總章太廟。正西。總章右个，西北。元堂左个，北西即總章右个也。元堂太廟。正北。元堂右个，北東即青陽左个也。明堂位。有中階、作階、西階，東門、南門、西門、北門、此在辟雝之外。應門。此又在南門外，則前有二重門矣。」家語孔子觀於明堂，觀四門墉，四門環以墉。則其制大約以一百十四丈之宫築高三丈，古以明堂即靈臺，其趾甚高。縱六丈三尺，衡七尺。二尺之堂立三十六柱，每堂四柱，共三十六。合作一屋，而蓋以茅，分九室十二堂，施三十六赤户、七十二白牖。上圜下方，九衢八達。室環以水，水環以墉。六階前三階，三面各一階。五門。此在西漢諸儒無異詞者。自康成本淳于登之説，註考工匠氏五室之文〔二〕，而九室五室遂成門户。不知考工詳於軌步而略於體製，其但云五室而不及九室，非謂室無九而但有五也。以爲明堂陰陽全在五行，饗祀方明特尊五廟，第稱五而九在其中。五舉其要，九推其全也，猶之但稱室而个在其中。太廟太室五據其正，四維八个四居其偏也。且五方五廟是五室也，廟必有个，以八个而合四室，則九室也。北魏賈思伯稱九室爲五室，五不少減，以室中有个也。予謂五室爲九室，九不加多，以个即在室也。是以考工稱五室，大戴稱九室，月令稱十二堂，裴逸稱一屋，其義一也。」此周通之言也。

「我將我享，維羊維牛」，王志長曰：「彭山季氏云：周禮「羊人」曰「積共羊牲」，謂積柴祭天，則用羊寔柴也。先柴而後獻，故維羊又在維牛之上，將者奉羊以供柴，享者獻牛以共祀。」按，周禮大宗伯註云：「祀五帝亦用寔柴之禮。」王説是也。「右」，釋文：「本亦作「佑」，下同。」鄭箋訓爲「右助」，較朱傳「神坐東向，在饌之右」説更直捷。

時邁一則

序：「巡守，告祭柴望也。」孔疏：「宣十二年，左傳云「昔武王克商，作頌曰「載戢干戈」」，明此篇武王事也。國語稱周文公之頌曰「載戢干戈」，明此篇周公作也。」按：班固謂武王不巡守，至成王乃巡守，後儒亦多宗之。予謂一代之興，巡省大典不應至成王時始舉行。考竹書紀年載『十二年克商，其夏四月，王歸於豐，饗於太廟，命監殷，遂狩於管』，『十五年初，狩方岳』二條，歸豐饗廟事與武成符。而逸周書有『十有三年，王在管』之文，與『狩於管』符。度邑解云『南望過於三塗，北望過於有嶽。丕顯瞻過於河，宛瞻過於伊洛』，與詩言『河嶽』亦符。僅言河嶽者，約舉之也，亦可爲武王有巡狩左證。樂記云：『武王克殷，濟河而西。散軍而郊射，左射貍首，右射騶虞，而貫革之射息也。』參考諸書及武成所載，與詩言悉合。且詩疑作於大告武成之時。蓋既正大統，將有巡省，必告祭以行。知王之不復用兵也。車甲釁而藏之府庫〔三〕，倒載干戈，包之以虎皮。天下知武王之不復用兵也。王制言天子將出，皆云類於上帝。此詩乃將出告祭之辭，『肆于時夏』，皆告以所至之地。孔疏謂『武王巡守』，是矣；以爲『既至方岳，告至之祭』者，失之。黃氏櫄曰：『武王巡守之事，詩有時邁，書有武成。時邁，告祭之樂章也；武成，識其政事以示天下來世也。庚戌柴望，大告武成，此告祭懷柔之實也。昭我周王，天休震動，此「莫不震疊」之實也。庶邦冢君暨百工受命於周，此「式序在位」之實也。偃武修文，歸馬放牛，此非「戢櫜」之意乎？建官位事，重民五教，惇信明義，崇德報功，此非「懿德以保」之乎？』斯說得之。

執競二則

序：『祀武王也。』朱傳：『此祭武王、成王、康王之詩。』按：祀武則詩不應獨致詳於成康。且曰『自彼成康』，夫『彼』者，别於『此』之辭。上之成康，下之成康，並無異義，而何以『彼』之？凡言『彼』，非實指其時、地，必實指其人，非可作語辭也。下武『成王之孚』，愚亦作成王。昊天有成命之『成王不敢康』，從朱傳，則此亦宜從朱作成王、康王也。然三王並祭，祀典所無。以爲大祫於太廟乎？何竟不及文王？以爲祔祭於武王之廟乎？則武王至孝王時，昭穆親盡，於是始有不祧之世室，前此未聞有專廟也。豈以是詩爲孝王時作乎？即有專廟，何忽兼祀成康於其廟乎？此必不可通者。序所以不主成康，爲二王也。安溪李氏以此詩爲康王祔祭，是矣。然以爲祔於武王，非也。考之禮，祔皆喪祭，然一在卒哭後，一在譚後〔四〕。卒哭後之祔，孫從其祖，蓋是時未立廟，先以其主寄祔於祖廟之旁，祔畢仍迎主歸奉於寢。凡練祥諸祭，即祭於寢，至時祭而仍寄廟，如是三年。左傳所云：『喪祭於祖，烝嘗禘於廟也。』此李氏之説也。

愚謂，此寄祔非升祔，不應有詩。是詩當爲昭王吉祫升祔康王於成王之章禮。新王免喪有吉禘。吉禘者，吉祫也。凡毁廟之主與未毁之主，皆升祫於太祖，以爲死者入廟必合先王、先公而並諦審之，且二祧當祧一主入毀廟矣。是必迎毀廟之主齊食太祖，然後將新祧一主隨舊祧衆主並遷焉。而新祔之主乃得從二祧三親返於禰宮，且升祔之後，昭穆一變，新主當居穆位。然吉、祫、審、禘，舊主未更，故暫與考列，俟祧定而正於其位，方禘祭。未定時，則成康同居穆位，故詩人以成康並稱而本之於武王。

武王初定天下，殷頑梗逆，徐淮交訌，四方尚未寧也。故『奄有』者，自成康時始。外傳所云『十八王而康克安之』是也。此詩之意，言武王持此自疆之道〔五〕，故其功亦莫彊；成康繼世，又皆能丕顯武王之功，是以上帝益皇大之，以奄有此四方，而明察無不至也。『鐘鼓喤喤』以下，則皆祭祀之文爾。

思文二則

序：『后稷配天也。』疏：『孝經云「昔者周公郊祀后稷以配天」，是后稷配天，周公爲之。國語云「周文公之爲頌，曰『思文后稷，克配彼天』」，是此篇周公所自歌，與時邁同也。予謂冬至祀天於圜邱。圜邱者，南郊也。其壇曰泰壇，與四時迎氣諸郊不同。圜邱之郊祀天，四時之郊祀五帝，皆以后稷配。春秋傳曰「郊則曷爲必祭稷王者？必以其祖配王者；則曷爲必以其祖配？自内出者無匹不行，自外至者無主不止是也。此言后稷配天，明是圜邱之祭。然先儒亦有言圜邱配嚳，南郊配稷者。』按：祭天因南郊地上之圜邱。邱圜而高，所以象天，所謂爲高必因邱陵也。言祀天不得分圜邱、南郊爲兩祭。且周之始祖，斷自后稷。凡言嚳者，皆傳襲之謬。生民詩已詳辨之。孔疏又以后稷爲配所感之帝，此緯書，更不足信。

書傳：『道德純備曰思。』謚法解：『經天緯地曰文。』后稷實兼有之，此配天之德也，故曰『克配』。『立』，如字。『極』，中也，即洪範『皇極』之『極』。立極於己，錫極於民，所謂己欲立而立人也，故曰『立我烝民，莫匪爾極』。此言配天之功。『來牟』，廣雅：『麳，小麥也。麰，大麥也。』『麥』，趙岐註孟子亦以麰麥爲大麥。本草註：『大麥，今稞麥，一名麰麥。形似小麥，皮厚，故謂大麥。』管子：『夏至而麥熟，穀之始也。』舉其始，所以該百穀也。立民莫先於食，帝貽來牟，命率育中夏，而不得以此疆爾界限之。既富且穀，於是乃陳常于時夏矣。此言立民之事，蓋推本有周受命之本於后稷也。

臣工二則

詩義折中曰：『臣工，耕籍也。王率羣臣躬耕，帝籍祭於先農而受釐。耕籍事竣，乃敕保介，使勸農也。國語曰：「農祥晨正，日月底於天廟。王乃使司徒咸戒公卿、百吏、庶民，司空除壇於籍，命農大夫咸戒農用。王即齋宫三日。及期，鬱人薦鬯，犧人薦醴。王祼鬯，享醴乃行。及籍，王耕一墢，班三之，庶人終於千畝。」此則「王釐爾成」之大略也。又曰：「陽氣俱烝，土膏其動。弗震弗渝，脉其滿眚，穀乃不殖。稷則遍戒百姓紀農協功曰：陰陽分布，震雷出滯，土不備墾，辟在司寇。乃命其旅曰徇。」此則「來咨來茹」之大略也。」臣鳳恭録。

『維莫之春』，建寅之月也。月令：『孟春之月，天子親載耒耜，措之於參保介之御間。』吕氏春秋亦有此文。鄭箋引月令謂『周之季春，於夏爲孟春』，其説是矣。然先儒多謂周人改正不改月，故朱子以『莫春爲斗柄建辰，夏之三月』，予嘗以春秋、孟子考之，而知其不然者。春秋書『春，王正月』，而左傳『王周正月』，則非夏正月明矣。桓八年冬『十月雨雪』，以周十月實夏八月，故以雨雪爲不時而書；若建亥之月，則雨雪常矣。十四年春『正月無冰』，以周正子月正凝冰時而無冰，故書；若寅月，則無冰不足異也。莊十七年冬『多麋』，以害稼，故書；若夏正之冬，則無稼矣。僖五年，左傳『春，王正月辛亥朔，日南至』，冬至也；若夏正寅月，則安得日南至乎？成元年二月『無冰』，夫寅月無冰，猶或曰異也；若卯月，何足異乎？定元年冬十月『隕霜殺菽』，以周十月爲夏八月，非隕霜時；若夏正十月，則重霜正其時，且亥月菽已成矣，而何以言殺菽乎？孟子云：『七八月之間旱。』朱子亦曰：『周七八月，夏五六月也。』又云：『歲十一月徒杠成，十二月輿梁成，民未病涉也。』誠以周十一月爲夏九月，周十二月爲夏十月，故宜及此時修治橋梁，故曰『民未病涉』；若夏正子丑之月，則已凝冰沍寒矣，可復至此時爲橋梁哉？然則此詩『維莫之春』，其爲寅月，又何疑焉？

噫嘻三則

詩義折中曰：『噫嘻，卜郊也。郊有二：有日至之郊，有祈穀之郊。日至不卜，孟春祈穀則卜之。禮記曰：「卜郊受命於祖廟而作龜於禰宮，尊祖親考之義也。」春秋襄公七年：「夏四月，四卜郊〔六〕，不從。孟獻子曰：『吾乃今而後知有卜筮。夫郊祀后稷，以祈穀事也。故啓蟄而郊，郊而後耕，今既耕而郊〔七〕，宜其不從也。』」此詩言成王昭格者，康王作龜於禰宫也。郊而遂耕，故於廟中戒農官焉，勸農重穀之至也。』臣鳳恭録。

『駿發爾私，終三十里。亦服爾耕，十千維耦』，箋云：『竟三十里者，一部一吏主之。周禮曰：「凡治野田，夫間有遂，遂上有徑。十夫有溝，溝上有畛。百夫有洫，洫上有塗。千夫有澮，澮上有道。萬夫有川，川上有路。」計此萬夫之地，方三十三里少半里也。言三十里，舉其成數。』疏云：『周禮以萬夫爲限，與此十千相當。計萬夫之地，一夫百畝，方百步。積萬夫方之，是廣長各百夫。以百自乘，是萬也。既廣長皆百夫，夫有百步，三夫爲一里，則百夫爲三十三里餘百步。即三分里之一爲少半里，是三十三里又少半里也。』朱傳云：『此必鄉遂之官司稼之屬，其職以萬夫爲界者。溝洫用貢法，無公田，故皆謂之私。』蘇氏曰：「民曰『雨我公田，遂及我私』，而君曰『駿發爾私，終三十里』。其上下之間〔八〕，交相忠愛如此。」』

『駿』『浚』通，説文：『深也。』『發』『墢』通，國語：『王耕一墢。』『墢』，以耜起土也。『深墢』，即孟子所謂『深耕』。

振鷺二則

序：『二王之後來助祭也。』諸家皆主其説，訓義亦同。或曰：『鷺色白，殷人尚白，蓋專言宋之至。』予觀朱子於『在彼無惡』二語，兼引陳氏之説，則亦似主宋言者。然微子助祭，有客一詩足矣。韓詩薛君章句曰：『鷺，潔白之鳥也。振者言振羽而飛。西雍者，文王之雍也，言文王之時，辟雍學士皆潔白之人也。』據此似太學養士之作。中庸引詩『庶幾夙夜，以永終譽』，云『君子未有不如此而早有譽於天下者也。』則不主助祭明矣。李氏詩所云：『此釋奠於太學之詩也。「振鷺」，興其修潔。「雝」，辟雝也。太學在西郊，故曰「西雝」。「我客」，指賓，興之賢士也，在彼學者也不厭，故曰「無惡」；在此教者也不倦，故曰「無斁」。「以永終譽」，期其以令譽終也。大雅思齊：「古之人無斁，譽髦斯士。」』按：『雝』，舊説皆訓爲澤，不主太學，益可證予『靈臺辟雝』之説。然虞庠在國之西郊，而詩言西雝，則薛君之説亦可從。特不必竟泥辟雝爲太學耳。李氏之説根據韓詩，義甚允切，今從之。

『鷺』，白鳥。所以比德。鷺之飛翔有序，故曰『鷺序』，所以比容，專言容者威儀，爲定命之符也。此比而兼興者，朱子指爲賦體，非是。

豐年四則

此篇及後載芟、良耜、絲衣四詩當是豳頌。周禮籥章『國祭蜡則吹豳頌，擊土鼓，以息老物』是也。朱子並思文、臣工、噫嘻言之，非是。后稷配天之辭，不宜施於蜡祭，而臣工、噫嘻皆有時王名號，非豳俗之舊，與風之七月、雅之楚茨諸篇異矣。

序以豐年爲秋冬報。蘇氏曰：『報謂秋祭四方，冬祭八蜡。』豐年、載芟皆非宗廟之詩，而曰烝畀祖妣，何也？以爲所以進享先祖者，皆方蜡、社稷之功也？予謂『烝』非『進』之義也，冬祭也。詩主乎蜡，不兼秋言之。百禮凡先農、田祖、方社之祭，皆是大蜡。則合萬物而饗之，言其禮之多也，與載芟同。李氏曰：『古有事於報賽者，必先家祭而後行之。故楚茨、信南山皆言祭祀先祖之事；甫田、大田乃及方社、田祖。是皆自祖妣以洽百禮之證也。餘義各見本篇。

郊特牲：『天子大蜡八。伊耆氏始爲蜡。蜡也者，索也。歲十二月，合聚萬物而索饗之也。蜡之祭也，主先嗇而祭司嗇也，祭百種以報嗇也。饗農，及郵表畷，禽獸，仁之至，義之盡也。古之君子，使之必報之。迎貓，爲其食田鼠也。迎虎，爲其食田豕也。祭坊與水庸，事也。曰：「土歸其宅，水歸其壑，昆蟲毋作，草木歸其澤。」』按：彼註以昆蟲列八蜡之一，此祝詞欲令先嗇諸神除之耳，非祭之也。王肅去昆蟲而分貓、虎爲二，亦非是。陳祥道云：『蜡之八神：先嗇也，司嗇也，百種也，農也，郵表畷也，禽獸也，坊也，水庸也。去昆蟲而數百種。』是爲得之。禮書又云：『蜡之爲祭，所以報本反始，息老送終也。其服，王元冕而有司皮弁，素服葛帶，榛杖。其牲，體謳辜。其樂，六樂而奏六變，吹豳頌，擊土鼓，舞兵舞帗舞。其所致者，山澤川陵，以至土示天神，莫不與焉。則合聚萬物而饗之者，非特八神也。而所重者八，以其尤有功於田故也。其神之尊者，非特先嗇也。而主先嗇，以其始有事於田故也。古者蜡則飲於學，黨正屬民飲酒於序是也。既蜡，則臘先祖，五祀於廟。仲尼與於蜡賓，事畢，出遊於觀之上是也。然則臘，亦謂之蜡矣。

『萬億及秭』，毛云：『數萬至萬曰億。數億至億曰秭。』朱子從之。按：韓詩傳『陳穀曰秭』，則此詩乃新、陳並言耳。

有瞽二則

序：『始作樂而合乎祖也。』諸家之説亦同。詩所：『瞽用以弦歌於堂上者也。設樂縣及鼓鞉柷圉之屬於下以奏。簫管，所謂下管者也。肅雝和鳴，蓋總而言，人聲八音相應，無不和諧也。先祖聽之，賓客至焉，如虞書所謂「祖考來格，虞賓在位」者。成樂舞之節段，至舞入而樂將痓闋矣，故以成言之，虞有九成，周有六成。』

『應田縣鼓』，毛以『應』爲小鞞，『田』爲大鼓。鄭以『田』爲小鼓，字當作『𣖂』。朱子兼採二説。按：『𣖂』即『陳』，『田』『陳』二字古通。用春秋陳氏後爲田氏，史記韓世家有陳筮，即國策田苓，可證。爾雅：『鼓小者謂之應。』『縣鼓』，鄭以明堂位有『周鼓始縣』之文，謂『周制，或曰路鼓也，是鼓之大者』。愚謂，應田縣鼓，蓋小者陳之，而大者則縣之耳。釋名以應爲大鼓。賈公彦謂：『諸侯祭禮，應鼓縣在東方。』與此詩所言者别。

『鞉』，爾雅云：『大鼗謂之麻，小鼗謂之料。』周禮：『小師掌教鼓鼗，大司樂靁鼓。靁鼗於圜邱奏之，靈鼓、靈鼗於方邱奏之，路鼓、路鼗於宗廟奏之。』此蓋路鼗也。『柷敔』，亦小師所掌。樂書以爲柷居宮縣之東，象春物之成始；敔居宮縣之西，象秋物之成終：是也。『簫』，樂書云：『編竹而成。長則聲濁，短則聲清。其狀鳳翼，其音鳳聲。中呂之氣，夏至之音也。其生數二，成數七。而夏至又火用事之時，二七十四，則簫之長尺有四寸。蓋取諸此。』爾雅：『大簫謂之管，小簫謂之筊。』郭璞謂『大者長尺四寸，小者尺二寸。然尺四寸者，二十四管無底而蓋應，故謂之管；尺二寸者，十二管有底而交鳴，故謂之筊。蓋應十二律正倍之聲也。『管』，律呂精義云：『即律管，律呂各六，有特有編。前儒不識管者，謂管長尺圍寸，併兩而吹。此漢大予樂官之雙管，非古所謂管也。後儒不識管者，謂管除韶子，外長六寸餘。此教坊俗樂之頭管，亦非所謂管也。管無孔，惟管端開豁口以便吹。縱横皆廣一分七釐六毫，乃黄鐘正律内徑之半也。』

潛三則

序：『季冬薦魚，春獻鮪也。』按，周禮𩏩人：『春獻王鮪。』夏小正：『二月祭鮪。』月令：『季冬，命漁師始漁，天子親往，乃嘗魚，先薦寢廟。季春，天子始乘舟，薦鮪於寢廟。』孔疏云：『冬則衆魚皆可薦，故總稱魚。春惟獻鮪而已，故特言鮪是也。』

疏：『陸璣云：「河南鞏縣東北，崖上山腹有穴，舊説此穴與江湖通，鮪從此穴而來。北入河，西上龍門，入漆沮。故張衡云王鮪岫。居山穴爲岫，謂此穴也。」』『鰷』，形狹而長如條然，色白，故曰白鯈，性浮，好游水上。莊子稱鯈魚出游從容，以爲魚樂，是也。爾雅『鮂黑鰦』，即指此。或謂之鮂，或謂之鰷魚。

雝三則

序：『禘太祖也。』予謂：太祖，后稷也。禮，不王不禘。王者禘其祖之所自出，而以其祖配之。祖者，凡先祖之通辭也。祖之所自出者謂始祖也。禘於始祖之廟，而以凡有廟無廟之主皆配食於始祖，故可言審諦無遺失，亦可言昭穆之次審諦而不亂。其説見左傳閔二年註疏中。自趙匡誤解禮經以釋春秋，謂『既立始祖之廟，又推始祖所自出，而以始祖配之』，後儒遂襲其謬，多不可通矣。或曰：『魯不有文王廟乎？』予曰：『傳有之。襄十二年秋，吴子壽夢卒，臨於周廟。註云「周廟，謂文王廟」，是也。』『然則魯之禘也，不祖文王乎？』曰：魯之祀文王也，猶宋之祀帝乙，鄭之祀厲王，出王廟也，非魯之所獨也。其得配周公於其廟也，則成王、康公靈而賜之者也，非魯不得用也。今以侯國特賜之典，而定王者祫禘之大禮，可乎？且周自后稷以前，無復可推矣，又烏可强求自出之祖以就異説，而反昧帝嚳爲稷父之非乎？至漢儒以禘、祫分爲兩祭，則又不然。『祫』者，合也。合祭稱祫，猶特祭稱禃。『禘』，合祭也。言祫所以釋禘之義。爾雅釋『禘』爲大祭是也。如三年吉禘、五年大禘與四時之烝嘗禘，俱是合祭，故吉禘稱吉祫；大禘稱大祫；烝、嘗、禘稱烝祫、嘗祫、禘祫，非於諸祭之外又别有所爲祫祭也。此皆禘祭大典，不容不辨其誤者，故附論於此。

此詩箋疏以爲『成王祭文王』，朱子以爲『武王祭文王』。皆由不解『太祖』之義而誤。予謂：太，始也。太祖即始祖，文雖異名，理則一致。且周人以諱事神而詩中不避『昌』字，正以禘於始祖以尊臨之，爲廟中不諱之義。如但云臨文不諱，則於他文不避可也，豈有專祭其主而斥其名者乎？或引『駿發爾私』爲證，予謂彼詩戒農官，與武王無涉，此正所云臨文不諱者。且又安知非即國語之『墢』字乎？不得以彼例此也。皇考、烈考、孝子，毛鄭以來其解互異，然皆不可通。故説是詩者，惟吕氏讀詩記最善。其言曰：『禮，不王不禘。周所以王天下，得行禘禮於太祖者，皆文王、武王之功也。故成王於禘之時推其得禘之由，播之樂歌以告太祖，曰：大哉！我皇考武王，綏予孝子以已成之業。其君臣賢聖再造區夏，所安者上及於皇天，用能昌大於後。居王位而行禘禮，而膺壽祉之多，是皆武王之力，而文王、太姒之所右助也。文王雖同建王業，而武王實得天下，故歸功之言詳於武王，而卒章本於文王、太姒焉。閔予小子之頌曰：「遭家不造，嬛嬛在疚。於乎皇考，永世克孝。」故「皇考」者，武王之稱也。「烈考」與文母相配而言，故「烈考」者，文王之稱也。』其說允矣。

『於薦廣牡，相予肆祀』，箋云：『天子是時進大牡之牲，百辟與諸侯又助我陳祭祀之饌。』按：宗廟之事，天子薦大牲，禮經可考，而朱子以爲諸侯所薦，誤矣。

載見二則

序：『諸侯始見乎武王廟也。』疏云：『成王於此親爲祭主，諸侯於成王之世始見武王，非謂立廟以來諸侯始見也。』按，竹書紀年：成王四年春正月，初朝於廟，詩疑作於是時。故曰『載見』。『載見』者，始見也。其說互見後訪落篇。朱子以爲語辭而易序，非是。

『鞗革有鶬』，説文引作『瑲』，『云聲也』〔九〕。何楷曰：『瑲，玉聲也。鞗革有瑲音，金厄所觸，亦如玉之鳴也。』

有客二則

序：『微子來見祖廟也。』予謂古者爵人必於祖廟，此微子始封見於周廟而遣之之詩。白虎通：『詩「有客有客，亦白其馬」，謂微子朝周是也。』其册命則載之尚書，朱子從序，不主孔氏『助祭』之說，得之矣。

『萋』『且』『敦琢』，皆指其旅有萋盛也，有且多也。『敦』『彫』，古今字。『彫』『琢』，皆治玉之名。於人則有選擇之義，言從者之盛且多。而又選擇至精賢從者，所以賢有客也。『淫』，大，釋詁文。『威，曹氏曰：「等威也。蓋宋得用先代禮樂，故其等威至大。」』

武二則

序：『奏大武也。』鄭箋：『大武，周公作樂，所爲舞也。』按：左傳引武之卒章，曰『耆定爾功』。孔疏云：『頌皆一章，言其卒章者，謂終章之句也。』朱子謂『春秋傳以此爲大武之首章』，不知何據，豈所見本有異與？又云：『傳以此詩爲武王所作，則篇内已有武王之謚，而其説非矣。』此則朱子誤解傳文，非傳之誤。彼文云『武王克商作頌』，引時邁篇又作『武』，引此篇及桓、賚，固分別言之。然大武之作雖當周公時，其意主於象武王之功，以克商爲本，故連引以證京觀之失，非謂武、桓、賚三詩之作與克商爲一時事也。是此詩及桓之稱武王，均無可疑。或曰：『竹書載克殷之年作大武樂，非武王時乎？』余曰：『此則舞而非詩。李氏樗云：「禮記『總干而山立』，武王之事也。『發揚蹈厲』，太公之志也。武亂皆坐，以象周召之治。言大武之舞，其始則持盾，正位以待諸侯，既而戰鬥，既而又使行列皆坐，以見其爲止戈之武也。大武之舞在於止戈，大武之詩在於止殺，其義一也。

禮記：『冕而舞大武，然亦用之獻尸。』通典云：『周制，尸入後，即行初獻之禮；三獻後，奏大武之詩；九獻後，舞大武之舞。』

閔予小子二則

序：『嗣王朝於廟也。』箋云：『嗣王，謂成王。』予謂此成王吉祫升祔武王於文王之詩。升祔禮見執競篇。

序於此詩及後三篇皆泛言嗣王，然玩詩文，皆當屬之成王。朱子亦以四詩爲成王所作，疑後世遂以爲嗣王朝廟之樂。理或然也。

訪落二則

此新廟既成而延訪羣臣以落之之詩。胡一桂曰：『自「繼猶判涣」而上，猶皇皇如有所求而弗獲之意。自「維予小子」以下，則焄蒿悽愴，若或見之也。』

此與載見皆一時之作，吉祫升祔在成王三年，朝廟在四年。此詩曰『率時昭考』，而載見亦曰『率見昭考』，則此成王初朝而彼諸侯始見。竹書之文可考而據也。

敬之二則

序以爲『羣臣進戒嗣王』。箋疏皆以『敬之』六句爲羣臣之戒，『維予』六句爲成王之答，朱子從之。李氏曰：『成王自儆之詩也。首言天之聰明，明威敬之不可懈。繼言聰以成敬，學之不可輟。卒乃歸功於周召二公，諸人輔導啓沃之勤也。「仔肩」，肩也，身所賴以執持者也。不曰「股肱」而曰「仔肩」，尊之之辭。』較勝舊説。

『天維顯思』，即尚書所云『天顯士之爲事』者。何楷曰：『説文事乃士之本。訓其以士，爲人品之稱。則謂其人足任事，故亦以士名之是也。』『熙』，國語：『廣也。』歐陽氏曰：『積學而增緝廣大，至於其道光明。』舊説訓『熙亦爲光明』，非是。

小毖三則

序以爲『嗣王求助』，説是詩者多泥序而不得其解。朱子以詩有『未堪家多難』一語，遂謂此亦訪落之意，則又用序而益其誤矣。西河毛氏云：『小毖，自懲也。「莫如」云者〔一〇〕，懲己之使管蔡也。大誥云：「我國有疵」也。「肇允」云者，懲己之輕武庚也。大誥云：「殷小腆誕，敢犯其敘」也〔一一〕。故曰『予其懲而毖之』也哉。當其初也，莫有使蜂螫予者，予自求之，若曰予懲乎管蔡之事而不及也。「桃蟲」者，鷦鷯也。鷦鷯，鳥也。人但以其名爲蟲而忽之，不知拼飛之本是鳥。此忽視武庚，而不知武庚實勝國後得爲患，故曰始以武庚爲可輕而不可輕也。予遭家不造久矣，乃復覯此事。』較舊説更切當。

『蜂』，禮謂之『范』。方言謂之『蠓螉』，亦謂之『壺蜂』。樹上作房者『水蠭』，形差小。穴居者『土蠭』，最大，螫人或至死。『桃蟲』，莊子謂之『鷦鷯』，方言謂之『工爵』，亦謂之『桑飛』，鳥中之最小者。工於爲巢，繫髮葦苕間，取茅秀爲窩，以麻紩之，如制襪然，故又云『襪雀』，郭璞謂之『巧婦』。喙鋭如錐，專剖葦中蟲食之，故曰『掏蟲』。『掏』『桃』，古字通也。毛傳云：『桃蟲，始小終大。』陸璣云：『鷦鷯生鵰。』皆失其實。朱子兼用二説，謂『鷦鷯，小鳥。鳥，大鳥。其雛化而爲鵰，故始小而終大』。詩但云『拼飛』，不以爲生長變化明矣。張氏詩紀云：『微物不可忽，動即可慮。初聞「桃蟲」名，以爲蟲耳。及拼飛，而始信爲鳥。蓋初視爲鼠，不知其爲虎也。此深懲乎殷遺之可患也。』最得詩義。

『蓼』，有紫、赤、青、馬、水、香、木等七種。生水澤者，莖赤味辛，謂之辣荼，或用以毒溪取魚。爾雅云『蘠虞蓼』，即詩所言者。紫、赤二蓼，葉小狹而厚。青、香二蓼，葉相似而俱薄。馬、水二蓼，葉大，上有點黑。木蓼一名天蓼，蔓生，葉似柘葉。諸蓼花皆紅白，子皆赤黑。木蓼花黄，白子，皮青滑。

載芟二則

此下三篇皆豳頌，説見豐年。

『千耦其耘』，箋以爲既芟柞草木而芸除其根株。朱子初解亦從鄭，集傳易爲『去苗間草』。劉瑾曰『以下文次序觀之，恐此句未遽説耘苗』，是也。『驛驛其達』，爾雅郭註及文選註並引作『繹繹』，彼字義爲長。蓋狀苗之出土，生意接續，繹繹不絶也。『麃』，説文作『穮』，音義同。徐鍇曰：『禾已長大，復鉏其間草也。』嚴粲曰：『芸、耘、麃，皆除草也。芸與柞，並言是新闢爲田，先除其土上之草木也。既耕而言耘，是反土之後，除其土中之草木根株也。既苗而言麃，是除苗間之草也。』予謂『緜緜其麃』謂耘者之衆而不息，故爾雅云：『緜緜，麃也。』『飶香椒馨』，范處義曰：『説文：「飶，食之香。」「有飶」，言其饌也。楚辭：「奠桂酒兮椒漿。」「有椒」，言其酒也。』李氏曰：『蜡後則有養老之禮，故此並言之。壽考者，國之瑞，故曰「邦家之光」。「寧」者，養而安之也。「振古如兹」，言自后稷以來如此也，即豳雅「自昔何爲」，「自古有年」之意是也。』餘義詳朱傳。

良耜三則

此詩大指與前篇略同。

『荼』，爾雅作『蒤』，亦謂之『委葉』，陸生穢草，與緜詩及内則所稱者異。『蓼』，見小毖。陸佃曰：『因暑雨化之，則草不復生而地美。蓋非特去草之害，亦以釀其田疇。

故荼蓼朽，於是黍稷茂。月令：「季夏燒薙行水利以殺草，如以熱湯，可以糞田疇，可以美土疆。」』按：『荼』『蓼』二草，孔疏謂：『田有原隰，故並舉水陸穢草』是也。朱子以爲一物而有水陸之異，非是。

蘇氏曰：『「以似以續」，興來歲嗣往歲也。「續古之人」，庶幾不替其先也。劉氏曰：亦上篇「振古如兹」之意。』

絲衣二則

詩所：『蜡祭，擊土鼓，吹豳頌，以息老物，於是國亦養老焉。此則養老之詩也。萬物助天以成歲功，至此，爲其老而勞，故息之。人則萬物之貴，期頤耄耋，邦家之光也。是以特於祭畢養之，而述其執事者之恭如此。絲衣，爵弁，士之祭服也。自堂至於塾，省其地以定坐次也；自羊至於牛，自鼐鼎至於鼒，省其牲以定品味也；然後以兕觥酌酒而養老焉。又能致其尊敬，無有喧嘩怠慢者。是以壽考之人不獨受而安之，抑且悦而美之也。』按：舊説皆以此爲繹祭之詩，然篇中無此意。雅有鳧鷖，不必更列於頌。朱子以爲祭而飲酒，亦罕依據。蓋李氏之説確矣。

毛傳：『基，堂塾之基。』按：釋宮：『門側之堂謂之塾。』蓋古人宮室之制，門之內外皆有東西二塾。一門凡四塾。士虞禮：『陳鼎於門外之右，匕俎在西塾之西。』註曰：『塾有西者，是室南鄉。』又士冠禮：『擯者負東塾。』註曰：『東塾，門內東堂。負之北面，則內塾北鄉也。』爾雅：『鼎絶大謂之鼐，圓弇上謂之鼒。』周禮：『亨人掌共鼎鑊，以給水火之齊。』公食大夫禮：甸人陳鼎設扃鼏，若束若編。『扃』，謂之鉉，以横木貫耳而舉之。『鼏』，茅爲之，長者束本，短者編中。蓋牲體皆亨於鑊，然後肉胥之鼎，羹納於鉶。陳鼎必於門外。舉之去鼏，然後入抽扃，然後加匕。則自堂徂基，舉鼎省牲，實兼內外塾而言之者也。

酌二則

序：『告成大武。言能酌先祖之道以養天下也。』班固、蔡邕輩皆附會序説，不足據。按：『酌』或作『勺』，又作『汋』。內則『勺舞』即此，亦用以獻尸。潁濱謂『方其未可而晦，見其可而爲之，此所謂酌』，是此題本義。

『師』，衆也。『介』，助也。『爾』，此也。『嗣』，承也。時晦則晦，循時以養衆；時明則明，於是衆乃大助之，故能寵受王業，丕承先志。然非平日有此大公之心，見信於衆，不至此。

桓一則

序：『武志也，講武類禡也。』予曰：大兵之後，必有凶年。武王克商而年屢豐，是天命不懈也。『士』，李樗曰：『與「熊羆之士」「虎賁之士」同。「以」，左傳「能左右之曰以」。蓋桓桓之武王，將保厥士；往用之四方，以保厥家。其志上昭於天，天方命之爲君，以代商耳。是天命不懈之本也。』

賚一則

寫官記：『此武初歸自商，祀穆考廟，大告諸侯以得天下之意也。』『文王既勤止，我應受之』，積德累仁，當受命也。『敷時繹思』，凡布列於是者，皆繹思之也。『我徂維求定』，豈有他也？『時周之命』，非我小國敢弋殷命也。『於繹思』，汝更思之也。

般三則

序以桓爲『講武類禡』，賚爲『大封於廟』，此詩爲『巡守祀四嶽河海』，皆後世取其義以用之其事者，詩之作不爲此也。

『高山』，嵩高山，中嶽也，爲洛邑鎮墮。爾雅謂之巒山。『喬嶽』，四嶽也。『河』，嚴氏謂：『禹貢「自大陸，北，播爲九河，同爲逆河」，註云「同合爲一大河，名逆河」是也。武王有定都之志，登嵩高望，居天下之中，俯臨河嶽，有辰居星拱之象，故曰「敷天之下裒時之對」也。』

詩義折中曰：武，大武一成之歌也。言大哉武王，其功烈莫强於天下矣。原其初，實由文德之文王開之。嗣王繼文之志，是以其勝殷也。期於除殘去殺，以致定其功而已。蓋武烈仍本於文謨也。酌，大武再成之樂歌也。國之興廢，在於天命；命之遲速，在於天時。當晦而遵養，時止則止也；當熙而大介，時行則行也。是故文王之不有天下，與武王之有之，皆所以奉若天時，事異而心同也。賚，大武三成之樂歌也。承武酌而爲言，「允文文王，克開厥後」，所謂「文王既勤止」也。「我應受之」與「嗣王受之」「我龍受之」同也〔一二〕。既已受之，則當定之；所以定之者，惟有繹思文王而已。中庸曰：「夫孝者，善繼人之志，善述人之事者也。」繹之，所以述其事；思之，所以繼其志。繼志，則承文之德；述事，則敷文之功。再言繹思，以爲舍此無以爲定命之道也。般，大武四成之樂歌也。史稱武王憂天保之未定，謂周公曰：「我南望三塗，北望嶽鄙，顧瞻有河，粵瞻伊雒，毋遠天室。」營周居於洛邑，此武王經營天下之志，而周公成之。故於廟樂，特及之也。桓，大武六成之樂歌也。言自克商以來，萬邦乂安，屢獲豐年，可見天命之於周久而不倦也。其所以如是者，由桓桓之武王保文王所有之多士，用之於四方，能安定其國家，其功德上昭於天，故命爲皇王，使永代商而有天下也。左傳楚子曰：「武王克商，作武。其卒章曰耆定爾功；其三曰敷時繹思，我徂維求定；其六曰綏萬邦，屢豐年。夫武禁暴戢兵，保大定功，安民和衆，豐財者也。」言卒章者，武之卒章也；言其三、其六者，大武之三成、六成也。樂記曰：「夫武始而北出，再成而滅商，三成而南，四成而南國是疆，五成而分周公左、召公右，六成復綴以崇天子。」武之「遏劉」「耆定」，期望之辭也，所謂「始而北出」也。酌之「是用大介」，已然之辭也，所謂「再成而滅商」也。賚之「徂維求定」，南還於周，以安民也，所謂「三成而南」也。般之「嶽河裒對」，所謂「南國是疆」也。五成之歌，今無之矣。桓則六成也，美其德曰「於昭于天」，尊其位曰「皇以間之」，復綴以崇天子之辭也。』

臣謹按：大武之樂，有舞有歌。舞之節次，禮經詳之。歌之先後，則錯舉於春秋、左氏傳中。然三成、四成、五成，詞不可考，而申公詩説以武、賚、時邁、般、勺、桓爲序。左氏明以賚爲武之三，而别時邁於頌。申氏謬附失實，自來諸儒疑以傳疑，罕所是正。竊謂舞與歌相節，宣謂之奏，每舞一成，歌亦當一成。歌之節次，書缺有間，凖之於舞，可得而知也。昔者孔子正樂，雅頌得所。秦火以來，簡編失次。漢時經師並出，各移其第，無復曩舊。維皇天縱聖學，淵懿尼山，所正乃覯於兹，然猶未輒更定。僅以王言分載各詩之末，蓋其慎也。臣謹彙爲一則，私自省誦，又嘗反覆詩文，竊不自揆，欲以烈文一篇補五成之缺。按：彼詩云『辟公』，周召二公也。『戎功』，武功也。『四方』，訓百辟刑，分陜東西爲二伯也。與樂記所言『五成而分周公左，召公右』者差合。蓋伏讀聖謨，頓開茅塞，用抒一隙之明，謹附鄙説於後云。

校記

〔一〕唐孝和　指唐中宗李顯。

〔二〕匠氏　當作『匠人夏后氏』。

〔三〕車　當作『庫』。

〔四〕譚　當作『禫』。

〔五〕疆　當作『彊』。

〔六〕四卜郊　今本左傳作『三卜郊』。

〔七〕今既耕而郊　今本左傳作『今既耕而卜郊』。

〔八〕問　當作『間』。

〔九〕云　當作『玉』。

〔一〇〕莫如　今本作『莫予』。

〔一一〕『殷小』云云　今本作『殷小腆耳，乃大敢言繼敘也』。

〔一二〕嗣王受之　今本作『嗣武受之』。

詩學女爲卷二十五

魯頌

詩譜：『魯者，少昊摯之墟也。國中有大庭氏之庫，則大庭氏亦居此乎？其封域在禹貢徐州大野，蒙羽之野。』正義：『漢志云：「周興，以少昊之虚曲阜封周公子伯禽爲魯侯，以爲周公主。」應劭云：「曲阜在魯城中，委曲長七八里。」』按：曲阜，今屬兖州府，自春秋至戰國，魯世都之，後併於楚。秦爲薛郡治，漢置魯縣，旋改爲魯國。晉爲魯郡治，後齊改屬任城郡。隋廢郡改縣，曰汶陽，屬兖州，旋又改曰曲阜縣。唐省而復置。宋祥符中，改仙源縣。金復爲曲阜。元還縣治於魯城東十里，謂故城爲闕里。明正德間，避流寇，復徙於故城，今縣治是也。魯故城十二門，今環城基址尚存，有如山嶺。

魯頌四篇，序皆以爲頌僖公。然駉與有駜，事實無考；泮水、閟宫，先儒多牽合春秋傳者，亦不足據。今前二篇不定其時代，大約在伯禽始封之世。第三篇從魯齋王氏，斷爲頌伯禽。第四篇兼用王氏及仁山金氏所定本，頌僖公之詩止此一篇。朱子辨序而仍用之，吾無取焉。

駉四則

此大閱而祭馬祖之詩，非專頌牧馬之盛也。以其詩爲樂章體，合乎頌，故魯人謂之頌，夫子仍其名耳。後三篇仿此。

『坰』，澤名，俗名連泉澤。郡縣志云：『在兖州曲阜縣東九里。』鄭云：『必牧於坰野者，避民居與良田也。坰之牧地，水草美，飲食得其時。』蓋指此。

周禮『校人』註：『自乘而廄，良馬之數二百一十六匹。一廄爲一閑。諸侯六閑，爲數一千二百九十六。良馬凡三種，駑馬如其數。合之爲二千五百九十二匹，皆養之於官，謂之國馬。』毛傳別四種言之，有良馬、戎馬、田馬、駑馬之異。蓋分良馬爲三，而合駑馬爲一，適如詩所稱之數也。張氏曰：『「思馬斯臧」，良馬也。臧者，言其德。「思馬斯才」，戎馬也。才者，言其用。陳於禮者，尚德；用於戰者，尚才。「思馬斯作」，田馬也，謂習其動作之節。「思馬斯徂」，駑馬也，言足以行而已。是謂四種之馬。』

馬名，朱傳是者，不贅。註其云：『黄騂曰黄，赤黄曰騂，黑身白鬛曰雒。』此徒襲毛傳，而不辨其譌者。予謂，『黄』，黄馬；『騂』，赤黄，以其易知，故釋畜無文。『雒』，爾雅亦不載。釋文：『本或作「駱」。』按：『雒』字，從詩本字，則去水從隹。漢以前未聞。從釋文作『駱』，則詩已言之一名，不應重出也。正義曰：『俗本多作「駁」，而爾雅有「駵白駁」之文。是「有駵」「有駁」，正以類相次也。』必以俗本而非之，固矣。

有駜一則

此孟冬大飲之詩。月令：『孟冬之月大飲烝。』註云：『十月農功畢，天子與其諸侯羣臣飲酒於太學，以正齒位，謂之大飲，別之於他。其禮亡，今天子以燕禮、羣國以鄉飲酒禮代之是也。』『有駜有駜』，馬之多也。『乘黄』『乘牡』『乘駽』，羣臣在公者之所乘也。『鷺』，潔白而羣飛有序，故以爲喻。『于下』，喻其始至。箋云：『潔白之士，羣集於朝，君與之飲，以鼓節之。至無算爵，則又舞燕樂以盡其歡也。』『于飛』，喻其將歸。疏云：『此言「于飛」，是既下而飛去是也。』朱子以『鷺』爲舞者所持之鷺羽，非是。首二章自始至

『以及將歸』，敘大飲，正文已畢。三章乃預言息蜡之事。月令：『大飲之後，繼以祈年。』以皆在孟冬，故並及之，亦以爲頌禱之詞也。至飲蜡樂歌，則疑仍用豳頌。

泮水三則

魯齋曰：『此頌伯禽詩。平淮夷獻馘泮宮而作。』按：朱子以僖公無克淮事，謂詩所言爲『冀其有是功』。安成劉氏又引春秋傳，僖十三年夏會於鹹，十六年會於淮，皆從齊桓有事於淮夷爲證。大抵惑於序説。予謂作泮宮及淮夷獻賂求成之事，詩已頌之，非春秋不書常事之例，不應不一見於經，而僅書會於某地。即傳亦不詳及，但於『會鹹』云『淮夷病杞』，故於『會淮』云『謀鄫』而已。無其事而言之，妄也。貪齊之功而揚厲失實，僞也。二者無一可通。費誓曰：『徂茲淮夷，徐戎並興。』書序曰：『魯侯伯禽，宅曲阜，徐戎並興，東郊不開，作費誓。』今得王氏之説，則詩乃實録矣。

『泮水』，一名雩水，源出曲阜縣治東南，西流至兗州府城東，入泗水。水經註：『靈光殿之東南即泮宮也，在高門直北道西。宮中有臺，高八十尺。臺南水東西百步，南北六十步。臺西水南北四百步，東西六十步。臺池咸結石爲之，詩所謂「思樂泮水」也。』

『茆』，傳云：『鳧葵也。』陸璣云：『與荇菜相似，江南人謂之蓴菜，或謂之水葵，諸陂澤水中皆有。』按：説文『茆』引作『菲』，力久切；『丣』，古酉字，從草，從丣，丣，聲也。與『酒』字韻協，當以説文爲正。『吴』，説文：『大言也。』徐鍇曰：『今寫詩者改吴作「吳」，又音乎化切，其謬甚矣。』

閟宫五則

此詩有『莊公之子』一語，其爲頌僖公無疑。然膺戎狄，懲荆舒，據孟子是周公事也；服淮夷、荒徐宅，據尚書是伯禽事也。乃詩文皆在頌僖之後，考之春秋，僖公時初未見有此數事。欲從舊説，則既無可據，而又與孟子、尚書不合；從孟子、尚書，則詩之先後殊失倫序。且是詩章句舊分八章，有多至三十八句，少至八句爲一章者。潁濱、朱子皆有是正。然徒以四章爲有脱句，而於詩之時世、事實均未確審。宋王文憲柏嘗言，閟宫之詩，蓋有錯簡。三章『土田附庸』之下，詞氣未修，血脉不貫。當以『公車千乘』以下九句接此爲一章。又欲以『泰山巖巖』二章移『周公之孫』之前。元儒金履祥更欲以『公車千乘』九句置『王曰叔父』之上。今參用二説，間附己意，釐爲十章，而各疏其義於後。

第一章，『閟宮有侐』至『纘禹之緒』，凡十七句，敘生民之始自姜嫄、后稷也。第二章，『后稷之孫』至『克咸厥功』，凡十二句，敘王業之始終自太王、文、武也。第三章，『公車千乘』至『則莫我敢承』，凡九句，金氏曰：『言周公四征弗庭，伐淮、踐奄之功。周無徐州，故淮夷爲荆州之界，而舒在今淮西也。』第四章，『王曰叔父』至『土田附庸』，凡九句，敘伯禽之始封於魯也。第五章，『泰山巖巖』至『魯侯是若』，凡十六句，敘魯侯能繼周公之緒，平淮徐也。第六章，『周公之孫』至『亦其福女』，凡十三句。第七章，『秋而載嘗』至『魯邦是常』，凡十二句。第八章，『不虧不崩』四句，合『俾爾昌而熾』至『眉壽無有害』八句，凡十二句。第九章，『天錫公純嘏』至『黃髮兒齒』，凡十句。此四章因祭祀而受釐陳戒之辭。曰保東方，曰保魯，曰複周公宇，皆勉僖公以法祖也。第十章『徂來之松』至『萬民是若』，凡十句，此新廟落成之詩，故以閟宮始，以作廟終焉。新廟即閟宮，然無可考，疑在二十年西宮災之後。

『公車千乘』『公徒三萬』，戴氏震曰：『鄭註小司徒引司馬法「井十爲通，通爲匹，馬士一人，徒二人。通十爲成，成百井，革車一乘，士十人，徒二十人。十成爲終，終千井，革車十乘，士百人，徒二百人。十終爲同，同方百里萬井，革車百乘，士千人，徒二千人。士甲、士徒，步卒也。千乘士徒，共三萬人。」與此詩正合。分言之，則曰士、曰徒，合言之，則曰公徒爾。武王革車三百乘，虎賁三千人。齊侯使公子無虧帥車三百乘，甲士三千人。蓋不言步卒，而但舉甲士，亦與此合。鄭氏箋詩，以「大國三軍」解之；萬二千五百人爲軍，三軍合三萬七千五百人。舉成數，則削去七千五百。其答臨碩又不自安而兩其說，以爲「二軍」，二萬五千人必增五千言之，乃有三萬。皆非也。杜註春秋「作邱甲」云：「周禮九夫爲井，四井爲邑，四邑爲邱。此小司徒職文。邱十六井出戎馬一匹，牛三頭。此前漢刑法志文，非周禮。四邱爲甸。亦小司徒職文。甸六十四井，出長轂一乘，戎馬四匹，牛十二頭，甲士三人，步卒七十二人。亦刑法志，非周禮。」其說據漢書刑法志，雜入於周禮。刑法志乃總言殷周立司馬之官其制如此，不必其果合殷周也，而專以言周禮可乎？刑法志亦本司馬法，然司馬法乃六國時齊威王大夫等追論古法爲之，不可謂之周禮也。但其時近古，所言有合有不合，必合於經者方可取證。正義引之，斷其不與此合而云：「計千乘有七萬五千人，則是六軍矣。」集傳兩據，以公車千乘爲十萬人。於一乘七十五人之外，加將重車者二十五人。唐初諸儒尚未有此說。公徒三萬，爲三軍之步卒，二萬七千人增三千言之，乃有三萬。又不計甲士三人及將重車者二十五人。爲車三百七十五乘。詩中二語不相通。若是，恐未然矣。其一乘百人也，取杜牧註孫子之說。甲士三人、步卒七十二人之外，加炊家子十人，固守衣裝五人，廐養五人，樵汲五人，凡二十五人。如此成百人，豈古人立法必泥全數乎？後儒又據此爲司馬法，則唐孔穎達、賈公彦疏釋諸經時，尚未知有此説也。』

『犧尊』，朱子兼采阮諶、王肅之説。然據太和中青州掘得齊大夫子尾送女器，爲牛形而背上有尊。蔡條稱徽宗崇尚古器，政和間，尚方所貯，盡三代冢墓中物，如今博古圖所載，其犧尊正如肅所言，則集傳當以後説爲正。

『泰山』，東岳也。虞書謂之岱宗，周識方謂之岱山，在今泰安府北五里。山周百六十里，高四十餘里，峯巒谿峒，層見疊出，不可勝數。自嶽頂而東南二十里曰鷄窠山，西南十里曰亭禪山，東六十里曰梁父山，又東曰云云山，雖隨地異名，皆泰山之支峯也。魯在其陽，爲三望之一。龜、蒙、鳧、繹，皆在今兖州府。龜山在泗水縣東北五十里，水經註云：『山北即龜陰之田。春秋定十年，「齊人來歸龜陰之田」是也。』蒙山當魯境之東，故曰東蒙，亦曰東山，在沂州費縣西北七十里。鳧山在鄒縣西南五十里，連魚臺縣界，其形如鳧，相傳伏羲曾畫卦於此，故亦謂之八卦山。繹山在縣東南二十五里，一名邪嶧，亦曰鄒嶧。水經註鄒山，所謂嶧山，邾文公所遷。東西二十里，南北十三里，高秀獨出，積石相臨，殆無土壤，石門多孔穴，洞達相通。『常』，箋云：『或作「嘗」，在薛之旁。』按，史記越世家：『越王曰：「願齊之試兵南陽莒地，以聚常郯之境。」』索隱云：『常，邑名，蓋田文所封邑。

郯，故郯國。二邑皆齊之南地。』據此，則常在薛旁明矣。曹氏曰：『漢地里志魯有薛縣，而齊孟嘗君食邑於薛，則嘗先當屬魯是也。』薛城，在今滕縣南四十里。許，即春秋傳所謂許田，鄭伯稱『以泰山之祊易之』者，其故城南四十里有魯城。括地志云：『周公廟在其中。』徂來，在泰安府東南四十里。』水經註：『汶水經徂來山西，山多松柏。』鄒山，記曰：『山在梁甫、奉高、博城三縣界。猶有美松，亦曰龍諫之山也。』新甫，在泗水縣東南。後魏志：『魯郡汶陽縣有新甫山。』

詩學女爲卷二十六

商頌

世紀：『契始封商，在禹貢太華之陽上洛商是也。』世本：『昭明居砥石。』荀子成相云：『契元王，生昭明，居於砥石，遷於商。』相土徙商邱，故陶唐氏之火正閼伯之所居也。春秋傳曰：『閼伯居商邱，祀大火，相土因之。』故商主大火，謂之辰，故辰爲商星。』書序：『湯始遷亳，從先王居。』仲丁遷於囂。』世紀：『今河南之敖倉是也。』河亶甲居相，祖乙圮於耿。』史記：『祖乙遷於邢。』盤庚五遷，將治亳。殷盤庚遷於殷，曰：「先王不常厥邑，於今五邦。」』史記：『武乙徙河北。』按：商，今陝西西安府商州。砥石，未詳，或曰即砥柱也。商邱，今河南歸德府附郭商邱縣。亳，歸德府東南廢穀熟縣，是亦曰南亳府，北四十里有大蒙城，爲北亳，亦曰景亳，景山在焉。又，河南偃師縣曰西亳，湯即位居南亳，後徙西亳也。囂亦曰敖，今開封府鄭州滎陽縣。相，今彰德府城西北五里，洹水南岸有亶甲城是也。耿，今山西平陽府蒲州河津縣。邢，今直隸順德府附郭刑臺縣，殷即西亳也。河北即朝歌，今直隸大名府濬縣西七十里廢衛縣是。

那二則

序：『祀成湯也。』予曰：『此始祭而祼獻之樂歌。商人尚聲，故言之也特詳。』陳際泰曰：『聲者，所以詔告於天地之間，聲召風，風召氣，氣召神，懼其雜而集焉，則有「湯孫」之思矣。思者，氣之精者也。鬼神非其類也不至，心有精氣而借聲以召之，神無不格矣。』

『既和且平』，兼堂上、堂下之樂言，八音惟石難諧，曰『依我磬聲』，則無相奪倫矣。

『亦不夷懌』，猶言『不亦夷懌』也，古語如此。『古』『昔』以世言，『先民』以人言。

烈祖二則

此祭而受嘏之樂歌，與前篇並湯廟所用也。『鞉鼓』『磬』『管』，所以降神；『清酤』『和羹』，所以享神。『綏我思成』，未成之辭也；『賚我思成』，已成之辭也。二詩相爲首尾，故篇末二語並同。其稱『烈祖』『湯孫』，亦同。『湯孫』，凡時王之主祀者，均得稱之。『烈祖』，則不得他屬矣。序以爲『祀中宗』者，謁也。

歐陽氏曰：『「以享」，謂諸侯來助祭致享於神也。「來饗」，謂神來至而歆饗也。』姚舜牧曰：『「以」是人之以，「來」是神之來。』

玄鳥四則

序：『祀高宗也。』按：玄鳥，燕也，以羽色名。或曰，燕名玄鳥，鴈名朱鳥，亦以去來之候分陰陽名之。月令：『仲春之月，玄鳥至。』至即降也。其必稱降者，承天命而爲言，文之變也。契之生也，當玄鳥至之時。詩言『玄鳥降而生』者，紀時也。商始於契，故言其生曰『生商』，又本之於天之所命，此皆敘得姓受氏者鄭重之詞。契之前，蓋無可推矣。堯、稷、契，斷非帝嚳之子；簡狄吞卵，因詩辭附會；高禖祈子，因契爲嚳子附會：皆失其實。此詩頌武丁中興之業，故特詳其先世，以見繼述之美。首言契者，自出之祖也；次言湯者，受命之祖也。商之先後，自外丙以至小乙皆是也。『孫子』對祖父之稱，王肅所謂武丁之爲人孫子是也，以爲武丁之孫子者非是。武王，湯號也。武王靡不勝，言於湯之事無不勝任也。孟子曰：『由湯至於武丁，賢聖之君六七作。』武丁朝諸侯，有天下，猶運之掌也。與詩皆合矣。

寫官記：『「正域彼四方」，開創之主慮尚權術，故曰「正」，言我之得天下以正也。「肇域彼四海」，中興之主慮循故事，故曰「肇」，言我與天下更始也。故湯以開創稱「武」，武丁以中興亦稱「武」。』

『邦畿千里』，閻若璩曰：『周家鎬京方八百里，顏師古云：「八八六十四，爲方百里者六十四也。」雒方六百里，顏師古云：「六六三十六，爲方百里者三十六也。」二都共得方百里者百，故詩云「邦畿千里」。然則周所謂千里，乃指國言，非路程里數。周既然，殷何獨不然？』

『景』，山，見前。『員』，『隕』『云』古字通，旋也。武丁時猶都景亳，故曰『景員維河』，言景山與河旋繞四固也。

長發五則

此大享成湯而以伊尹配之之詩。考世紀載伊尹卒，竹書載祠保衡，皆在沃丁八年，詩當作於是時。書序謂『沃丁既葬伊尹於亳，咎單遂訓伊尹事，作沃丁』，則是詩亦咎單作焉。蓋功臣從祀自伊尹始，後遂定爲商家一代典禮。盤庚曰：『茲予大享於先王，爾祖其從與享之。』周公之告君奭曰：『成湯既受命，時則有若伊尹，格於皇天。在太甲，時則有若保衡。在太戊，時則有若伊陟、臣扈格於上帝，巫咸乂王家。在祖乙，時則有若巫賢。在武丁，時則有若甘盤。率惟茲有陳，保乂有殷，故殷禮陟配天，多歷年所。』此其證也。

契佐禹平水土有功，故因言洪水而及禹，猶周敘后稷之功，亦必及禹也。有娀，湯敗桀之地，商言有娀，猶周言牧野。有娀之舉，方將大於其後，故帝於此時即立子姓之國於商也。『生』與『姓』同。或曰，生之爲言興也，謂立子姓而興商也。以有娀爲契母家，實由吞卵祈子，委曲附會，前人未有辨其謬者。姜嫄無夫，理或有之。吞卵之説，吾未敢信。且生民、閟宫，言誕育之事甚詳。此詩與前篇，固未嘗言契母及契之生。以無可考，故但□之於天耳。必以周例商，舍德行人事，爲同出於知母而不知父者，亦甚謬矣。

國語：『玄王勤商，十四世而興商。』是玄王爲契也。『桓撥』，韓詩作『桓發』。西河毛氏云：『「玄」，濬哲也。以首言「濬哲惟商」，故此以「玄王」承之。如書稱「濬哲文明」，下即稱「玄德」也。「桓撥」，長發也。以首言「長發其祥」，故又以「桓撥」承之。猶書稱「玄德」即稱「升聞」也，故下文即以「受小國、大國」「既發」承之。』

自契至湯十四君，專主相土者。何楷曰：『契始封商，至相土遷於閼伯之墟，以主大火。厥後湯以亳興，其地即在商邱東南。是開商基業者契，而開興王之業者相土是也。』「受命不違，至于湯齊」〔一〕，言天之眷商，自其先世皆然。韓詩外傳曰：「古今一致也。」至於成湯，聖敬之昭，假於帝者，愈久而不息，然後命之，式于九圍焉。』『綴旒』，禮記鄭註引作『畷郵』，正義曰：『三家詩也。』鄭玄曰：『畷郵，田畯督約百姓於閭井之處。』疏曰：『郵謂之郵舍，言成湯布施仁政，爲下國諸侯在畷郵之處，所使不離散。』『駿厖』，齊詩作『駿駹』，曰『馬也』。據此，則畷郵喻其能覆物，駿駹喻其能載物也。

史記：『桀敗於有娀之墟。』正義云：『當在蒲州，今山西平陽府蒲州是也。』『韋』，祝融後，彭姓，今直隸大名府滑縣，古豕韋氏之國。廢韋城縣在縣東南五十里。顧城在山東東昌府濮州范縣東南五十三里。志稱湯伐桀，桀與韋顧之君拒湯於莘之虛，遂戰於鳴條之野。『昆吾』，亦祝融後，己姓，舉兵助桀，同日而滅者也。今開州西南有濮陽故城，即其地。桀都安邑，在平陽府解州安邑縣。

殷武四則

序：『祀高宗也。』疏云：『高宗中興，伐荆楚，修宫室，子孫美之，詩人追述其功而歌此詩也。』

『撻』，補傳云：『有鞭笞六合之意。』『罙』，當從毛訓『深』。『荆楚』，春秋正義云：『一木二名，故以爲國號，亦得二名。莊公之世，「荆」皆書「荆」；僖之元年，乃書「楚人伐鄭」，蓋始改爲楚。』西河毛氏嘗謂：『荆楚據蜀連越，控漢引江，北撼中州，東矙陳蔡，其形勝所在，不特一所。深入其阻，則亦盡據其要也。初起奮伐而即深入其地，新王之師從天而降，蓋用兵之神速如此。』〔二〕『商邑翼翼』，景亳也，在河南，雖負山帶河，然四伐之國，與東周無異。故武丁即位，即四征。其首伐楚者，以楚介南藪參扼於商邑之吭而易爲患也。故一奮伐而商邑翌然，足以控制天下矣。古王之審於大勢又如此。

『氐羌』，西夷之國也，姜姓，三苗之後。地里志隴西郡有氐道、羌道，今陝西臨洮府寧夏岷州靖虜衛文縣所、四川龍州松潘疊溪皆羌地也。山海經：『伯夷父生西岳，西岳生先龍，先龍是始生氐羌，氐羌乞姓。』此不足據。

爾雅：『椹謂之榩。』孫炎曰：『椹，斲材質也。』鄭箋據此爲訓。然彼文從『木』從『虔』，而詩文無『木』字，尚屬假借。季本曰：『如「虔劉」之「虔」。』是詩之本義矣。

校記

〔一〕今本本句作『天命不違，至于湯齊』。

〔二〕本段引文毛奇齡毛詩寫官記作：『此詩則初起舊伐而即深入其地矣，新王之師從天而下，蓋用兵之神莫過於此。……荆楚據蜀連越，控漢引江，北摵中州，東瞷陳蔡，其形勝所在，不特一所。』

附　安徽古籍叢書已版書目

舊聞隨筆
定本莊子故
張籍集注
文學研究法
桐城文學淵源考・撰述考
包拯集編年校補
康輶紀行・東槎紀略
北山樓集
桐城耆舊傳
疑庵詩
三餘札記
方望溪遺集
爾雅翼
識小録・寸陰叢録
東萊詩詞集
明太祖集
王侍郎奏議
程氏家塾讀書分年日程
朱楓林集
敬孚類稿
施愚山集（四册）
吴敬梓吴烺詩文合集
張孝祥詞箋校
竇山公家議校注
翠微南征録・北征録合集
阮大鋮戲曲四種
老子注三種
杜詩説
朱書集
論語解注合編
郭祥正集
皖人詩話八種
唐詩評三種
左傳微
績學堂詩文鈔
鈍齋詩選
老子注譯
莊子詮詁
説文假借義證
劉銘傳文集
包世臣全集（三册）
戴震全書（七册）

田間易學
莊屈合詁
田間詩集
田間文集
古事比（二册）
安徽出土金文訂補
秋崖詩詞校注
道聽途説
蘭茗館外史
青泥蓮花記
舌華録
明語林
夜雨秋燈録・續録（二册）
包拯集校注
毛詩後箋（二册）

劉文典全集（四册，列入特輯）
壹齋集（二册）
孟子講義
楊仁山全集
弢翁藏書年譜（列入附輯）
不得已附二種
歙事閑譚（二册）
惜抱軒詩集訓纂
張孝祥詩文集
吴汝綸全集（四册）
朱子全書（二十七册）
明實録安徽經濟史料類編（列入附輯）
姚瑩年譜（列入附輯）
青溪集
藏山閣集

田間詩學
俞正燮全集（三册）
皖人戲曲選刊・鄭之珍卷
詠懷堂詩集
所知録附四種
文選箋證（二册）
歙紀
方孝標文集
七頌堂集
劉文典全集補編（列入特輯）
程瑤田全集（四册）
皖人戲曲選刊・方成培卷
皖人戲曲選刊・龍燮卷
凌廷堪全集（四册）
黄生全集（四册）

東輶紀程
蕭雲從詩文輯注
程文炳文集
程恩培集
方盦山詩集（二册）
趙紹祖金石學三種
小爾雅義證
勉行堂詩文集
貴池唐人集
龍眠風雅全編（十册）
無爲集校箋
杜詩提要
分篇水經注（二册）
松泉集（二册）
梅鼎祚戲曲集

通鑒注商·新舊唐書互證
杜徵三友朋手札
吴應箕文集
舒鴻貽著述二種
皖雅初集（三册）
桓譚新論校注
宛雅全編（二册）
李宗棠文集·東游紀念
李宗棠文集·考察日本學校記（二册）
李宗棠文集·光緒徵要録
李宗棠文集·奏議輯覽初編
李宗棠文集·學詩堂經解
李宗棠文集·千倉詩史初編
吴芝瑛集
施愚山集（增訂版　四册）

桐城方氏七代遺書
方以智全書（十册）
金聲集
徽州杜詩學二種
白鹿山房詩集
金粟齋遺集
文字蒙求廣義
施愚山集外編二種
安徽文獻總目（六册，列入特輯）
國朝詩品（二册）
吕美蓀詩文集
姚鼐詩文集（三册）
張潮全集（五册）
朱書全集（二册）

喻林（六册）

張樹聲文集

廬江詩雋·廬州詩苑

馬其昶文集

徐子苓集

説文段注撰要

王尚辰集

詩學女爲